더모던 감성클래식 04

소공녀 세라

더모던 감성클래식 04

소공녀 세라

프랜시스 호지슨 버넷 지음 | 박혜원 옮김

더모던
Themodern

차 례

1   세라 —— 10

2   프랑스어 수업 —— 34

3   어민가드 —— 48

4   로티 —— 64

5   베키 —— 86

6   다이아몬드 광산 —— 110

7   아아, 다이아몬드 광산 —— 132

8   다락방에서 —— 176

9   멜기세덱 —— 200

10   인도 신사 —— 224

11   람 다스 —— 252

12   벽 너머 —— 274

13 똑같은 사람 —— 292

14 멜기세덱이 목격한 침입자 —— 312

15 마법 —— 322

16 손님 —— 368

17 "이 아이야!" —— 396

18 "보잘것없는 존재가 되지 않으려고 노력했던 거예요" —— 410

19 앤 —— 432

작품 해설 —— 450

작가 연보 —— 454

1

세라

어느 어둑어둑한 겨울날, 누런 안개가 자욱하게 내려앉아 런던 거리들이 밤처럼 가로등을 밝히고 상점 진열창이 환하게 가스 불빛을 내뿜던 날, 묘한 표정의 어린 소녀가 아버지와 함께 마차에 앉아 넓은 도로를 천천히 지나가고 있었다.

아이는 두 무릎을 단정히 모으고 앉아서 한 팔로 자신을 감싸 안은 아버지에게 기대어 창밖으로 스쳐 지나가는 사람들을 가만히 내다보았는데, 커다란 두 눈에 아이답지 않은 묘한 사념이 엿보였다.

그렇게 어리고 작은 아이의 얼굴에서 그런 표정을 보리라고는 아무도 생각하지 못했다. 열두 살짜리가 그런 표정을 지어도 조숙하다 했을 텐데, 세라 크루는 고작 일곱 살이었다. 하지만 사실 세라는 줄곧 특이한 것들을 꿈꾸고 생각했으며, 어른들과 어른들의 세상에 대한 생각이 머리에서 떠난 적이 없었다. 그래 서인지 아이는 자신이 아주 오랜 세월을 살아온 듯한 기분마저 느꼈다.

이 순간 세라는 아버지 크루 대위와 함께 봄베이*에서 배를 타고 떠나왔던 여정을 떠올리고 있었다. 커다란 배, 배 위를 조 용히 이리저리 오가던 동인도인 라스카르**들, 뜨거운 갑판에 서 뛰놀던 아이들, 그리고 굳이 말을 붙여서는 자신이 무슨 말만 하면 놀리듯이 웃어대던 몇몇 젊은 장교 부인들까지.

무엇보다도, 해가 쨍쨍 내리쬐는 인도에 있다가 한순간 바다 한가운데로, 이제 또다시 이상한 것을 타고 낮인데도 밤처럼 어 두컴컴한 낯선 거리를 달리고 있는 것이 참 희한했다. 세라는 너 무도 어리둥절해서 아버지에게 더 바짝 몸을 기댔다.

"아빠."

세라는 어딘가 비밀스럽게 작은 목소리로 속삭이다시피 불 렀다.

"아빠."

크루 대위는 아이를 더 꽉 당겨 안으며 얼굴을 내려다보았다.

---

* 인도 뭄바이의 옛 이름이다.

** lascar. 외항선을 타는 인도인 선원을 부르던 말이다. 당시 영국인들은 인도 및 동남아 지역을 '동인도'라고 불렀다.

"왜 그러니, 얘야? 우리 세라가 무슨 생각을 하는 걸까?"

세라가 아버지를 꼭 끌어안으며 소곤거렸다.

"여기가 '거기'예요? 맞아요, 아빠?"

"그래, 세라. 그렇단다. 드디어 다 왔구나."

세라는 일곱 살밖에 되지 않았지만, 아버지의 대답에서 슬픈 마음을 읽을 수 있었다.

아버지는 세라가 늘 '거기'라고 부르는 곳에 대해 벌써 여러 해 전부터 마음의 준비를 시켰다. 세라는 자신을 낳자마자 돌아가셨다는 어머니에 대해서 기억이 전혀 없어서 보고 싶은 마음도 없었다. 젊고 잘생기고 다정다감한 부자 아버지가 세라에게는 세상에 단 하나 남은 혈육인 듯했다. 아버지와 딸은 언제나 함께 놀았고 서로를 아꼈다. 아버지가 부자인 건, 사람들이 세라가 듣는 줄 모르고 자기들끼리 속닥이는 말을 들어서 알게 되었다. 그들은 "세라도 크면 부자가 될 거야"라고도 말했는데, 아이는 그게 무슨 뜻인지 잘 몰랐다. 세라는 태어날 때부터 아름다운 저택에서 살았고, 자신을 '미스 사히브'*라고 부르며 살람** 식으로 고개를 조아려 인사하고 뭐든 마음대로 하게 해 준 많은 하인들 곁에서 자랐다. 장난감과 애완동물과 자신을 떠받드는

---

* Sahib. 영국의 식민지였던 시절 인도에서 신분이 높은 유럽 남성을 부르던 호칭이다. 여성에게는 'Miss'나 'Mrs'를 붙였다.

** salaam. 일부 아시아 지역의 인사법. 손을 이마에 올리고 허리를 굽힌다.

아야* 들도 많았다. 그래서 세라는 이런 것들을 가지면 부자라고 어렴풋이 알았을 뿐, 딱 거기까지가 세라가 아는 전부였다.

짧은 생애를 살아오는 동안 세라를 괴롭힌 문제는 딱 하나였다. 그건 바로, 언젠가 아버지가 자신을 '거기'에 보낼 거라는 사실이었다. 인도는 아이들이 지내기에 기후가 썩 좋지는 않아서 부모들이 되도록 빨리 아이들을 다른 곳으로 보내곤 했는데, 대체로 영국의 학교였다. 세라는 다른 아이들이 떠나는 걸 보았고, 아이들이 편지를 보내면 부모들이 그 이야기를 나누는 소리도 들었다. 세라는 자신도 떠날 거라는 걸 알았다. 그래서 아버지가 항해나 낯선 나라의 이야기를 들려주면 귀가 솔깃해서 듣다가도, 거기에 가면 아버지가 곁에 없을 거라는 데 생각이 미치면 아주 슬퍼졌다.

다섯 살 때는 이렇게 묻기도 했다.

"아빠, 거기 나랑 같이 가면 안 돼요? 아빠도 학교에 가면 안 돼요? 아빠가 공부하는 거 내가 도와드릴게요."

아버지의 대답은 늘 한결같았다.

"세라야, 넌 거기 오래 있지 않을 거야. 게다가 여자아이들이 아주 많이 있는 좋은 학교니까, 걔들과 같이 놀 수 있지. 아빠가 책도 많이 보내 줄게. 넌 쑥쑥 자랄 테니 일 년도 안 돼서 똑똑하

---

* ayah. '가정부, 보모'를 뜻하는 인도식 영어 표현이다.

고 훌륭한 사람이 되어 돌아와 아빠를 돌봐 줄 수 있을 거야."

세라는 그 생각을 하면 좋았다. 아버지를 위해 집안일을 하고, 아버지와 함께 말을 타고, 아버지가 만찬회를 열면 식탁의 상석에 앉아서 아버지와 이야기를 나누고 아버지의 책을 읽고……. 그거야말로 세라가 세상에서 제일 하고 싶은 일이었다. 영국에 있는 '거기'로 가야만 그 일들을 이룰 수 있다면, 가기로 마음을 먹는 수밖에 없었다. 다른 여자애들한테는 별로 관심이 없었지만, 책이 많이 생긴다면 그것으로 위안을 삼을 수 있었다. 세라는 책을 다른 어떤 것보다도 좋아해서, 사실 늘 아름다운 이야기를 지어서 혼잣말로 자신에게 들려주곤 했다. 이따금 아버지에게도 들려주었는데, 그러면 아버지도 세라만큼이나 그 이야기들을 재미있어 했다.

세라가 나긋하게 말했다.

"아빠, 이제 다 왔다면 그만 받아들이는 수밖에 없겠네요."

아버지는 그 나이답지 않은 말에 웃음을 터뜨리며 세라에게 입을 맞추었다. 사실을 말하자면 크루 대위 역시 아직 이별을 받아들이지 못하고 있었지만, 당연히 세라에게는 비밀로 했다. 남다른 어린 딸 세라는 그에게 둘도 없는 친구였다. 이제 인도로 돌아가면, 집에 돌아가도 활짝 웃으며 반갑게 맞아 주는 사랑스러운 딸아이를 볼 수 없다고 생각하니 자신의 처지가 외톨이처럼 여겨졌다. 그래서 크루 대위는 세라를 품에 더 꼭 끌어안았

다. 그러는 사이 마차는 넓고 우중충한 광장으로 접어들었고, 줄
줄이 늘어선 벽돌 건물들 중 한 곳 앞에 멈춰 섰다.

크고 칙칙한 건물의 정문에 반질거리는 황동 간판이 붙어 있
고, 까만 글씨가 보였다.

민친 교장의
명문 여학생 기숙학교

"다 왔다, 세라."

크루 대위는 애써 활기찬 목소리로 말했다. 그러고는 세라를
번쩍 안아서 마차에서 내려준 뒤 같이 계단을 올라가 초인종
을 눌렀다. 훗날 세라는 그 건물이 어쩐지 민친 교장을 꼭 닮았
다는 생각을 자주 했다. 겉은 번듯하게 모양새를 갖춰 그럴듯해
보이는데 속은 음험하다는 점에서 그랬다. 안락의자조차 딱딱
한 뼈대를 숨기고 있을 것만 같았다. 복도는 모든 게 딱딱하고
반질반질했다. 구석 괘종시계를 장식한 볼이 빨간 달님 얼굴은
그 빨간 볼에 얼마나 광택 칠을 했는지 윤기가 과해 보일 정도
였다. 부녀가 안내된 응접실은 사각 무늬가 반복적으로 그려진
양탄자 위에 네모난 의자들이 놓여 있고, 육중한 대리석 벽난로
선반 위에 육중한 대리석 시계가 서 있었다.

세라는 딱딱한 마호가니 의자를 하나 골라 앉으면서 재빨리

MISS MINCHIN
Select Seminary
for Young Ladies

주위를 둘러보더니, 아버지에게 속삭였다.

"아빠, 전 여기가 마음에 들지 않아요. 그렇지만 아마 가장 용감한 군인이라도 전쟁이 '좋아서' 나가는 건 아니겠죠."

크루 대위는 웃음을 터뜨렸다. 대위는 젊고 유쾌한 사람이어서 세라가 아무리 엉뚱한 말을 해도 재미있게 들어 주었다.

"아, 우리 세라. 이제 아빠한테 이런 진지한 이야기를 해 줄 사람이 없어서 어쩌지? 너처럼 진지하게 말하는 사람은 어디에도 없거든."

"그런데 진지한 이야기에 왜 그렇게 웃으세요?"

"네가 그런 말을 할 때면 정말 재미있으니까 그렇지."

크루 대위는 더 크게 웃었다. 그러다가 갑자기 세라를 와락 부둥켜안고 뽀뽀를 퍼부었다. 웃음기가 싹 가신 그의 얼굴은 금방이라도 눈물이 차오를 것 같은 표정이었다.

바로 그때 민친 교장이 방으로 들어왔다. 세라는 교장이 이 건물과 꼭 닮았다고 생각했다. 키가 크고 따분하고, 그럴듯하지만 못생긴 점이 말이다. 그녀는 차갑고 의뭉스러운 큰 눈으로, 차갑고 의뭉스러운 미소를 과장되게 지었다. 세라와 크루 대위를 보자 과장된 미소가 더 크게 얼굴 가득 번졌다. 민친 교장은 대위에게 이 학교를 추천한 부인을 통해 이 젊은 군인에 대해 대단히 마음에 드는 말들을 전해 들은 터였다. 가장 귀가 솔깃했던 부분은, 부자 아버지인 대위가 어린 딸을 위해서라면 아낌없이 돈을 쏟아부을 거라는 대목이었다.

민친 교장은 세라의 손을 잡고 쓰다듬었다.

"이렇게 예쁘고 촉망 받는 아이를 맡게 되어 크나큰 영광입니다, 크루 대위님. 메레디스 부인께서 남달리 총명한 아이라고 칭찬하시더군요. 저희 학교에서는 영특한 아이야말로 귀중한 보물이랍니다."

세라는 가만히 서서 민친 교장의 얼굴을 빤히 쳐다보았다. 여느 때처럼 별난 생각을 하는 중이었다.

'왜 나더러 예쁘다고 하지? 난 조금도 예쁘지 않아. 예쁜 아이는 그레인지 대령님네 딸 이소벨이지. 이소벨은 장밋빛 뺨에 보조개도 있고 긴 금발이니까. 나는 짧은 흑발에 눈도 초록색인 데다가 말라서 예쁜 데라고는 전혀 없어. 나보다 못생긴 아이는 본 적이 없는데. 첫마디부터 거짓말을 하다니.'

자신이 못생겼다는 건 세라의 오해였다. 아버지의 부대에서 가장 예쁜 아이로 통했던 이소벨 그레인지와 닮은 구석은 없지만, 세라에게는 묘하게 사람의 마음을 사로잡는 세라만의 힘이 있었다. 금발은 아니어도 숱 많은 까만 머리카락이 끝만 살짝 곱슬거리는 모양이 아주 예뻤다. 특히 길고 까만 속눈썹에 둘러싸인 초록빛이 도는 회색 눈동자가 유난히 눈길을 끌었다. 하지만 세라는 자신의 눈동자 색이 싫었다. 세라는 자기가 못생겼다고 확신했다. 그래서 민친 교장의 입에 발린 소리가 조금도 기쁘지 않았다.

'내가 선생님한테 예쁘다고 한다면 그건 거짓말이잖아. 그게 꾸며낸 말이라는 걸 내 자신이 모를 리 없어. 내 생각에 얼굴은 다르지만 나는 저 선생님만큼 못생겼어. 저 선생님은 왜 그렇게 말한 걸까?'

세라는 민친 교장을 좀 더 겪어보고 나서야 교장이 왜 그런 말을 했는지 이해했다. 민친 교장은 아이를 자기 학교에 입학시키려는 모든 부모에게 한결같이 똑같은 말을 했던 것이다.

세라는 옆에 서서 아버지가 민친 교장과 나누는 이야기에 귀를 기울였다. 크루 대위는 자신이 메레디스 부인의 조언을 들었는데, 그녀가 어린 두 딸을 이 학교에서 공부시켰다고 했다. 민친 교장은 세라가 '특별 기숙생'으로 입학할 건데, 이전의 특별 기숙생들이 받았던 특혜보다 더 큰 특권을 누리는 것이라고 말했다. 세라는 1인용 거실까지 딸린 예쁜 침실에서 지내면서, 조랑말과 마차를 가지며, 인도 집의 아야처럼 돌봐줄 하녀까지 두게 되었다.

크루 대위는 딸아이의 손을 잡고 토닥이며 특유의 밝은 웃음을 지었다.

"공부는 조금도 걱정하지 않습니다. 오히려 이 아이가 너무 빠르게 너무 많은 걸 익히지 않도록 말리기가 어려울 테니까요. 세라는 항상 책에다 코를 박고 앉아 있거든요. 민친 선생님, 저 애는 책을 읽지 않아요. 어린아이가 아니라 어린 늑대라도 된 양 책을 집어삼킨다니까요. 늘 새 책을 찾아 헤매고, 어른들이 읽는 책까지 읽으려고 해요. 크고 두껍고 내용이 어려운 책들 말이에 요. 영어뿐 아니라 프랑스어나 독일어로 된 책도 읽고, 역사책이 나 위인전이나 시집이나 뭐든 가리지 않고 다 좋아한답니다. 그 러니 세라가 책을 너무 많이 읽으면 오히려 책에서 좀 떼어 놔 주세요. 조랑말을 타든지 나가서 새 인형을 사도록요. 아직은 인 형 놀이를 더 많이 해야 할 나이니까요."

세라가 말했다.

"아빠, 있잖아요. 만약에 며칠에 한 번씩 나가서 새 인형을 사 면, 인형이 너무 많아져서 다 예뻐할 수가 없어요. 인형은 친한 친 구가 되어야 해요. 에밀리가 제게 그런 친구가 될 거예요."

크루 대위와 민친 교장이 서로 시선을 교환했다.

민친 교장이 물었다.

"에밀리가 누구니?"

크루 대위는 조용히 웃었다.

"세라, 선생님께 말씀드리렴."

세라는 초록빛이 도는 회색 눈동자에 아주 진지한 빛을 발하 며 나직하게 대답했다.

"인형이에요. 아직은 제게 없지만 아빠가 곧 사 주실 거예요. 우리가 같이 나가서 그 인형을 찾을 거예요. 저는 그 인형한테 에밀리라는 이름을 지어 주었어요. 아빠가 떠나시면 에밀리가 제 친구가 되어 줄 거예요. 에밀리한테 아빠 이야기를 해 주고 싶어요."

과장되고 가식적인 웃음을 짓고 있던 민친 교장이 추어올리는 표정으로 말했다.

"어쩜 정말 창의력이 넘치는 아이네요! 정말 사랑스럽기도 하지!"

크루 대위가 세라를 옆으로 꼭 끌어안았다.

"그렇죠. 정말 사랑스러운 아이랍니다. 민친 선생님, 제 대신 아이를 잘 보살펴 주십시오."

세라는 호텔에서 며칠 더 아버지와 같이 지냈다. 아버지가 인도로 다시 돌아가는 때까지 말이다. 두 사람은 큰 상점들을 두루 돌아다니며 수많은 물건을 샀다. 크루 대위는 세라에게 굳이 필요 없는 것들까지 마구 사들였다. 아직 젊어서 충동적이고 순수한 아버지는 딸이 좋아하는 건 뭐든지 사 주려 했고 자기 눈에 드는 것도 전부 사 버렸다. 그러다 보니 옷장에는 일곱 살짜리가 입기에 지나치게 사치스런 옷들이 쌓여 갔다. 고급 모피로 단을 장식한 벨벳 원피스, 정교한 레이스 원피스, 비싼 자수 원피스, 크고 부드러운 타조 깃털이 달린 모자, 족제비털 외투와 토시까지 모조리 다 샀다. 앙증맞은 장갑과 손수건과 실크 양말 등은 상자째로 잔뜩 사들였다. 이렇게 많은 물건을 사다 보니 계산대 뒤에서 공손히 응대하던 젊은 점원들이, 저 크고 진지한 눈을 가진 특이한 여자애가 외국 어느 나라의 공주라느니 인도 왕의 딸이라느니 하며 자기들끼리 소곤거렸다.

그리고 두 사람은 마침내 에밀리도 찾았다. 수없이 많은 장난감 가게들을 들락거리고 수없이 많은 인형들을 구경한 끝에 얻은 수확이었다.

"에밀리는 인형처럼 보이지 않았으면 좋겠어요. 내 말에 '진지하게 귀를 기울이는' 것처럼 보이면 좋겠어요. 아빠, 인형들은 문제가 하나 있는데……."

세라가 고개를 갸웃하고 곰곰이 생각하는 얼굴로 말을 이었다.

"…… 문제가 뭐냐면요, 인형들은 아무 말도 '듣지 않는' 것처럼 보인다는 거예요."

크루 대위는 세라와 함께 큰 인형도 찾아보고 작은 인형도 찾아보았다. 눈이 까만 인형도 살펴보고 눈이 파란 인형도 살펴보았으며, 갈색 곱슬머리 인형과 금발을 곱게 땋은 인형도, 옷을 입은 인형과 입지 않은 인형까지 빼놓지 않고 뒤적거렸다.

옷을 입지 않은 인형을 들여다보다가 세라가 말했다.

"있잖아요, 에밀리를 찾았는데 원피스를 입고 있지 않으면 우리가 양장점에 데려가서 딱 맞는 옷을 만들어 줘요. 옷을 재단해서 입혀 보고 만들면 더 잘 맞을 거예요."

수없이 허탕을 친 두 사람은 마차는 뒤따라오게 하고, 잠시 걸으면서 상점 진열창을 구경했다. 가게 두세 곳을 그냥 지나치고 그리 크지 않은 상점 앞으로 다가설 때였다. 세라가 흠칫 놀라며 아빠의 팔을 꽉 붙잡더니 소리쳤다.

"아빠! 에밀리예요!"

세라의 얼굴이 환해지고 녹회색 눈동자에 좋아하는 친구를 우연히 만난 반가운 빛이 돌았다.

"저 애가 저기서 우리를 기다리고 있어요! 어서 만나러 가요."

"이런, 누가 우리를 소개해 줘야 할 것 같은데."

"아빠가 저를 소개하면 제가 아빠를 소개할게요. 그렇지만 전 에밀리를 첫눈에 알아봤는걸요. 그러니까 저 애도 저를 알아볼 거예요."

정말 인형은 세라를 알아봤을지도 모른다. 확실히 세라가 품에 안아 든 인형은 눈빛이 총명해 보였다. 큰 인형이었는데 들고 다니기 힘들 정도는 아니었다. 황갈색 곱슬머리가 망토처럼 어깨를 덮으며 자연스럽게 흘러내렸고, 깊고 맑은 잿빛 청색 눈에는 부드러운 속눈썹이 풍성하게 달려 있는데 그린 것이 아니라 진짜였다.

세라가 인형을 무릎에 올려놓고 얼굴을 들여다보았다.

"맞아요, 아빠. 에밀리를 찾았어요."

두 사람은 정말로 에밀리를 아동복 양장점으로 데려가서 세라의 옷만큼이나 화려한 옷들을 맞췄다. 에밀리에게도 레이스

원피스는 물론 벨벳 원피스와 모슬린 원피스, 모자와 외투, 아름다운 레이스 단을 덧댄 속옷, 장갑, 손수건, 모피옷이 생겼다.

"에밀리가 다정한 엄마를 둔 아이처럼 보였으면 좋겠어요. 제가 에밀리의 엄마예요. 물론 친구처럼 지낼 거지만요."

세라와 이것저것 사러 다니는 이 시간이 더할 수 없이 즐거워야 했지만, 크루 대위는 슬픈 생각 때문에 마음이 조여 왔다. 이모든 게 사랑스럽고 특별한 어린 친구와 헤어져야 한다는 뜻이었던 것이다.

그날 밤 크루 대위는 한밤중에 잠에서 깨서, 에밀리를 안고 잠든 딸을 가만히 내려다보았다. 베개 위로 흩어져 있는 세라의 까만 머리카락에 에밀리의 황갈색 머리카락이 섞여 있었다. 둘 다 레이스 주름이 달린 잠옷을 입고, 둘 다 긴 속눈썹이 뺨 위로 드리워지다 살짝 말려 올라가 있었다. 에밀리가 너무도 진짜 사람 같아 보였기 때문에, 크루 대위는 세라 곁에 에밀리가 있어서 참 다행이라고 생각했다. 그는 한숨을 푹 내쉬고 소년 같은 표정으로 콧수염을 잡아당기며 혼자 중얼거렸다.

"휴우, 우리 세라! 이 아빠가 너를 얼마나 보고 싶어 할지 넌 모르겠지."

이튿날 크루 대위는 세라를 민친 교장에게 데려다주고 학교를 나왔다. 크루 대위는 그날 아침 배를 타고 떠나야 했다. 그는 민친 교장에게 자신의 자문 변호사인 배로 씨와 스킵워스 씨가 영국쪽의 사무를 맡고 있으니 필요할 때 언제든지 그쪽으로 조언을 구하라고 알려 주었고, 세라에게 들어가는 비용은 모두 그들이 지불해 줄 거라고 설명했다. 또 자신은 세라에게 매주 두 번 편지를 쓸 것이니 꼭 전해 주고, 세라가 하고 싶어 하는 일은 무엇이든 다 들어달라고 당부했다.

"생각이 바른 아이니 자기에게 위험한 일을 하려고 하지는 않을 겁니다."

그런 다음 크루 대위는 세라와 함께 아담한 세라의 거실로 들어가서 작별 인사를 나누었다. 세라는 아버지의 무릎에 앉아 고사리손으로 외투 깃을 움켜쥐고 아버지의 얼굴을 오래도록 뚫어지게 바라보았다.

크루 대위가 딸아이의 머리를 쓰다듬었다.

"세라, 아빠 얼굴을 외우려고 그러니?"

"아뇨. 아빠 얼굴은 벌써 외웠죠. 아빠는 제 마음속에 있는 걸요."

두 사람은 서로 절대 헤어지지 않으려는 듯이 서로를 부둥켜안고 입맞춤을 했다.

아버지를 태운 마차가 출발하자, 세라는 두 손으로 턱을 괴고 마차가 광장 길모퉁이를 돌아 사라질 때까지 눈으로 쫓았다. 에밀리도 세라 옆에서 마차를 배웅했다. 민친 교장이 아이가 뭘 하고 있는지 보고 오라고 동생 아멜리아 선생을 보냈을 때 방문은 잠겨 있었다. 안에서 기묘하게 들리는 공손한 목소리가 가느다랗게 흘러나왔다.

"제가 잠갔어요. 죄송하지만 혼자 있고 싶어요."

아멜리아 선생은 뚱뚱하고 땅딸막한 사람이었는데 언니를 무척 무서워했다. 둘만 놓고 보자면 언니보다 성품이 착했지만 절대로 언니의 말을 거스르는 법이 없었다. 아멜리아 선생은 놀란 표정을 하고 아래층으로 돌아왔다.

"언니, 난 저렇게 이상하고 조숙한 아이는 처음 봐요. 방문을 잠그고 들어앉아서는 숨소리도 안 내고 있지 뭐예요."

민친 교장이 대꾸했다.

"다른 애들처럼 악쓰고 발버둥치는 것보단 낫네. 응석받이로 자랐다기에 학교가 들썩이도록 난리를 피울 줄 알았는데. 쟤처럼 저 하고 싶은 거 다 하고 자란 애도 없을 거야."

"저 애 가방에서 짐을 풀면서 봤는데, 내가 살다 살다 그런 건 처음 봤다니까요. 외투에는 흑담비 털이며 족제비 털이 붙어 있고 속옷에는 진짜 발랑시엔 레이스가 달려 있더라고요. 언니도 그 애 옷을 봤잖아요. 언니가 보기엔 어때요?"

민친 교장이 매몰차게 대답했다.

"한 마디로 꼴불견이지. 하지만 일요일에 학생들을 교회로 데려갈 때 맨 앞줄에 세우면 꽤나 그럴싸해 보일 거야. 갖춰 입은 것만 보면 공주라도 되는 것 같으니까."

위층에서는 세라와 에밀리가 문을 잠근 방 안에서 마차가 사라진 길모퉁이만 하염없이 바라보고 있었다. 그 시각 크루 대위도 뒤를 돌아보면서 손을 흔들다가 그 손에 입을 맞추기를, 차마 멈출 수 없다는 듯이 계속하였다.

2
프랑스어 수업

이튿날 아침 세라가 교실에 들어섰을 때 모두들 호기심 어린 눈을 동그랗게 뜨고 세라를 쳐다봤다. 열세 살이 다 되어 꽤 성숙해 보이는 래비니어 허버트부터 학교에서 가장 어린 네 살 로티 레이까지 모두가 세라에 대해 들을 만큼 들은 뒤였다. 민친 교장이 세라를 '과시용 학생'으로 내세우고 학교의 자랑거리로 삼을 것임을 다들 아주 정확히 알고 있었다. 전날 저녁 도착한 프랑스인 하녀 마리에트를 언뜻 본 학생도 한둘 있었다. 래비니어는 세라의 방문이 열려 있을 때 일부러 그 앞을 슬쩍 지나갔고, 마침 마리에트가 어떤 상점에서 뒤늦게 도착한 상자를 열고 있는 모습을 문틈으로 엿보았다.

"레이스 주름 장식이 달린 속치마가 한가득이었어. 온통 치렁

치렁."

래비니어는 지리책 위로 고개를 숙이고 제시에게 소곤거렸다.

"하녀가 속치마를 꺼내서 털고 있더라고. 민친 선생님이 아멜리아 선생님한테 그러시던데, 애 옷들이 너무 사치스러워서 꼴불견이라고. 우리 엄마가 애들은 간소하게 입어야 하는 법이랬어. 쟤가 지금 입고 있는 속치마가 어제 본 그거야. 자리에 앉을 때 보이더라."

제시도 고개를 숙이고 소곤댔다.

"실크 양말을 신었어! 발 작은 것 좀 봐! 저렇게 작은 발은 처음 봐."

래비니어가 심술궂게 콧방귀를 뀌었다.

"흥, 실내화를 그렇게 만들어서 그래. 우리 엄마가 재주 좋은 제화공만 구하면 발이 아무리 커도 작아 보이게 할 수 있댔어. 내가 볼 땐 저 앤 하나도 예쁘지 않아. 눈 색깔도 이상하잖아."

제시가 교실 건너편을 몰래 훔쳐보면서 말했다.

"그렇게 예쁜 건 아닌데 한 번 더 돌아보게 되는 거 같아. 속눈썹도 엄청나게 길고. 그런데 눈동자가 거의 초록색이야."

세라는 자기 자리에 얌전히 앉아서 지시를 기다렸다. 민친 교장의 책상과 가까운 위치였다. 세라는 그 많은 관심과 시선이 자신을 주시하는데도 당황하지 않았다. 오히려 그 아이들을 조용히 돌아보았다. 저 아이들이 무슨 생각을 하고 있는지, 민친 교장을 좋아하는지, 수업은 마음에 들어 하는지, 저 애들 중에 자기 아빠 같은 아빠를 둔 아이가 한 명이라도 있는지 하는 것들이 궁금했다. 세라는 그날 아침 에밀리와 아버지에 대해 긴 대화를 나눈 터였다.

"에밀리, 아빠는 지금 바다 위에 계셔. 우린 둘도 없는 친구가 되어서 서로 허물없이 이야기할 수 있어야 돼. 에밀리, 나를 봐. 네 눈처럼 멋진 눈은 처음 봐. 아, 네가 말을 할 줄 알면 정말 좋을 텐데."

세라는 재치 있고 엉뚱한 상상력이 넘치는 아이였다. 그래서 '에밀리가 살아 있어서 자기의 말을 듣고 다 이해하고 있다'고 믿는 척하는 것만으로도 마음에 위안을 얻었다. 마리에트가 암청색 교복 원피스를 입혀 주고 암청색 리본으로 머리를 묶어 주자, 세라는 자기 의자에 앉아 있는 에밀리에게 다가가 책을 한 권 주었다.

"내가 교실에 있는 동안 이걸 읽고 있어."

그러고는 자신을 신기하게 쳐다보는 마리에트에게 진지하게 말했다.

"나는 인형들이 우리 모르게 여러 가지 일을 한다고 믿어요. 사실 에밀리도 책을 읽고 말을 하고 걸을 수 있는데, 방에 아무도 없을 때만 그런지도 몰라요. 그건 에밀리만 아는 비밀이에요. 인형이 그런 걸 할 줄 안다는 걸 사람들이 알면 인형한테 일을 시킬지 모르잖아요. 그래서 아마도 인형들끼리 그걸 비밀로 하자고 약속한 것 같아요. 우리가 있으면 에밀리는 그냥 가만히 앉아서 허공만 보지만, 우리가 나가는 순간부터 책도 읽고 창가로 가서 밖을 내다볼지 몰라요. 그러다가 누군가 오는 소리가 들리면 얼른 돌아와서 의자에 뛰어 올라와 하루 종일 거기서 움직이지 않은 척하겠죠."

"콤므 엘 레 드롤!(Comme elle est drôle!, 참 재미있는 아이네!)"

마리에트는 혼잣말을 하고, 아래층에 내려가서 수석 하녀에게 이 이야기를 들려주었다. 그렇지만 마리에트는 이 영리해 보이는 얼굴에 나무랄 데 없이 예의 바른 별난 아이가 벌써 좋아지기 시작했다. 전에 돌봐 주던 아이들은 하나같이 버릇이 없었다. 그런데 세라는 어리지만 상냥했고 말투도 정중하고 공손해서 "마리에트, 부탁해요", "마리에트, 고마워요" 같은 말을 들으면 절로 마음이 끌렸다. 마리에트는 수석 하녀에게 세라는 자기한테 고맙다고 말할 때도 마치 지체 높은 숙녀를 대하듯이 한다고 말했다.

"엘 라 레르 뒌느 프랭세스, 세트 프티트(Elle a l'air d'une princesse, cette petite, 어린아이가 공주처럼 기품이 있다니까요)."

정말이지 마리에트는 새 주인을 만나서 무척 기뻤고 이 일자리가 아주 마음에 들었다.

세라가 그렇게 잠시 교실에 앉아 학생들의 시선을 한 몸에 받고 있을 때, 민친 교장이 근엄하게 책상을 탁탁 쳤다.

"학생 여러분, 새로운 친구를 소개하겠어요."

학생들이 모두 자리에서 일어나자 세라도 따라 일어났다.

"여러분 모두 크루 양을 잘 맞아줄 거라고 믿어요. 크루 양은 아주 멀리서, 그러니까 인도에서 온 지 얼마 안 됐어요. 수업이 끝나는 대로 서로 인사를 나누도록 해요."

학생들은 의례적으로 허리를 굽혀 인사했고, 세라가 무릎을 살짝 구부려 답례하자 자리에 앉아 다시 서로를 쳐다보았다.

"세라, 이리 와 봐라."

민친 교장이 평소 교실에서 하듯이 엄한 말투로 세라를 불렀다. 그러고는 책상에서 책 한 권을 집어 들어 책장을 넘겼다. 세라는 공손히 다가갔다.

"아버지가 프랑스인 하녀를 붙여 주신 걸 보니, 네가 프랑스어 공부를 특히 더 열심히 하길 바라시는 것 같구나."

세라는 약간 난처한 마음이 들었다.

"아빠는 제가 마리에트를 좋아할 거라고 생각하셨을 거예요, 선생님."

민친 교장은 얼핏 심기가 불편한 듯이 웃었다.

"너무 응석받이로 자라서 무엇이든 네가 좋아하는 대로 이루어진다고 생각하는 것 같구나. 나는 네 아버지가 네게 프랑스어를 더 가르치고 싶어 하신다는 인상을 받았어."

만일 세라가 조금 더 나이가 많았거나 예의를 깍듯이 지키는 아이가 아니었다면 그저 몇 마디 더 해서 자기 생각을 설명할 수 있었을 것이다. 하지만 세라는 얼굴부터 확 달아올랐다. 엄격하고 강압적인 민친 교장이 자신을 프랑스어를 전혀 모르는 아이로 단정지어 버리자, 그게 아니라고 말하는 것이 건방진 행동일 것 같았기 때문이다. 사실 세라는 프랑스어를 하지 못했던 때가 아예 기억에 없었다. 아버지는 세라가 아기일 때부터 프랑스어로 말 걸기를 즐겼다. 바로 세라의 어머니가 프랑스 사람이었고 크루 대위는 아내의 모국어를 사랑했기 때문에, 세라도 줄곧 프랑스어를 친숙하게 들으며 자랐던 것이다.

"저는…… 저는 프랑스어를 제대로 배운 적은 없지만…… 그렇지만……."

세라가 쭈뼛쭈뼛 자기 생각을 말하려고 입을 열었다.

그런데 민친 교장에게는 들키고 싶지 않은 커다란 비밀이 하나 있었다. 바로 프랑스어를 못한다는 사실이었다. 민친 교장은 이 사실을 몹시 숨기고 싶어 했다. 그래서 순진한 신입생과 이 문제로 말씨름을 벌이다가 무심코 자기 약점을 들통 낼 생각이 추호도 없었다.

민친 교장은 엄하고 차갑게 세라의 말을 잘랐다.

"그만 됐다. 배운 적이 없다니 당장 시작해야겠구나. 프랑스어를 가르치실 뒤파르주 선생님이 곧 오실 게다. 이 책을 가져가서 선생님이 오실 때까지 보고 있어."

세라는 얼굴이 화끈거렸다. 세라는 자리로 돌아가 책을 펼치고 심각한 얼굴로 첫 장을 들여다보았다. 웃는 건 무례한 행동 같았고, 세라는 무례한 행동은 하지 않겠다고 마음을 단단히 먹었다. 하지만 '르 페르(le père)'가 '아버지'이고 '라 메르(la mère)'가 '어머니'인 걸 가르치는 책을 봐야 하다니 기분이 말할 수 없이 묘했다.

민친 교장이 세라를 유심히 곁눈질하더니 말했다.

"세라, 못마땅한 얼굴이구나. 프랑스어를 배우는 게 그렇게 싫다니 유감이다."

세라는 다시 한 번 해명하려고 했다.

"저는 프랑스어를 아주 좋아해요. 하지만……."

"교장 선생님 말씀에 '하지만'이라고 토를 달아서는 안 된다. 책을 마저 보거라."

그래서 세라는 시키는 대로 책을 보았고, 웃지도 않았다. '르 피스(le fils)'가 '아들'이고 '르 프레르(le frère)'가 '형제'라는 부분에서도 웃지 않았다.

'뒤파르주 선생님이 오시면 그때 제대로 말씀드려도 괜찮겠지.'

곧 뒤파르주 선생이 교실에 도착했다. 매우 멋지고 지적으로 보이는 중년의 프랑스인이었다. 그는 얌전히 앉아서 작은 단어

책을 열심히 읽는 모습을 보이려고 애쓰는 세라가 눈에 들어오자 재미있다는 표정을 지으며 민친 교장에게 물었다.

"이 아이가 내 수업에 새로 온 학생인가요? 프랑스어를 열심히 공부하면 좋겠군요."

"저 애 아버지인 크루 대위는 딸이 프랑스어를 배우기를 아주 간절히 바라시죠. 그런데 저 아이는 프랑스어에 유치한 편견이 있는지, 배우고 싶어 하지 않는 것 같더군요."

뒤파르주 선생이 세라를 보며 친절하게 말했다.

"이런, 그거 유감이구나, 마드무아젤. 아마 나와 같이 공부하다 보면 멋진 언어라는 걸 배울 수 있을 거야."

어린 세라는 자리에서 일어섰다. 꼭 벌을 받고 있는 기분이 들었기 때문에 될 대로 되라는 심정이었다. 세라는 커다란 녹회색 눈으로 뒤파르주 선생을 빤히 쳐다보았다. 그 눈에는 진심을 호소하는 힘이 있었다. 일단 말을 하면 뒤파르주 선생님이 곧 이해하리라고 믿었다. 세라는 예쁘고 유창한 프랑스어로 술술 설명하기 시작했다. 교장은 알아들을 수가 없었다. 세라는 프랑스어를 책으로 공부한 건 아니지만, 아빠와 다른 사람들이 늘 자신에게 프랑스어로 말했고, 자신은 영어를 읽고 쓰듯 프랑스어도 읽고 썼다고 말했다. 아빠는 그걸 무척 좋아했고, 아빠가 좋아해서 세라도 좋았다고 했다. 세라가 태어날 때 돌아가신 엄마가 프랑스 사람이었다는 이야기도 했다. 선생님이 가르쳐 주시는 것은 기꺼이 배우고 싶고, 민친 선생님께 하려던 말은 이 책 속 낱말들을 이미 알고 있다는 것이었다고 말을 마치며, 세라는 작은 단어책을 앞으로 내밀었다.

세라가 프랑스어로 설명하기 시작하자 민친 교장은 펄쩍 뛸 듯이 놀랐다가, 세라가 말을 마칠 때까지 안경 너머로 분하다는 듯이 빤히 쳐다봤다. 뒤파르주 선생의 얼굴에 미소가 번졌다. 대단히 즐거워하는 미소였다. 이렇게 예쁘고 어린 목소리가 자신의 모국어로 그토록 수월하고 아름답게 말하는 소리를 듣고 있자니, 안개에 덮여 우중충한 런던에서 아득히 멀리 떨어진 듯 느껴지곤 하던 고국 땅에 돌아와 있는 기분마저 들었다. 선생은 아주 다정한 얼굴로 세라가 내민 단어책을 받아들었다. 그러고는 민친 교장에게 말했다.

"아, 교장 선생님, 저 아이에겐 내가 가르칠 게 별로 없군요. 저 애는 프랑스어를 공부한 게 아니에요. 그냥 프랑스 사람 같아요. 발음이 매우 정확하고 아름다워요."

"그럼 그렇다고 말을 했어야지."

민친 교장은 목소리를 높이며 몹시 당황한 기색으로 세라를 다그쳤다.

"전…… 저는 그러려고 했는데요. 제가…… 제때 말씀을 드리지 못한 것 같아요."

민친 교장도 세라가 설명하려고 했다는 걸 깨달았다. 설명을

하지 못한 것이 세라의 잘못이 아니라는 것도 알았다. 하지만 귀를 쫑긋 세우고 듣고 있는 학생들이며, 래비니어와 제시가 프랑스어 문법책 뒤에 숨어 킥킥대며 웃는 모습이 눈에 들어오자 분통이 치밀었다.

"조용, 조용히!"

교장은 매섭게 소리치며 책상을 쾅 내리쳤다.

"당장 조용히 하지 못해!"

그 순간부터 민친 교장은 자신의 과시용 학생에게 마음의 응어리를 품기 시작했다.

3

어민가드

첫날 아침, 세라가 민친 교장 옆자리에 앉아서 교실 전체가 자신을 관찰하느라 여념이 없다는 걸 느끼고 있을 때, 문득 한 아이가 눈에 들어왔다. 같은 또래로 보이는 아이는 다소 흐리멍덩한 옅은 파란 눈으로 세라를 유심히 보고 있었다. 똑똑해 보이는 구석은 조금도 없었지만, 입술을 오므려서 삐죽 내민 모습이 착해 보였다. 아이는 책상에 팔꿈치를 괴고서 한 갈래로 촘촘히 땋아 리본으로 묶은 금발머리를 앞으로 당겨 리본 끝을 잘근거리면서, 신기해 하는 눈으로 세라를 바라보고 있었다. 뒤파르주 선생이 세라에게 말을 건네자 그 아이는 겁먹은 표정을 지었고, 세라가 일어나서 진심으로 호소하는 눈빛을 하고 유창한 프랑스어로 대답하자 자신이 깜짝 놀라 벌떡 일어났다. 아이는 감탄하느라 얼굴까지 발갛게 물들었다. 영어 진도는 웬만큼 따라갔지만 '라 메르'며 '르 페르'는 도저히 안 외워져서 몇 주나 눈물을 흘리며 절망했던 아이로서는, 제 또래 아이가 그런 쉬운 단어들뿐만 아니라 다른 단어들까지 잘 알고, 게다가 그런 단어를 동사와 섞어 별것 아니라는 듯이 술술 말하는 모습이 벅찼던 것이다.

아이는 세라를 뚫어지게 쳐다보며 리본을 잘근잘근 씹어대다가 그만 민친 교장의 시선을 끌고 말았다. 안 그래도 그 상황이 못내 못마땅했던 민친 교장은 즉시 그 아이를 분풀이 대상으로 삼아 매섭게 호통쳤다.

"세인트 존 양! 대체 그게 무슨 행동이지? 팔 내리지 못해! 입에서 리본 빼고! 당장 똑바로 앉아!"

또다시 화들짝 놀란 세인트 존 양은 래비니어와 제시가 킥킥거리자 얼굴이 새빨개졌고, 영리하진 않지만 어린아이답게 맑은 눈에서 당장이라도 눈물이 샘솟을 것 같았다. 그 모습이 어찌나 딱해 보이던지 세라는 그 애에게 마음이 가고 친구가 되고 싶어졌다. 세라는 누가 괴롭힘이나 언짢은 일을 당하는 걸 보면 그냥 지나치지 못하는 아이였다.

크루 대위는 그런 세라에 대해서 이렇게 말하곤 했다.

"세라가 몇백 년 전에 남자아이로 태어났다면 검을 빼들고 전국을 누비면서 고통 받는 사람들을 구하고 편들어 줬을 거야. 저아이는 곤경에 처한 사람들을 보면 늘 그들을 위해서 맞서 싸우려 한다니까."

세라는 세인트 존 양에게 자꾸 눈길이 가서 아침 내내 흘끔거렸다. 그 아이는 수업을 따라가기도 벅차 했기 때문에, 과시용 학생으로 떠받들려서 제멋대로 굴 리는 없어 보였다. 세인트 존 양에게 프랑스어 수업은 눈물겨운 시간이었다. 그 아이의 발음에 뒤파르주 선생조차 웃음을 참지 못했고, 래비니어와 제시는 물론 운 좋게 발표를 면한 학생들까지 낄낄대거나 무시하는 얼굴로 이해가 안 간다는 듯 쳐다보았다. 하지만 세라는 웃지 않았다. 세인트 존 양이 '르 본 팽(le bon pain. 맛있는 빵)'을 '리 봉 팡'이라고 발음해도 못 들은 체하려고 애썼다.

세라는 어려도 발끈하는 성격이 있었던지라, 놀리는 웃음소리에 괴로워하는 어리숙한 얼굴을 보니 화가 치밀었다. 그래서 책위로 고개를 숙이며 입속말을 했다.

"하나도 안 웃겨. 저렇게 웃으면 안 되는 거잖아."

수업이 끝나자 학생들이 삼삼오오 모여 수다를 떨었다. 세라는 세인트 존 양을 찾았다. 아이는 잔뜩 풀이 죽은 모습으로 창가 자리에 웅크리고 앉아 있었다. 세라는 다가가서 말을 걸었다. 그 또래 아이들이 처음 만나면 으레 하는 말을 건넸을 뿐이지만 세라의 말투에는 늘 상냥함이 묻어나서 상대방은 누구나 그걸 느꼈다.

"넌 이름이 뭐니?"

그 순간 세인트 존 양이 얼마나 놀랐을지 이해하려면, 먼저 이 새로운 학생이 잠시나마 수수께끼 같은 존재였다는 사실을 기억할 필요가 있다. 이 학생 때문에 바로 전날 온 학교가 흥미진진한 추측과 말도 안 되는 억측 들을 늘어놓다가 밤이 늦어서야 지쳐 잠들었던 것이다. 마차와 조랑말과 하녀가 있고, 인도에서 바다를 건너온 이 학생과 아는 사이가 된다는 건 보통 일이 아니었다.

"내 이름은 어민가드 세인트 존이야."

"난 세라 크루야. 네 이름 참 예쁘다. 꼭 동화책에 나오는 이름 같아."

"이 이름이 좋아? 난, 난 네 이름이 좋은데."

어민가드가 더듬거리며 말했다.

어민가드의 생애 최대 고민거리는 아버지가 똑똑하다는 점이었다. 이 사실이 끔찍한 재앙처럼 여겨질 때도 있었다. 모르는 게 없고 외국어 일고여덟 개쯤은 거뜬히 구사하며 수천 권의 책을 읽고 달달 외는 아빠라면, 자기 딸이 적어도 교과서 내용 정도는 잘 알기를 기대할 것이다. 역사적 사건 몇 가지쯤은 정확히 기억하고 프랑스어 작문 정도야 거뜬히 해내겠거니 생각해도 무리가 아니다. 어민가드는 세인트 존 씨에게 가혹한 시련을 안겨 준 아이였다. 그는 어떻게 자기 아이가 뭐 하나 빼어난 구석 없이 영락없는 멍청이로 태어날 수 있는지 도무지 이해할 수가

없었다.

"맙소사, 어떤 때 보면 저 애는 멍청하기가 제 고모 엘리자 같다니까!"

아버지가 어민가드를 빤히 쳐다보면서 이렇게 내뱉은 게 한두 번이 아니었다.

엘리자 고모가 뭔가를 배울 때는 더디고 배운 걸 죄다 까먹는 데는 재빠른 사람이라면, 어민가드는 놀라우리만큼 고모와 비슷했다. 어민가드가 학교에서도 손꼽히는 열등생인 건 아무도 부인하지 못했다.

"어떻게 해서든 가르쳐 놓으세요."

세인트 존 씨가 민친 교장에게 한 말이다.

결국 어민가드는 창피를 당하거나 울면서 보내는 시간이 많았다. 아무리 배워도 곧 잊어버렸다. 아니면 기억은 하는데 이해를 못했다. 그러니 세라와 인사를 주고받고 나서 멍하니 앉아 감탄스러운 눈으로 세라를 바라보는 것도 당연했다.

"너 프랑스어 할 줄 알지?"

어민가드는 존경스럽다는 듯이 물었다.

세라는 창가에 놓인 크고 깊은 의자에 앉아서 두 손으로 무릎을 끌어안았다.

"내가 프랑스어를 하는 건 계속 프랑스어를 듣고 자랐기 때문이야. 너도 매일 들으면 할 수 있어."

"아, 아니야. 난 못했을 거야. 그래도 절대로 못했을 거야!"

"왜?"

세라가 의아하다는 듯이 물었다.

어민가드는 하나로 땋은 머리채가 흔들리도록 힘껏 고개를 가로저었다.

"너도 방금 들었잖아. 난 늘 그래. 단어조차 발음이 제대로 안 되는 걸. 프랑스어는 정말 이상해."

어민가드가 잠시 말을 멈췄다가 부러운 기색이 담긴 목소리로 다시 물었다.

"넌 '아주 똑똑해.' 그렇지?"

세라는 창밖 우중충한 광장을 내다보았다. 참새들이 젖은 쇠난간과 거무스름하게 그을음을 뒤집어쓴 나뭇가지 위를 종종 뛰어다니며 지저귀고 있었다. 세라는 잠깐 곰곰이 생각했다. '똑똑하다'는 소리는 자주 들었는데, 과연 자기가 정말 그런지, 만약 그렇다면 어쩌다가 그렇게 되었을지 궁금했다.

"모르겠어. 나도 잘 몰라."

세라는 동그랗고 토실토실한 얼굴에 스미는 서글픈 표정을 보고는 살짝 웃으며 말을 돌렸다.

"에밀리 만나 볼래?"

"에밀리가 누군데?"

어민가드는 민친 교장이 그랬던 것처럼 똑같이 질문했다.

세라가 손을 내밀었다.

"내 방에 같이 올라가서 보자."

둘은 의자에서 폴짝 내려와 계단을 올라갔다. 어민가드가 복도를 지나면서 조그맣게 소곤거렸다.

"정말이야? 정말 놀이방을 혼자서 써?"

"응. 아빠가 민친 선생님께 방을 혼자 쓰게 해 달라고 부탁하셨어. 왜냐하면, 음, 난 이야기를 지어내서 혼자 말하면서 노는데, 그럴 때 다른 사람들이 듣는 게 싫거든. 사람들이 듣는다고 생각하면 그런 놀이가 잘 안 돼."

어민가드가 갑자기 걸음을 뚝 멈추더니, 놀란 듯 숨을 헐떡이며 세라를 빤히 쳐다보았다.

"이야기를 지어낸다고? 프랑스어도 할 줄 알고 이야기도 지어낸다는 거야? 정말?"

의외의 반응에 세라도 어민가드를 마주 보았다.

"누구나 이야기를 지어낼 수 있어. 넌 한 번도 안 해 봤어?"

그러고는 조심하라는 듯 어민가드의 손에 제 손을 얹으며 소곤거렸다.

"지금부터는 문 앞까지 살금살금 가자. 가서 내가 문을 확 열면 혹시 목격할 수 있을지도 몰라."

세라가 살며시 웃었는데, 그 눈빛에 알 수 없는 무언가를 바라는 희망 같은 게 엿보여서 어민가드의 마음까지 완전히 사로잡했다. 물론 어민가드는 세라의 말이 무슨 뜻인지, 누구를 왜 '목격'하고 싶은 건지 전혀 감을 잡을 수 없었다. 그러나 그게 뭐든 분명히 신나고 설레는 일일 것 같았다. 그래서 어민가드도 잔뜩 기대에 부풀어서 발꿈치를 들고 세라를 따라 살금살금 복도를 걸어갔다. 두 아이는 아무 소리도 내지 않고 방 앞에 도착했다. 세라가 갑자기 손잡이를 돌려 방문을 확 열었다. 아주 깔끔하게 정돈된 방이 나타났다. 벽난로에서 조용히 불길이 일렁였고, 옆 의자에 책을 읽는 것처럼 보이는 멋진 인형이 앉아 있었다.

세라가 말했다.

"에이, 우리가 보기 전에 제자리로 돌아간 거야! 하기야 쟤들은 언제나 그래. 번개처럼 빠르다니까."

어민가드는 세라를 보고 인형을 보고 다시 세라를 보더니, 숨죽여 물었다.

"저게…… 걸어 다녀?"

"응. 난 그렇다고 믿어. 그렇게 믿는 척한다는 거야. 그러다 보면 정말 그런 것 같거든. 넌 뭔가를 그런 척해 본 적 없어?"

"한 번도 없어, 난……. 그게 어떤 건지 말해 줄래?"

어민가드는 이 특이한 새 친구에게 홀딱 마음을 빼앗겨서, 평생 이렇게 예쁜 사람처럼 생긴 인형을 처음 보면서도 에밀리가 아니라 세라만 빤히 쳐다보았다.

"우리 앉자. 앉아서 말해 줄게. 이건 너무 쉬워서 한 번 시작하

면 그만두기가 힘들어. 언제든지 그냥 계속 이어서 하면 돼. 참 멋진 일이기도 하고. 에밀리, 잘 들어. 얘는 어민가드 세인트 존이야. 어민가드, 얘는 에밀리야. 안아 볼래?"

"그래도 돼? 정말? 진짜 예뻐!"

어민가드는 에밀리를 품에 안았다.

짧지만 따분한 일만 가득한 삶을 살았던 어민가드는, 점심시간을 알리는 종소리에 하는 수 없이 아래층으로 내려가기 전까지 기묘한 새 친구와 상상조차 해 본 적 없는 꿈같은 시간을 보냈다.

세라는 벽난로 앞 양탄자에 웅크리고 앉아서 신기한 이야기들을 들려주었다. 세라의 초록색 눈이 반짝이고 뺨이 붉게 상기되었다. 배를 타고 바다를 건넌 이야기와 인도 이야기는 눈이 휘둥그레질 정도로 흥미진진했다. 하지만 어민가드를 가장 매료시킨 이야기는 인형들이 걷고 말할 수 있을 뿐 아니라, 사람이 없을 때는 무슨 일이든 원하는 대로 하면서도 그런 능력을 비밀에 붙인 채 누군가 오면 '번개처럼' 제자리로 돌아간다는 세라의 상상이었다.

"사람은 그렇게 못해. 있잖아, 그건 마법 같은 거야."

세라는 진지하게 말했다.

에밀리를 찾으러 다닌 이야기를 할 때 갑자기 세라의 표정이 변하는 게 어민가드의 눈에 띄었다. 얼굴 위로 구름이 지나가며 반짝이던 눈에서 빛을 가려 버린 듯했다. 숨을 가쁘게 쉬는 통에 이상하고 애처로운 소리가 나더니 이어서 어떤 일을 할지 말지 결단이라도 내리는 사람처럼 입을 앙다물었다. 어민가드는 다른 아이들처럼 세라도 갑자기 엉엉 울음을 터뜨릴 거라고 생각했다. 하지만 세라는 울지 않았다.

"너 어디, 어디 아프니?"

어민가드가 조심스럽게 물었다.

세라는 잠시 뜸을 들이다가 대답했다.

"응. 그런데 몸이 아픈 게 아니야."

그러더니 목소리를 떨지 않으려고 애쓰면서 나직이 되물었다.

"넌 아빠를 이 세상의 그 무엇보다 더 사랑해?"

어민가드의 입이 헤 벌어졌다. 아빠를 사랑할 수 있다는 생각은 한 번도 해 본 적이 없고, 단 십 분이라도 아빠와 단 둘이 있는 시간을 피할 수 있다면 무엇이든 다 하겠다고 말하는 건 명문 기숙학교에 다니는 어엿한 학생이 해서는 안 될 행동이라는 사실을 어민가드도 잘 알았다. 어민가드는 창피하고 당황스러워 말을 또 더듬었다.

"난, 나는 아빠를 잘 만나지도 못해. 아빠는 항상 서재에 계셔. 거기서 뭘 읽으셔."

"나는 이 세상을 다 합친 것보다 열 배는 더 아빠를 사랑해. 그래서 아픈 거야. 아빠가 멀리 떠나셔서."

세라는 끌어안은 무릎 위로 조용히 얼굴을 묻고 잠시 미동도 없이 앉아 있었다.

'엉엉 울려나 봐.'

어민가드가 속으로 걱정이 되었다.

하지만 세라는 울지 않았다. 짧고 까만 머리카락 몇 가닥이 귓가로 흘러내렸지만 세라는 꼼짝도 하지 않고 고개를 숙인 채로 말했다.

"잘 견디겠다고 아빠랑 약속했어. 난 그럴 거야. 사람은 참을 줄 알아야 하거든. 군인들이 참고 견디는 걸 생각해 봐! 아빠는 군인이셔. 전쟁이 나면 아빠는 행군도 갈증도 견디고 어쩌면 크게 다쳐도 참고 견디셔야 할 텐데, 그래도 불평은 한 마디도 하지 않으실 거야. 한 마디도."

어민가드는 세라를 가만히 바라볼 수밖에 없었지만 그런 세라가 대단해 보이고 마냥 좋아졌다. 참 멋지고 남다른 아이였다.

세라는 이내 얼굴을 들고 고개를 흔들어 흘러내린 머리카락들을 뒤로 넘기며 설핏 별난 미소를 지었다.

"말을 계속 하고 또 하면서 네게 '역할 상상놀이'에 대해 이야기해 주다 보면 더 잘 견딜 수 있겠지. 잊히지는 않겠지만 견디기는 수월해질 거야."

어민가드는 왠지 모르게 목이 메면서 눈물이 쏟아질 것만 같았다. 살짝 잠긴 목소리로 어민가드가 말했다.

"래비니어랑 제시는 '단짝 친구'야. 우리도 단짝 친구가 될래? 내 단짝 친구가 되어 줄래? 넌 학교에서 제일 똑똑하고 난 학교에서 제일 멍청한 아이지만 난, 아, 난 네가 정말 좋아!"

"나도 그러면 좋겠어. 누가 날 좋아해 주면 참 고마운 마음이 들어. 그래. 우리 친구 하자. 그리고 있잖아."

순간 세라의 얼굴에 반짝 빛이 났다.

"내가 프랑스어 공부를 도와줄게."

4

로티

만일 세라가 조금 다른 품성을 가진 아이였다면, 이후로 몇 년 동안 민친 기숙학교에서 지낸 시간들이 세라에게 아무런 보탬이 되지 않았을 것이다. 세라는 학생이라기보다 학교의 귀빈처럼 대접을 받았다. 세라가 독선적이고 거만했더라면 오냐오냐하며 비위나 맞추려는 사람들 틈바구니에서 더는 받아 주지 못할 정도로 버릇없는 아이가 되었을 것이다. 게으른 성품이었다면 아무것도 배우지 못했을 것이다. 민친 교장은 내심 세라를 싫어했지만, 워낙 속물근성으로 똘똘 뭉친 사람이었기 때문에 그토록 내세워 자랑하기 좋은 학생이 자칫 학교를 떠나고 싶다는 마음을 먹을 말이나 행동은 그 어떤 것도 하지 않았다. 만일 세라가 이곳 생활이 편치 않다거나 불만이 있다는 편지를 쓰기라도 하면, 크루 대위가 당장 아이를 데려갈 터였다. 민친 교장은 어떤 아이든 칭찬만 내리 하며 원하는 걸 다 들어주는 학교를 좋아할 거라고 확신했다. 그러다 보니 세라는 수업 내용을 빨리 익힌다고 칭찬을 받았고, 예의 바르게 행동한다고 칭찬을 받았으며, 친구들에게 상냥하고 친절하다고 칭찬을 받았다. 또 불룩한 지갑에서 6펜스짜리 동전을 꺼내 거지 아이에게 건네면 착하다고 칭찬을 받았다. 세라가 하면 하찮은 행동도 착하고 갸륵한 행실로 추켜세웠다. 타고난 성품이 달랐거나 똑똑하지 않았다면 세라는 자기만족에 빠져 헤어나지 못했을 것이다.

다행히 세라는 영리해서 자신과 자신을 둘러싼 환경들을 제법 바르게 판단하고 정확히 이해했다. 이따금 어민가드에게도 그런 이야기를 진지하게 들려주었다.

"사람들한테는 어쩌다 우연히 일어나는 일들이 많아. 내게는 우연히 좋은 일들이 많이 일어났고. 어쩌다 보니 난 책 읽고 공부하는 걸 좋아했고, 배운 건 기억도 잘했어. 어쩌다 보니 잘 생기고 착하고 머리도 좋고 내가 좋아하는 건 뭐든 해 주시는 아빠의 딸로 태어난 거야. 그러니까, 난 원래 그리 착한 아이가 아닐지도 몰라. 갖고 싶은 걸 다 갖고 모두 다 친절하게 대해 주면 누구라도 착해지지 않을까?"

그러더니 표정이 진지해졌다.

"내가 진짜 착한 아이인지 못된 아이인지 잘 모르겠어. 어쩌면

난 '끔찍한' 아이인데 힘든 일이 없었기 때문에 그 사실을 아는 사람이 아무도 없을 수도 있잖아."

어민가드가 떨떠름하게 말했다.

"래비니어도 힘든 일이 없는데, 갠 못됐잖아."

세라는 작은 코끝을 문지르며 곰곰이 생각하다가 이렇게 말했다.

"그건 아마…… 아마 래비니어가 지금 '크는' 중이라서 그럴 거야."

이건 언젠가 래비니어의 성장 속도가 너무 빨라서 건강이나 성격에 문제가 생기는 것 같다고 했던 아멜리아 선생의 말을 기억해서, 세라가 좋은 쪽으로 해석한 것이었다.

래비니어는 실제로 심술궂었고, 세라를 심하게 질투했다. 세라가 오기 전까지 래비니어는 스스로 학교의 대표로 행세했다. 자기 말을 듣지 않는 아이들에게 얼마든지 못되게 굴 수 있는 성격 덕분이었다. 어린아이들한테는 제멋대로 횡포를 부렸고 또래들에게는 도도하고 오만하게 굴었다. 얼굴도 꽤 예쁜 데다가 기숙학교 학생들이 두 사람씩 줄을 지어 행진할 때면 옷차림도 제일 돋보이는 존재였다. 그런데 세라가 벨벳 외투를 입고 흑담비 토시를 긴 채 타조 털을 늘어뜨린 차림으로 나타나 민친 교장 손에 이끌려 행렬의 맨 앞에 서기 시작한 것이다. 이것만으로도 충분히 아니꼬웠는데 그게 다가 아니었다. 시간이 흐르면서 세

라는 못된 짓을 저질러서가 아니라 결코 그런 짓을 저지르지 않아서 학교의 대표로 자리를 굳혔다.

'단짝 친구'인 제시마저 솔직한 이야기로 래비니어의 화를 돋우었다.

"세라 크루는 절대로 잘난 체하지 않아. 개 정도면 그럴 만도 하잖아, 래비니어. 나 같으면 콧대가 하늘을 찔렀을 텐데. 그렇게 좋은 걸 많이 가졌고 주변에서 서로 떠받들어 주지 못해 안달이면 말이야. 민친 선생님이 학부모들한테 그 애를 내세워서 뽐내는 건 정말 우습지 뭐야."

래비니어가 민친 교장의 말투를 그대로 흉내 냈다.

"우리 세라, 응접실로 와서 머스그레이브 부인에게 인도 이야기를 해 드리렴. 우리 세라, 피트킨 부인에게 프랑스어로 말해 보렴. 이 아이는 발음이 아주 완벽하답니다.' 그 애는 우리 학교에서 프랑스어를 배운 것도 아니고, 머리가 딱히 좋아서 프랑스어를 익힌 것도 아니잖아. 자기 입으로 자긴 한 번도 배운 적이 없댔어. 그냥 아빠가 말하는 걸 주워들었다잖아. 걔네 아빠도 그래. 인도 장교가 뭐 그리 대단하다고."

제시는 느릿느릿 말했다.

"글쎄, 그 애 아빠는 호랑이를 죽였대. 세라 방에 있는 호랑이 가죽도 그 애 아버지가 잡아서 만든 거라던데. 그래서 그 애가 그걸 그렇게 좋아한다나 봐. 그 위에 누워서 고양이 만지듯이 머리를 쓰다듬는다니까."

래비니어가 톡 쏘아붙였다.

"걘 맨날 이상한 짓만 하잖아. 우리 엄마가 그러는데 개처럼 뭐가 어떤 척 상상하는 건 바보 같은 짓이래. 그런 애는 커서 괴 짜가 된댔어."

세라가 결코 잘난 체하지 않는다는 건 맞는 말이었다. 세라는 마음씨가 친절하고, 자신이 누리는 특권과 가진 것들을 아낌없 이 나누어 주는 아이였다. 어린 학생들은 열 살에서 열두 살 정 도의 '성숙한 숙녀'인 상급생들에게 무시당하고 저리 비키라는 핀잔을 듣는 데 익숙했는데, 모두가 선망하는 세라 때문에 우는 일은 전혀 없었다. 세라는 어리지만 어머니처럼 따뜻한 면이 있 어서, 누가 넘어져 무릎을 긁히기라도 하면 달려가서 부축해 일 으키며 다독이고 주머니를 뒤져 사탕 같은 걸 꺼내 주며 달랬다. 비키라며 아이들을 밀치거나 어린 나이를 약점 잡아 수치심을 주고 상처 주는 말을 하는 일이 전혀 없었다.

래비니어가 로티의 뺨을 때리며 "이 꼬맹이가!" 하고 소리친 적이 있었는데, 그때 세라는 정말 매섭게 말했다.

"네 살이니까 네 살처럼 행동하는 거야. 하지만 로티도 내년에 는 다섯 살이 되고, 내후년에는 여섯 살이 될 거야."

세라는 동그랗게 뜬 눈으로 죄를 묻듯이 말을 이었다.

"그렇게 십육 년이 지나면 스무 살이 되는 거고."

"어머나, 계산도 잘하셔라!"

4에 16을 더하면 20이 되는 거야 당연하지만, '스무 살'이란 아무리 과감한 아이라도 꿈에서조차 까마득한 나이였다.

그래서 어린 학생들은 세라를 몹시 따르며 좋아했다. 언젠가 세라가 얄잡힘만 당하던 아이들을 방으로 초대해서 다과회를 열었다. 그때 에밀리도 가지고 놀게 해 주고 에밀리 전용 찻잔 세트도 내주었다. 파란 꽃잎이 그려진 찻잔에 아주 연하고 매우 달콤한 차를 만들어 마실 수 있는 것이었는데, 그토록 진짜 같이 정교한 인형 찻잔 세트는 다들 처음 보았다. 그 오후의 다과회 이후 초급반의 어린 학생들 모두가 세라를 여신이자 여왕처럼 떠받들었다.

로티 레이는 거의 추앙하는 수준에 이르렀다. 세라가 엄마처럼 다정하게 받아 주는 아이가 아니었다면 무척 성가셨을 정도였다. 로티의 아버지는 변덕스럽고 즉흥적인 사람이어서, 어린 아이에게 뭘 어떻게 해 줘야 할지 모르겠다는 이유로 로티를 학교로 보내 버렸다. 로티의 어머니가 젊어서 세상을 뜨자 아버지는 어린 로티를 아끼는 인형이나 집에서 제멋대로 키우는 원숭이나 강아지처럼 길렀다. 자연히 로티는 막무가내인 아이로 자랐고, 뭔가를 원하거나 원치 않을 때마다 엉엉 울어 댔다. 그런데 늘 가질 수 없는 것을 원하고 자신에게 딱 맞는 건 싫어했기 때문에, 귀가 째지도록 울고불고하는 로티의 울음소리가 툭하면 학교 어디선가 들려왔다.

로티는 어디서 들었는지 사람들이 엄마 잃은 어린아이를 가엾게 여기며 잘 대해 준다는 사실을 알고는 자신의 강력한 무기로 삼았다. 아마도 엄마가 죽고 얼마 안 됐을 때 어른들이 로티를 두고 하는 이야기를 들었던 모양이다. 로티는 이 버릇을 무기처럼 아주 제대로 활용했다.

세라가 처음으로 로티를 맡아 돌보게 된 건 어느 날 아침이었다. 응접실 앞을 지나는데, 민친 교장과 아멜리아 선생이 부아가 난 아이의 울음을 멈추게 하려고 애쓰는 소리가 들렸다. 하지만 아이는 울음을 그칠 의사가 없어 보였다. 어찌나 막무가내로 울어대던지, 민친 교장은 그 울음소리에 묻히지 않으려고 점잖은 태도도 깜박 잊고 고함을 지르다시피 했다.

"대체 왜 우는 거야?"

"앙앙, 으앙! 난 엄마가 없단 말이야!"

아멜리아 선생도 소리를 질렀다.

"세상에, 로티! 얘야, 그만 좀 그쳐! 울지 마! 제발 그만하렴!"

"으앙! 앙! 으아앙! 아앙! 난 엄마가…… 엄마가…… 없어!"

로티가 세상이 떠나가라 엉엉 울었다.

민친 교장이 으름장을 놓았다.

"로티, 너는 매를 좀 맞아야 해! 회초리 맞을 줄 알아라, 떼쟁이 같으니!"

로티는 더 시끄럽게 통곡했다. 아멜리아 선생도 울음을 터뜨렸다. 민친 교장도 점점 더 목소리가 커지다가 결국 끓어오르는 화를 어찌하지 못해서 의자에서 벌떡 일어나서 방을 나왔다. 아멜리아 선생이 혼자 남아 이 상황을 해결해야 했다.

그때 세라는 응접실 문 앞 복도에 멈춰 서서 들어갈까 말까 망설이고 있었다. 얼마 전부터 로티와 친해졌기 때문에 잘 달랠 수 있을 것 같아서였다. 방에서 나오다가 세라와 마주친 민친 교장의 얼굴에 골치 아픈 기색이 역력했다. 방에서 흘러나온 자기 목소리가 품위 있거나 다정하게 들렸을 리 없다는 사실을 깨달았던 것이다.

"오, 세라구나!"

민친 교장은 억지로 미소를 지으려고 애썼다.

"지나가던 길에 로티 목소리가 들려서요. 혹시 제가, 그냥 어쩌면요, 제가 울음을 그치게 할 수 있을 것 같아요. 제가 달래 볼까요, 민친 선생님?"

"그래보든지. 넌 머리가 잘 돌아가는 애니까."

민친 교장이 쯧 소리가 날 정도로 혀를 차며 빈정댔다. 그러다가 자신의 퉁명스러운 대답에 세라의 얼굴이 살짝 굳자 얼른 태도를 바꾸었다.

"넌 뭐든지 잘하잖니. 아마 저 아이도 너라면 달랠 수도 있겠구나. 들어가 보렴."

민친 교장은 순순한 태도로 허락하고 자리를 떴다.

세라가 방에 들어갔을 때 로티는 바닥에 드러누워 소리를 지르고 작고 통통한 다리를 바동거리며 발차기를 하고 있었다. 아멜리아 선생은 질겁해서 로티에게 몸을 수그리고는 어찌할 바를 모른 채 벌겋게 열이 오른 얼굴에 땀만 뻘뻘 흘리고 있었다. 로티는 집에서도 놀다가 이렇게 발버둥 치고 소리를 지르면 자기를 달래려는 사람들이 원하는 대로 뭐든 다 해 준다는 사실을 이미 알고 있었다. 가여운 아멜리아 선생은 통통한 몸으로 이 방법 저 방법을 다 써 보고 있었다.

"가여워라. 그래, 엄마가 없는 거 알아. 가엾게도……."

달래도 안 되면 태도를 바꿔서 혼냈다.

"로티, 당장 그만하지 않으면 혼날 줄 알아. 불쌍한 것! 자, 그래! 이 고약하고 못되고 지긋지긋한 녀석! 너 맞아야겠구나, 맞아야겠어!"

세라가 두 사람에게 조용히 다가갔다. 정확히 설명할 수는 없었지만, 저렇게 쩔쩔매고 격앙해서 이랬다저랬다 하는 말들은 차라리 하지 않는 게 더 나을 것 같았다.

세라는 귓속말처럼 작은 목소리로 말했다.

"아멜리아 선생님, 민친 선생님께서 제가 로티를 달래 봐도 좋다고 하셨어요. 제가 해 볼까요?"

아멜리아 선생은 세라를 돌아보더니 도리 없다는 얼굴로 숨을 몰아쉬며 말했다.

"아, 그럴 수 있겠니?"

세라가 여전히 작은 목소리로 대답했다.

"할 수 있을지는 잘 모르겠지만, 제가 해 볼게요."

무릎을 꿇고 앉아 있던 아멜리아 선생이 비틀거리며 일어나 한숨을 푹 쉬었다. 로티는 작고 통통한 다리를 더욱 힘껏 바둥거렸다.

"조용히 나가 주시면 제가 로티 옆에 있을게요."

아멜리아 선생이 금방이라도 훌쩍일 듯이 말했다.

"어휴, 세라! 이렇게 지독한 아이는 처음이야. 우리가 이 애를 계속 감당할 수 있을지 모르겠다."

아멜리아 선생은 조용히 방을 나가며 빠져나갈 구실이 생긴 데에 몹시 안도했다.

세라는 악을 쓰고 울어 대는 아이 옆에 서서, 잠시 말없이 내려다보았다. 그러다가 조용히 바닥에 앉아서 기다렸다. 로티가 악쓰는 소리 말고는, 방 안은 매우 조용했다. 어린 로티로서는 처음 겪는 상황이었다. 로티가 악쓰고 떼쓰며 고집부리면 어른들은 늘 서둘러서 말리고 야단치다가 사정하고 달랬다. 누워서 발버둥을 치고 소리를 지르는데도 옆 사람이 아무 신경도 쓰지 않는 듯한 낌새에 로티는 그 사람이 누구인지 궁금했다. 그래서 눈을 꼭 감은 채로 눈물만 줄줄 흘리던 로티는 눈을 뜨고 옆 사람이 누군지 살펴보았다.

자기 같은 어린아이였다. 에밀리와 온갖 멋진 물건들을 잔뜩 가지고 있는 그 주인공이었다. 세라는 옆에 앉아서 자기를 차분히 내려다보며 그저 생각에 잠겨 있는 듯했다. 울음을 멈춘 잠깐 사이에 이런 사실을 알아낸 로티는 다시 울기 시작해야 한다고 생각했다. 하지만 조용한 방과 오묘하면서도 재미있어 보이는 세라의 얼굴 때문인지 처음보다 맥이 풀려 버린 느낌이었다.

"난, 어, 어, 엄마가, 어, 없단 말이야!"

로티가 소리치려고 했지만 목소리에 별로 힘이 들어가지 않았다.

세라는 한층 더 차분하게 로티를 바라보았는데, 그 눈에는 이해한다는 눈빛이 서려 있었다.

"나도 없어."

너무나 뜻밖의 말이었다. 로티는 깜짝 놀라서 얼결에 다리를 내리고 꼼지락거리다가 누운 채로 세라를 가만히 올려다보았다. 온갖 수를 다 써도 아이가 고집을 부릴 때는 생각의 전환이 필요한 법이다. 더욱이 로티는 자주 짜증을 내는 민친 교장과 바보처럼 무르기만 한 아멜리아 선생은 싫어했지만, 잘 알지는 못해도 세라는 좋아했다. 떼쓰기를 멈출 마음은 없었지만 이미 정신이 다른 데 팔려 버려서, 로티는 한 번 더 꼼지락거리고는 뿌로통해져서 울먹이다가 물었다.

"어디 가셨는데?"

세라는 순간 멈칫했다. 엄마는 하늘에 계시다는 말을 듣고 그 말을 두고두고 곰곰이 생각해 보았지만, 자기 생각은 좀 달랐기 때문이다.

"하늘나라에 가셨어. 하지만 난 엄마가 가끔 나를 보러 오신다고 확신해. 보이지는 않지만. 너희 엄마도 그러실 거야. 지금도 두 분이 우리를 보고 계실지 몰라. 어쩌면 두 분 다 이 방에 계실 수도 있고."

로티가 똑바로 일어나 앉아 주위를 두리번거렸다. 로티는 귀여운 얼굴에 머리가 곱슬거리고 동그란 눈은 이슬을 머금은 물망초를 닮은 아이였다. 만일 로티의 엄마가 삼십 분 동안 이곳을 지켜보았다면, 로티가 천사 같은 아이라고 생각하기는 어려웠을 것이다.

세라는 이야기를 이어 나갔다. 어떤 사람들은 동화에나 나올 법한 이야기라고 생각했겠지만, 로티는 머릿속에 전부 다 진짜같이 생생하게 그려져서 저도 모르게 열심히 귀를 기울였다. 로티도 '엄마한테 날개가 있고 왕관도 쓰고 있다'는 말은 들은 적이 있었다. 여자들이 아름답고 하얀 잠옷 같은 옷을 입고 있는 그림도 보고, 그 여자들이 천사라는 이야기도 들었다. 그런데 세라가 들려주는 이야기는 진짜 사람들이 사는 아름다운 나라에 대한 진짜 이야기 같았다.

"거기에는 꽃밭이 끝없이 펼쳐져 있어."

세라도 여느 때처럼 이야기에 푹 빠져 어느덧 꿈을 꾸는 얼굴로 말하고 있었다.

"백합 꽃밭이 끝도 없이 펼쳐져 있어서, 바람이 산들산들 불어오면 꽃향기가 바람에 실려 퍼져 나가. 그래서 거기선 언제든 그 향이 난단다. 늘 산들바람이 불거든. 어린아이들은 백합 꽃밭을 뛰어다니면서 저마다 한아름씩 꽃을 가져와서, 웃으며 작은 화관을 만들지. 또 거기는 거리마다 반짝반짝 빛이 나. 사람들은 아무리 걸어도 절대 지치는 법이 없고, 가고 싶은 곳은 어디든 둥둥 떠다닐 수 있어. 도시를 황금과 진주로 만든 벽이 둘러쌌는데, 담이 낮아서 사람들이 거기 기대서서 여기 땅을 내려다보며 미소를 짓기도 하고, 아름다운 소식을 전하기도 해."

세라가 어떤 이야기를 들려주든 로티는 분명 울음을 그치고 이야기에 푹 빠져 열심히 귀를 기울였을 것이다. 하지만 이 이야기는 특히나 더 로티를 사로잡았다. 로티는 세라 옆으로 바짝 다가가 앉아, 이야기가 끝날 때까지 한 마디도 놓치지 않고 귀에 꾹꾹 새겨 담았다. 그런데 그 끝이 너무 빨랐던 모양이다. 이야기가 끝나자 로티는 너무 아쉬웠던 나머지 입 모양을 불길하게 비죽거리더니 끝내 다시 울음을 터뜨렸다.

"나도 거기 가고 싶어. 학교에는 엄마가 없잖아."

세라는 위험 신호를 알아채고 꿈에서 빠져나왔다. 포동포동한 손을 잡아 자기 옆으로 끌어 앉히면서 달래주듯 차분한 미소를 지었다.

"내가 네 엄마가 되어 줄게. 네가 내 딸이라고 하고 놀자. 그럼 에밀리는 네 동생이 되는 거야."

로티의 토실한 볼에 보조개가 패었다.

"정말?"

"그래."

세라가 자리에서 벌떡 일어섰다.

"가서 에밀리한테도 말해 주자. 그 다음에 내가 네 얼굴을 씻겨 주고 머리도 빗겨 줄게."

그 말에 로티도 기분이 좋아져서 선뜻 좋다고 말했고, 세라를 따라 총총 방을 나와 위층으로 올라갔다. 조금 전까지 점심시간 전에 씻고 머리를 빗어야 한다는 말을 듣지 않아서 민친 교장에게 불려가서 꾸지람을 듣다가 그 난리를 일으켰다는 사실은 기억조차 나지 않는 듯했다.

이때부터 세라는 로티에게 양엄마가 되었다.

5

베키

　물론 세라가 가진 가장 큰 힘은 따로 있었다. 많은 학생들이 세라를 따른 진짜 이유는 세라의 화려한 물건들도, 세라가 민친 교장의 '과시용 학생'이라는 사실도 아니었다. 래비니어나 몇몇 다른 학생들조차 빠져들게 만든 세라의 진짜 힘은 이야기를 지어 내는 능력과, 진짜든 아니든 '진짜 이야기'처럼 들리게 말하는 능력이었다.

　학창 시절 이야기꾼 친구가 있어 본 사람이라면 그 힘이 얼마나 대단한지 알 것이다. 학생들이 그 친구를 얼마나 졸졸 따라다니며 사랑 이야기를 해 달라고 조르는지. 이야기꾼 친구를 그들이 빙 둘러싸면, 그 주위를 또다시 그 틈에 끼어 앉고 싶은 아이들이 맴돈다. 세라는 이야기를 잘했을 뿐만 아니라 이야기하는 것도 무척 좋아했다. 세라가 아이들에게 빙 에워싸인 채 앉거나 서서 아름다운 이야기를 지어내기 시작하면, 초록빛 눈이 동그랗게 커지며 반짝반짝 빛났고 두 뺨은 발그레해졌다. 몸짓으로 아름답거나 놀라운 장면들을 실감나게 표현했고, 목소리가 높아지거나 낮아졌다. 몸을 굽혔다가 흔들었다가 했고, 손도 과장되게 움직였다. 세라는 자신이 이야기를 하고 앞에서 아이들이 듣고 있다는 사실도 까맣게 잊고, 동화나 모험담 속 왕과 왕비와 아름다운 귀부인들을 만나 그 세계에 빠져들었다. 가끔은 이야기를 끝내고 나면 흥분감에 숨이 차올라서 가쁘게 오르락내리락하는 가냘픈 가슴에 손을 얹으며 스스로도 어이가 없다는 듯 피식 웃었다.

세라는 이렇게 말하곤 했다.

"이야기를 하다 보면 그게 그냥 지어낸 이야기 같지가 않아. 너희들보다도 더 진짜 같아. 이 교실보다도 더. 꼭 내가 이야기마다 거기 나오는 사람이 된 것 같아. 한 사람 한 사람이 다. 참 이상해."

민친 기숙학교에 온 지 이 년쯤 된 어느 안개 낀 겨울날 오후, 세라가 가장 따뜻한 벨벳과 모피 옷들로 포근하게 몸을 감싸고 스스로 생각하는 것보다 훨씬 더 화려해 보이는 차림으로 마차에서 내려 길을 건너는데, 학교 지하실로 내려가는 계단에 서서 목을 쭉 빼고 난간 너머로 자신을 엿보는 조그맣고 거무스름한 형체가 눈에 띄었다. 무언가를 간절히 보고 싶어 하면서도 겁을 먹은 듯한 꾀죄죄한 얼굴에 마음이 가서 세라는 늘 하듯이 미소를 지어 보였다.

하지만 꼬질꼬질한 얼굴의 아이는 귀한 학생을 쳐다보다가 들켰으니 큰일이라도 날까 봐 두려운 기색이었다. 아이는 상자를 열면 튀어나오는 스프링 인형처럼 부엌으로 헐레벌떡 들어가 버렸다. 만일 아이가 그토록 처량해 보이지만 않았다면 세라는 순식간에 사라지는 모습이 우스워 웃음을 터뜨렸을 것이다. 바로 그날 저녁, 세라가 교실 한 구석에서 아이들에게 둘러싸여 이야기를 들려주고 있을 때, 그 아이가 자기 몸에 비해 너무 무거워 보이는 석탄통을 들고 계단을 올라왔다. 그러고는 쭈뼛거리며 교실에 들어오더니, 난로 앞 양탄자에 무릎을 꿇고 난로에 석탄을 채우고 재를 쓸어 냈다.

아이는 지하 계단 앞 난간 틈을 훔쳐볼 때보다는 깨끗해진 모습이었지만 여전히 겁을 먹고 있었다. 학생들 쪽을 쳐다보거나 이야기를 듣는 것처럼 보여질까 봐 걱정하는 듯했다. 소리가 나지 않도록 석탄 덩어리들을 손가락으로 집어서 조심스럽게 난로에 넣었고 난로와 그 주변을 살살 쓸었다. 하지만 2분이 채 지나지 않아 아이는 이야기에 푹 빠졌고, 한 마디라도 더 들으려고 난로 주변 여기저기를 치우며 일부러 천천히 일했다. 세라는 이 사실을 깨닫고, 일부러 목소리를 키우고 더 또박또박 말하기 시작했다.

"인어들이 수정처럼 맑은 물속을 유유히 헤엄치며 깊은 바닷속 진주로 엮어 만든 그물을 끌어당겼어. 공주는 하얀 바위에 앉아 그 모습을 지켜보고 있었어."

한 인어 왕자*가 사랑한 공주가 바닷속 빛나는 동굴로 가서 왕자와 함께 살게 되었다는 아름다운 이야기였다.

난로 앞에 앉은 어린 하녀는 난로를 쓸고 또 쓸었다. 두 번이나 쓸어 낸 다음 한 번을 더 쓸었다. 세 번째로 난로를 쓸던 중에 이야기에 푹 빠져 버린 나머지, 아이는 마법에라도 걸린 듯 자신은 들을 권리가 없다는 사실을 깜박 잊고 다른 일들도 전부 다 까맣게 잊고 말았다. 무릎을 꿇었던 양탄자 위에 완전히 주저앉은 아이 손가락에서 빗자루가 달랑거렸다. 그저 이야기꾼의 목소리를 따라 구불구불한 바닷속 동굴 안으로 따라 들어갔다. 동굴은 맑고 은은한 푸른 빛으로 일렁였고, 바닥이 깨끗한 금빛 모래로 덮여 있었다. 처음 보는 바닷속 꽃과 풀 들이 주변에서 물결 따라 한들거렸고, 저 멀리서 아련히 노랫소리가 울려 퍼졌다.

일 때문에 거칠어진 손에서 빗자루가 툭 떨어졌다. 래비니어 허버트가 뒤를 돌아보더니 큰소리로 말했다.

"저 애가 듣고 있었잖아."

---

* 안데르센의 《인어 공주》를 뒤집어 쓴, 매슈 아놀드의 시 〈버림받은 인어 왕자〉에서 따온 이야기로 보인다.

어린 하녀는 얼른 빗자루를 집어 들고 허둥지둥 일어섰다. 그러고는 석탄통을 들고 겁에 질린 토끼처럼 허둥대며 교실을 빠져나갔다.

세라는 울컥 화가 치밀었다.

"저 아이가 듣는 건 나도 알고 있었어. 왜 저 애는 들으면 안 돼?"

래비니어는 아주 우아하게 고개를 치켜들었다.

"글쎄, 네가 하녀에게 이야기 들려주는 걸 네 엄마는 좋아하실지 어떨지 모르겠지만, 우리 엄마는 내가 그러는 거 안 좋아하실 거야."

세라가 묘한 표정을 지으며 말했다.

"우리 엄마? 조금도 뭐라 하지 않으실 거야. 엄마는 이야기를 누구나 들어도 된다는 걸 알고 계시니까."

래비니어가 아픈 곳을 찌르듯 톡 쏘아붙였다.

"난 너희 엄마가 돌아가신 줄 알았는데. 그런 걸 어떻게 안다는 거야?"

"우리 엄마가 그 정도도 모르실 것 같니?"

작지만 근엄한 목소리였다. 가끔 세라는 이처럼 꽤나 근엄한 목소리를 냈다.

로티가 거들고 나섰다.

"세라네 엄마는 모든 걸 다 알아. 우리 엄마도 그래. 이 학교에서는 세라가 우리 엄마지만 진짜 엄마는 다 안다고. 거리마다 반짝반짝 빛이 나고, 거긴 백합 꽃밭도 끝없이 펼쳐져 있어. 누구나 다 꽃을 한 아름씩 가져온댔어. 나 잠들 때 세라 엄마가 이야기해 주는 거야."

"얘 앙큼한 것 좀 봐. 천국을 가지고 동화 이야기를 지어내다니."

래비니어가 세라를 돌아보았다.

세라가 되받아쳤다.

"계시록을 보면 그보다 훨씬 더 멋진 이야기들이 많아. 한 번 봐. 보면 알아! 내가 하는 이야기들이 지어낸 건지 아닌지 네가 어떻게 알아? 그리고 장담하는데……."

세라는 천국과는 살짝 거리가 있는 목소리로 말을 이었다.

"…… 사람들한테 좀 더 친절하게 굴지 않으면 넌 그 이야기들이 진짜인지 아닌지 영영 알 길이 없을 거야. 로티, 가자."

세라는 씩씩하게 교실을 걸어 나가며 어린 하녀가 다시 눈에 띄기를 바랐지만, 그 아이는 이미 흔적조차 찾을 수가 없었다.

그날 밤 세라가 마리에트에게 물었다.

"난롯불을 지피는 여자아이는 누구예요?"

"안 그래도 세라 아가씨가 물어보실 줄 알았어요."

마리에트는 기다렸다는 듯이 이야기를 줄줄이 쏟아냈다. 의지할 곳 하나 없는 아이라서 얼마 전에 부엌데기로 들어왔는데, 부엌일 말고도 안 하는 일이 없다고 했다. 부츠도 검게 칠하고 벽난로도 쓸고, 무거운 석탄통을 들고 계단을 오르내리고, 바닥도 닦고 유리창도 닦고, 또 온갖 사람이 시키는 심부름을 다 한다고도 말했다. 열네 살인데, 잘 크질 못해서 열두 살로 보인다고 했다. 마리에트는 그 아이를 무척 불쌍히 여겼다. 어쩌나 겁이 많은지 어쩌다 누가 말이라도 걸라치면 가엾게도 두려움에 눈이 튀어나올 지경이라고 했다.

세라는 탁자 옆에 턱을 괴고 앉아 마리에트의 말들을 주의 깊게 들었다.

"이름은 뭐예요?"

베키였다. 마리에트가 들었는데 아래층 사람들이 5분이 멀다 하고 하루 종일 "베키, 이것 좀 해. 베키, 저것 좀 해" 하고 부르더라는 것이었다.

세라는 마리에트가 방을 나간 뒤에도 그대로 앉아 난롯불을 들여다보며 한동안 곰곰이 베키를 생각했다. 베키를 구박 받는 주인공으로 삼아 이야기도 지어 보았다. 한 번도 배불리 먹어 본 적 없는 모습이었다. 눈빛만으로도 굶주림이 느껴졌다. 세라는 베키를 다시 만나고 싶었다. 그러나 베키를 볼 때마다 짐을 들고 계단을 오르내리는 모습이 너무 힘들고 바빠 보였고, 누가 볼 새라 조심하는 눈치여서 말을 걸 수 없었다.

몇 주 뒤, 그 날도 안개가 낀 어느 오후였다. 방으로 들어간 세라는 거실에서 몹시 애처로운 장면과 마주했다. 세라가 특히 아끼는 안락의자가 환히 타오르는 벽난로 앞에 놓여 있고, 그 의자에 베키가 콧등과 앞치마 군데군데 석탄 얼룩을 묻히고 곤히 잠들어 있었다. 두건은 벗겨져서 절반만 머리에 걸쳐져 있고, 빈 석탄통은 옆 바닥에 뒹굴었다. 어린 몸으로 힘든 일을 견디다 못해 지쳐 곯아떨어진 듯했다.

그날 베키는 학생들의 침실을 정리했다. 방이 워낙 많아서 하루 종일 뛰어다녔다. 세라의 방은 맨 마지막 순서로 미뤄 두었는데, 다른 방들과는 달라서였다. 평범한 학생들은 꼭 필요한 물건들만 들여놓는 데에 만족해야 했다. 세라의 방도 사실 그저 밝고 예쁘게 꾸몄을 뿐이었지만, 부엌데기에게는 화려하고 신기한 것들 천지였다. 사진과 책이 많았고, 인도에서 가져온 신기한 물건들도 있었다. 소파와 안락의자도 있었다. 에밀리는 자기 의자에 앉아 이 방을 관장하는 여신의 자태를 뽐냈고, 불이 꺼지지 않는 벽난로는 윤이 반지르르 흘렀다.

베키가 이 방을 오후의 일과에서 맨 뒤로 미뤄 둔 진짜 이유는 이 방에 들어오기만 해도 편히 쉬는 느낌이 들어서였다. 그리고 들어올 때마다 꼭 해보고 싶은 일이 있었다. 단 몇 분이라도 저 폭신한 의자에 앉아서 방을 둘러보며, 이런 방에서 사는 놀라운 행운을 지닌 아이에 대해, 추운 날이면 아름다운 모자와 외투를 입고 외출하여 계단 난간 틈으로 엿보게 만드는 아이에 대해 생각해 보고 싶었다.

이날 오후 베키가 의자에 앉았을 때, 작은 다리에 쿡쿡 쑤시는 통증 대신 편안함이 퍼지면서 어찌나 기분 좋고 황홀하던지 온몸의 피로가 가라앉는 것 같았다. 벽난로에서 타오르는 불빛은 따뜻하고 아늑한 기운으로 마치 마법처럼 온몸을 감쌌다. 빨갛게 달구어진 석탄을 들여다보던 베키는 저도 모르게 꼬질꼬질한 얼굴에 서서히 지친 미소를 그리며 꾸벅꾸벅 졸았고, 이내 스르르 눈을 감고 깊은 잠에 곯아떨어졌다.

사실 세라가 들어온 건 고작 십여 분 후였지만, 베키는 잠자는 숲 속의 공주처럼 백 년은 그러고 있었던 것처럼 깊은 잠에 빠져 있었다. 물론 가엾게도 베키는 잠자는 숲 속의 공주처럼은 전혀 보이지 않았다. 그저 초라하고 왜소하며 녹초가 되어 쓰러진 어린 부엌데기로 보일 뿐이었다.

반면에, 이 특별한 날 오후 세라는 그런 베키와는 완전히 다른 세상 사람처럼 보였다.

세라는 막 무용 수업을 받고 온 참이었다. 무용 선생님이 오시는 이 오후 시간은 매주 한 번이라서, 기숙학교의 대대적인 행사처럼 치러졌다. 학생들은 제일 좋은 원피스를 차려입었고, 마리에트는 특히 춤을 잘 추는 세라가 거의 매번 앞으로 불려나가는 만큼 최대한 하늘거리고 세련된 옷을 입히라는 지시를 받고 있었다.

그래서 마리에트는 오늘 세라에게 장밋빛 원피스를 입히고, 진짜 꽃봉오리를 모아서 만든 화관을 까만 머리에 씌웠다. 아주 경쾌한 춤을 새로 배우는 중이었던 세라는 한 마리 커다란 장밋빛 나비처럼 강당 안을 사뿐사뿐 누비며 돌아다녔고, 즐겁게 연습을 마친 얼굴에는 행복한 반짝임이 가득했다.

세라는 방으로 들어갈 때도 나비처럼 사뿐사뿐 걸어 들어갔다. 거기에 머리에 반쯤 흘러내린 두건을 매달고 꾸벅꾸벅 조는 베키가 있었다. 세라가 나지막이 탄성을 질렀다.

"어머! 가여워라!"

세라는 아이가 지저분한 행색으로 자기가 아끼는 의자를 차지하고 앉았다고 짜증을 내지 않았다. 오히려 그곳에서 베키를 보게 되어 기뻤다. 구박 받는 이야기 속 주인공이 잠에서 깨어나면 이야기를 나눌 기회가 생길 터였다. 세라는 살금살금 다가가 옆에 서서 베키를 바라보았다. 베키는 가볍게 코를 곯았다.

"이 애가 스스로 깨어나면 좋겠어. 난 깨우기 싫은데. 그렇지만 민친 선생님이 보면 화를 내실 거야. 몇 분만 기다려 봐야지."

세라는 탁자 모서리에 걸터앉아 장밋빛으로 감싸인 가냘픈 다리를 흔들면서 어떻게 하면 좋을지 생각했다. 아멜리아 선생이 언제 들어와 볼지 몰랐고, 만약 그렇게 되면 베키는 영락없이 꾸중을 들을 것이다.

'하지만 이 아이는 너무 지쳤어. 너무 지쳐 있다고!'

바로 그 순간 활활 타오르던 석탄 조각 하나가 세라의 고민을 대신 해결해 주었다. 커다란 석탄 덩어리가 깨지며 떨어져 나온 조각 하나가 난로망 위로 굴러 떨어졌고, 그 소리에 베키가 화들짝 놀라서 눈을 번쩍 떴다. 가엾게도 아이는 겁에 질려 숨도 제대로 내쉬지 못했다. 자기가 잠들었던 사실에 당황했던 것이다. 잠깐 의자에 앉아서 아름다운 불길을 감상했을 뿐인데, 어찌된 영문인지 갑자기 저 대단한 학생이 장밋빛 요정 같은 모습으로 바로 앞 탁자에 걸터앉아 자신을 흥미롭다는 듯이 바라보고 있었다.

베키가 허둥지둥 일어나자 두건이 귀에서 달랑거렸다. 아이는 울상이 되어서 두건을 똑바로 쓰려고 안간힘을 썼다. 아, 큰일 났다. 이제 된통 당하겠네! 주제넘게 귀한 아가씨의 의자 위에서 잠이 들다니! 이제 품삯도 못 받고 쫓겨나겠구나.

베키는 숨이 넘어가도록 흐느껴 우는 소리를 내며 더듬더듬 말했다.

"아이구, 아가씨! 아이구, 아가씨! 용서해 주세요. 아가씨! 아, 제발요. 아가씨!"

세라는 탁자에서 폴짝 뛰어내려 베키에게 좀 더 가까이 다가섰다. 그리고 교실에서 다른 또래 친구들을 대하던 태도와 다름없이 말했다.

"겁내지 마. 아무 일도 아닌데 뭐."

"일, 일부러 그런 게 아니에요, 아가씨. 난롯불이 따뜻해서…… 제가 너무 피곤해서 그만……. 절대로, 절대로 주제넘게 굴려던 게 아니에요!"

세라가 풋 하고 스스럼없이 웃으며 베키의 어깨에 한 손을 얹었다.

"피곤했잖아. 그건 너도 어쩔 수 없으니까. 아직도 잠이 덜 깬 것 같아."

가여운 베키가 멍하니 세라를 쳐다보았다. 베키는 이제껏 어느 누구에게서도 그렇게 친절하고 다정한 목소리를 들어본 적이 없었다. 명령을 받고 혼나고 귀싸대기를 얻어맞는 게 더 익숙했다. 그런데 장밋빛 광채에 휩싸인 이 아이는 마치 자신이 죄인이 아니라는 듯이, 자신도 피곤할 권리가 있고 심지어 곯아떨어져도 괜찮다는 듯이 쳐다보고 있었다! 어깨 위에 얹은 보드랍고 가녀린 손길은 이제껏 경험해 보지 못한 놀라운 느낌이었다.

베키는 천천히 숨을 삼켰다.

"화가, 화가 나지 않으세요, 아가씨? 교장 선생님한테 이르지 않으실 거예요?"

"아니야. 당연히 안 이르지."

세라가 또박또박 말했다.

석탄 가루가 얼룩덜룩한 얼굴에 불안한 두려움이 엿보이자 세라는 베키가 많이 가여웠다. 문득 또다시 특이한 생각 하나가 머리에 떠올랐다. 세라가 베키의 뺨에 손을 얹으며 말했다.

"있지, 우린 똑같아. 나도 너처럼 어린아이일 뿐이야. 내가 네가 아니고, 네가 내가 아닌 건 그냥 우연히 일어난 사고 같은 거야!"

베키는 전혀 알아들을 수가 없었다. 베키의 머리로는 그토록 놀라운 생각을 도무지 이해할 수가 없었다. 사고란 마차에 치이거나 사다리에서 떨어져서 병원에 실려 가는 화를 당하는 일이 아닌가.

베키가 가볍게 떨며 공손히 물었다.

"사고라고요, 아가씨? 사고요?"

"그래."

세라는 꿈꾸는 눈으로 베키를 바라보았다. 그러나 다음 순간 세라는 말머리를 돌렸다. 베키가 자기 말뜻을 이해하지 못한다

는 사실을 깨달았던 것이다.

"다른 일은 다 끝났어? 여기서 좀 더 있어도 되겠어?"

베키는 다시 한 번 숨이 멎을 뻔했다.

"여기요, 아가씨? 제가요?"

세라가 문 쪽으로 달려가서 문을 열고 밖을 내다보며 무슨 소리가 들리는지 가만히 들었다.

"근처에 아무도 없어. 다른 침실 청소까지 마쳤으면 여기 잠깐 더 있어. 혹시 케이크도 좋아하면 한 조각 먹고."

그로부터 십여 분 동안 베키는 현실이 아닌 것만 같은 시간을 보냈다. 세라가 벽장을 열어 베키에게 두툼한 케이크를 한 조각 내주었다. 그리고 베키가 케이크를 우적우적 맛있게 먹는 모습에 몹시 기뻐했다. 세라가 말하고 질문하고 웃음을 터뜨리는 사이, 베키도 차츰 두려움이 잦아들어 나중에는 한두 차례 용기를 끌어 모아 질문을 던질 마음까지 났는데 정말 그래도 될까 하는 생각도 들었다.

"그게……."

베키는 장밋빛 원피스를 부러운 눈으로 바라보며 용기를 내어 입을 뗐다. 귀엣말을 하듯이 작은 목소리였다.

"그게 제일 좋은 거예요?"

"무용복은 이거 말고도 여러 벌 있어. 난 이 옷이 마음에 들어. 넌 별로야?"

베키는 감탄하느라 잠시 말을 잃었다가 세라를 우러러보는 목소리로 다시 말을 이었다.

"저번에 공주님을 본 적이 있어요. 코벤트 가든 밖 길가에 사람들이 모여 있는데 저도 같이 서서 높은 분들이 오페라극장에 들어가는 걸 구경했거든요. 그때 누가 들어가는데 사람들이 전부 다 쳐다보더라구요. 그러면서 자기들끼리 '저분이 공주님이셔' 그러대요. 그분은 다 큰 아가씨인데도 온통 분홍색이었어요. 드레스랑 망토랑 또 꽃이랑 전부 다요. 제가 저 의자에 앉아서 그때 공주님을 뵀을 때 모습을 생각해 봤는데요, 아가씨, 아가씨는 공주님이랑 닮았어요."

세라는 생각에 잠긴 목소리로 대답했다.

"난 공주가 되고 싶다는 생각을 자주 했어. 공주가 되면 어떤 느낌일까 궁금해. 이제부터 내가 공주인 척 상상해 볼래."

베키는 감탄스러운 눈으로 세라를 바라보았지만, 역시나 무슨 뜻인지는 조금도 이해하지 못했다. 베키는 그저 숭배와 다르지 않은 마음으로 세라를 바라볼 뿐이었다. 혼자 생각에 잠겨 있던 세라가 이내 사색에서 깨어나며 베키에게 물었다.

"베키, 교실에서 이야기 듣고 있지 않았어?"

베키는 흠칫 놀랐지만 솔직히 인정했다.

"네, 아가씨. 그러면 안 되는 줄은 알았는데, 너무 아름다운 이야기라서 저도 모르게 들었어요."

"나는 네가 그 이야기를 들어줘서 좋았어. 이야기를 하는 사람은 이야기를 듣고 싶어 하는 사람에게 해 줄 때가 제일 좋거든. 왜 그런 건지는 나도 잘 설명하지 못하겠어. 그 뒷이야기가 궁금하지 않아?"

베키는 또다시 숨이 멎을 뻔했다.

"제가 그 얘기를 듣는다구요? 학생들처럼요, 아가씨? 왕자님 얘기랑, 머리에 별을 단 작고 하얀 아기 인어들이 웃으면서 헤엄쳐 돌아다니는 얘기랑, 전부 다요?"

세라가 고개를 끄덕였다.

"지금은 시간이 없으니까 안 되겠지. 이렇게 하자. 앞으로 내 방을 정리하러 오는 시간을 알려 주면, 그 시간에 내가 여기서 기다리고 있다가 매일 조금씩 이야기를 들려줄게. 끝까지 말이야. 정말 아름답고 긴 이야기인데, 할 때마다 내가 이야기를 조금씩 더 보태기도 하거든."

베키가 간절한 듯 숨소리처럼 나직이 말했다.

"그럼, 석탄통이 아무리 무거워도, 아니, 요리사가 제게 아무리 뭘 많이 시켜도 괜찮을 것 같아요. 얘기를 들을 수 있다고 생각하면요."

"들을 수 있어. 내가 전부 다 들려줄게."

아래층으로 내려간 베키는 석탄통 무게에 짓눌려 비틀거리던 예전의 베키가 아니었다. 주머니에는 케이크 한 조각이 따로 들어 있었지만 이미 배가 부르고 따뜻했다. 그런데 그건 케이크를 먹고 난롯불을 쬐서 그런 것만은 아니었다. 다른 무언가가 베키를 따뜻하고 배부르게 했다. 바로 세라였다.

베키가 나간 뒤 세라는 탁자 끝의 좋아하는 위치에 걸터앉았다. 의자에 발을 올리고 무릎으로 팔꿈치를 받친 채 두 손으로 턱을 괸 자세로 중얼거렸다.

"만일 내가 공주였다면, 진짜 공주였다면, 사람들에게 아낌없이 베풀 수 있을 텐데. 그렇지만 상상 속의 공주밖에 안 된대도, 사람들을 위해 작은 일들을 만들어 낼 수 있어. 이렇게 말이야. 베키는 이게 큰 선물이라도 되는 것처럼 기뻐했어. 나는 사람들이 좋아하는 일을 하면서 많은 걸 베풀고 있다고 상상하겠어. 그래, 나는 아낌없이 베풀고 있는 거야."

6
다이아몬드 광산

그로부터 얼마 지나지 않아 아주 흥미진진한 일이 일어났다. 세라뿐 아니라 온 학교가 흥분에 휩싸여서 몇 주가 흘러도 온통 그 이야기뿐이었다. 크루 대위의 편지 이야기였다.

어느 날 느닷없이 대위의 학교 동창이 인도로 찾아와서는, 자신이 소유한 넓은 땅에서 다이아몬드가 발견되어서 광산 채굴을 준비하고 있다고 말했다. 일이 예상대로만 착착 진행되면 생각만 해도 아찔할 정도의 재산을 거머쥐게 될 텐데, 친한 친구인 대위를 아끼는 마음에 이 어마어마한 행운을 나누어 갖자며 동업자 제안을 했다는 것이다.

여기까지가 아버지의 편지를 읽고 세라가 알게 된 내용이었다. 사실 다른 사업 계획이었다면 아무리 거창해도 학생들의 흥미를 끌지 못했을 텐데, '다이아몬드 광산'은 마치 《아라비안나이트》에나 나올 법한 이야기로 들리니까 무심히 넘기기가 힘들었다. 세라도 광산 이야기에 무척 마음이 끌려서 어민가드와 로티에게 땅 속 깊이 미로 같은 길이 구불구불 들어가는 광산 그림까지 그려서 보여 주었다. 광산 안에서 반짝이는 돌들이 벽이며 천장이며 바닥이며 사방으로 흩뿌려져 있고, 피부가 검은 이상하게 생긴 남자가 무거운 곡괭이로 그 돌들을 캐내는 그림이었다. 어민가드는 잔뜩 들떴고, 로티는 밤마다 또 이야기해 달라고 졸랐다. 래비니어는 잔뜩 심술이 나서, 제시에게 자기는 다이아몬드 광산 같은 게 존재한다는 말은 안 믿는다고 했다.

"우리 엄마 다이아몬드 반지 값이 40파운드나 되거든. 큰 것도 아닌데 그렇다니까. 그러니 세상에 다이아몬드가 가득한 광산 같은 게 있다면 그걸 가진 사람은 어처구니없을 정도로 부자겠지."

제시가 키득거렸다.

"혹시 모르지. 세라가 그런 어처구니없는 부자가 될는지."

래비니어가 콧방귀를 뀌었다.

"그 애는 지금도 어처구니없어."

"넌 그 애를 너무 싫어하는 것 같아."

"그게 아니야. 다이아몬드가 가득한 광산 따위를 믿지 않는 거야."

"어쨌든 다이아몬드를 어디서든 가져와야 하잖아."

그러더니 제시가 다시 킥킥거렸다

"래비니어, 거트루드가 말하는 거 들었어?"

"몰라. 그리고 또 지긋지긋한 세라 얘기라면 관심 없어."

"뭐, 그렇긴 한데. 세라가 이번에는 자신이 공주라는 상상놀이를 한대. 계속 공주인 척을 한다나 봐. 학교에서도 말이야. 그러면 공부가 더 잘 된다나. 어민가드한테도 공주인 척하라고 했는데 어민가드가 자기는 너무 뚱뚱해서 안 된다고 했대."

"너무 뚱뚱하긴 하지. 세라는 너무 말랐고."

제시가 또 키득거렸다.

"세라는 그게 생긴 거나 가진 거랑은 아무 상관이 없다고 한대. 어떤 생각을 하고 어떤 행동을 하는지가 더 중요한 거라고."

"그 애는 자기가 거지였어도 공주가 될 수 있다고 생각할 것 같아. 앞으로는 그 애를 공주마마라고 불러 주자."

수업이 끝나면 아이들은 교실 난롯불 앞에 앉아서 하루 중 가장 편안한 시간을 즐겼다. 민친 교장과 아멜리아 선생도 둘만 드나드는 응접실에 들어가서 차를 마셨다. 이 시간에는 끝없는 수다를 풀어놓기도 하고 수없이 많은 비밀들도 속닥거리는 터라, 어린 학생들이 서로 다투거나 시끄럽게 뛰어다니지 않고 얌전히 있어 주는 게 도와주는 것이었다. 하지만 안타깝게도 아이들은 쉽게 소란을 일으켰기 때문에 상급생들이 끼어들어 혼내거나 주의를 주기 일쑤였다. 민친 교장이나 아멜리아 선생이 언제든 이 달콤한 시간을 끝내버릴 위험이 있었기에, 학생들은 얌전히 있으려고 애썼다. 래비니어가 한창 수다를 떨고 있을 때 세라가 문을 열고 로티와 함께 들어왔다. 로티는 아기 강아지처럼 세라를 어디든 졸졸 따라다녔다.

래비니어가 소리를 죽여 말했다.

"저기 오네. 저 지긋지긋한 애도 같이! 저 애가 그렇게 좋으면 아예 자기 방에 데리고 살지? 5분도 안 돼서 뭐가 또 마음에 안 든다고 울고불고 난리를 치겠지."

세라는 로티가 갑자기 교실에서 놀고 싶어졌다며 양엄마에게 같이 가자고 사정을 해서 내려온 참이었다. 로티는 구석에 모여 놀던 어린 학생들 무리로 가서 끼었다. 세라는 창가 자리에 웅크리고 앉아 책을 펼쳐들고 읽기 시작했다. 프랑스 혁명에 관한 책이었는데, 세라는 이내 바스티유 감옥에 갇힌 죄수들의 참혹한 모습이 실린 책 속에 푹 빠져들었다. 이들은 지하 감옥에 얼마나 오랫동안 갇혀 있었던지, 사람들에게 구조되어 밖으로 이끌려 나왔을 때는 길게 자란 잿빛 머리와 수염이 얼굴을 다 뒤덮었고 바깥세상이 존재한다는 사실조차 잊고 꿈속을 헤매는 사람들 같았다.

책에 빠져 머나먼 곳으로 떠나 있던 세라는 갑자기 로티가 악쓰고 우는 소리에 정신이 들었다. 기분이 좋지 않았다. 책에 푹 빠져 있다가 느닷없이 방해를 받을 때만큼은 화를 참기가 어려 웠다. 책을 좋아하는 사람이라면 그런 순간이 얼마나 짜증스러 운지 잘 알 것이다. 울컥해서 쏘아붙이고 싶은 마음을 참기가 쉽 지 않다. 언젠가 세라는 어민가드에게 이런 속내를 털어놓은 적 이 있었다.

"꼭 누구한테 한 대 맞은 기분이 들어. 그래서 나도 한 대 때려 주고 싶고. 뭔가 못된 말이 튀어나오지 않게 하려면 얼른 다른 생각을 떠올려야만 해."

세라는 얼른 다른 생각을 하면서 책을 창가 책상에 올려놓고 자기만의 편안한 자리에서 폴짝 뛰어내렸다.

로티가 교실 바닥에서 미끄럼을 타면서 시끄럽게 떠들다가 래비니어와 제시의 신경을 건드렸고, 그 와중에 넘어져서 무릎 을 다친 것이었다. 로티가 악을 쓰고 날뛰자 주변의 학생들이 로 티를 달래기도 하고 윽박지르기도 했다.

래비니어는 로티를 다그쳤다.

"당장 그치지 못해, 이 울보야! 당장 그치라고!"

"난 울보 아냐. 아니란 말이야! 세라 엄마! 세라 엄마!"

제시가 간절한 마음에 끼어들었다.

"저 애가 그치지 않으면 민친 선생님한테 들릴 텐데. 로티, 착 하지. 내가 돈 줄게!"

"그딴 돈 필요 없어."

로티가 훌쩍거리다가 토실토실한 자기 무릎을 내려다보았는데, 거기에 피가 한 방울 맺혀 있는 걸 보자 다시 울음보를 터뜨렸다.

세라는 재빨리 교실을 가로질러 가서 무릎을 꿇고 로티를 감싸 안았다.

"자, 로티. 세라하고 약속했지."

"래비니어가 나더러 울보래."

세라는 로티에게 익숙한 차분한 목소리로 토닥였다.

"울면 진짜 울보가 되는 거야. 착한 로티, 약속했잖아."

로티는 그 약속을 기억하면서도 도리어 목청을 높였다.

"난 엄마가 없어. 난 엄마가…… 하나도…… 없어."

세라가 활기차게 말했다.

"아니야, 있어. 잊었어? 세라가 엄마인 거 기억 안 나? 세라가 엄마 하는 거 싫어?"

로티는 세라에게 바싹 안기면서 마음이 풀린 듯이 코를 훌쩍였다.

"나랑 같이 창가 자리로 가서 앉자. 그럼 너한테만 이야기를 들려줄게."

"정말? 다이아몬드 광산 얘기 해 줄 거야?"

래니비어가 불쑥 끼어들었다.

"다이아몬드 광산? 지긋지긋한 응석받이 같으니. 정말 한 대후려치고 싶다니까!"

그 말에 세라가 벌떡 일어났다. 그렇지 않아도 바스티유 감옥 이야기에 푹 빠져 있다가 로티를 보살펴야 하자 애써 불편한 심기를 밀어냈던 세라였다. 세라는 천사가 아니었고, 래비니어를 좋아하지도 않았다.

세라가 분기를 뿜으며 말했다.

"글쎄, 나는 너를 한 대 치고 싶지만, 그렇게는 하지 않겠어!"

그러고는 화를 꾹꾹 눌러 참으며 말을 이었다.

"그래, 나야말로 너를 한 대 때리고 싶은 마음이 간절해. 하지만 나는 널 때리지 않을 거야. 우린 길거리 부랑아가 아니잖아. 우리 둘 다 그 정도는 알 나이고."

래비니어는 기회를 노렸다는 듯이 말했다.

"아아, 그러셔, 공주마마. 공주님이었지, 아마. 한 명은 몰라도 한 명은 맞을걸. 민친 선생님이 공주마마를 학생으로 들이셨으니 우리 학교에 부자들이 몰려들겠어."

세라가 래비니어에게 다가갔다. 따귀라도 올려붙일 기세였다. 정말로 그럴 작정이었는지도 몰랐다. 상상놀이는 세라에게 삶의 기쁨이었다. 세라는 친하지 않은 아이들 앞에서는 그 이야기를 꺼내지 않았다. 공주인 척하는 새로운 상상놀이는 세라에게 매우 소중한 것이어서, 겉으로 드러나자 부끄럽기도 하고 민감하게 와 닿았다. 비밀로 간직하려고 했던 놀이를 래비니어가 거의 전교생이 모인 자리에서 비아냥거린 것이다. 온몸의 피가 얼굴로 쏠려 귀까지 먹먹해지는 느낌이었다. 세라는 가까스로 자제하고 감정을 억눌렀다. '공주는 버럭 화를 내지 않아.' 세라는 손을 내리고 잠시 가만히 서 있었다. 세라가 입을 열자 차분하고 조용한 목소리가 흘러나왔다. 고개를 꼿꼿이 든 세라의 말에 모두들 귀를 기울였다.

"맞아. 정말로 난 가끔 공주인 척해. 공주라고 상상하면서 진짜 공주처럼 행동하려고 노력해."

래비니어는 딱히 대꾸할 말이 떠오르지 않았다. 세라를 상대할 때면 만족스럽게 받아칠 만한 대답을 찾기 힘들 때가 한두 번이 아니었다. 그건 왠지 다른 아이들이 자신의 적수에게 알게 모르게 동조하는 것 같아서였다. 지금도 아이들은 귀를 쫑긋 세우고 흥미롭게 지켜보고 있었다. 사실 아이들은 공주 이야기를 좋아했고, 이 '상상놀이'에 대해서도 더 자세히 듣고 싶었기 때문에 자연히 세라 쪽으로 마음이 기울었던 것이다.

래비니어는 간신히 대꾸할 말을 찾았으나 영 맥 빠진 모양새였다.

"어머나, 바라건대 왕위에 오르실 때 부디 우리를 잊지 말아 주시옵소서!"

"그럴게."

세라는 이 한 마디만 하고 입을 닫았지만, 자리를 뜨지 않고 가만히 서서 제시의 팔짱을 끼고 돌아서서 가는 래비니어를 끝까지 바라보았다.

그 후로 세라를 시샘하는 아이들은 세라를 힐뜯고 싶을 때마다 '세라 공주'라고 불렀고, 세라를 좋아하는 아이들은 자기들끼리 애정을 담아 '세라 공주'라고 불렀다. 세라라는 이름을 빼고 대놓고 '공주'라고 부르는 사람은 아무도 없었지만, 세라를 따르는 아이들은 세라가 아름답고 위엄 있는 명칭으로 불리는 것을 무척 좋아했다. 그 이야기를 들은 민친 교장도 학교를 찾는 학부모들에게 이 이야기를 몇 번이나 떠벌리면서 그곳이 왕립 기숙학교와 같은 격이라는 인상을 넌지시 풍겼다.

베키가 볼 때는 세라에게 그보다 더 잘 어울리는 말이 없었다. 어느 안개 낀 오후, 세라의 안락의자에서 잠들었다가 벌떡 깼던 날 이래로 두 사람은 점점 더 가깝고 친한 사이가 되었는데, 당연히 민친 교장과 아멜리아 선생은 그 사실을 알지 못했다. 세라가 부엌데기 아이에게 친절하다는 정도는 알았지만, 위층 방들의 정리정돈을 번개처럼 끝낸 베키가 세라의 거실에 가서 무거운 석탄통을 내려놓고 즐거운 탄성을 삼키며 아슬아슬하지만 환희에 찬 시간을 보낸다는 건 까맣게 몰랐다. 그때마다 세라는 이야기를 조금씩 나눠서 들려주고, 베키에게 배를 채울 만한 음식들을 꺼내 먹이거나 다락방 자기 방에 올라가서 밤에 꺼내 먹게끔 주머니에 먹을 것을 급하게 챙겨 넣어 주었다.

한 번은 베키가 말했다.

"하지만 이런 걸 먹을 땐 조심해야 해요, 아가씨. 왜냐면 부스러기라도 흘리면 쥐들이 그걸 먹으려고 나오거든요."

"쥐라고! 거기 '쥐'가 있단 말이야?"

세라가 공포에 질려 소리쳤지만, 베키는 태연했다.

"많아요, 아가씨. 다락방엔 대부분 생쥐나 뭐 그런 쥐들이 다 있어요. 쥐들이 우르르 돌아다니는 소리도 듣다 보면 익숙해져요. 저도 이젠 베개 위만 넘어 다니지 않으면 괜찮아요."

"윽!"

"뭐든 조금 지나면 다 익숙해져요. 아가씨, 부엌데기로 태어나면 익숙해질 수밖에 없구요. 바퀴벌레보다는 쥐가 낫잖아요."

"그건 나도 그래. 쥐하고는 시간이 지나면 친해질 수 있을 것 같은데, 바퀴벌레와 친해지는 건 상상이 안 돼."

이따금 베키는 밝고 따뜻한 방에서 몇 분 있지도 못하고 금방 돌아가야 했고, 그럴 땐 고작 몇 마디 나누기도 힘들었다. 그래서 세라는 뭔가를 조금 사 두었다가 베키가 옛날식으로 끈으로 묶어 치마 밑 허리춤에 매달고 다니는 주머니에 재빨리 찔러 넣어 주었다. 베키의 배를 채워 주면서 조그만 주머니에 들어갈 만한 먹을거리를 찾아다니는 일이 세라의 관심거리에 새로 더해졌다. 외출할 일이 있으면 마차에서 내려서 걸으며 상점 진열창을 열심히 들여다보았다. 고기 파이를 두세 개 사 가자는 생각이

들었을 땐 대단한 발견을 한 기분이었다. 고기 파이를 보여 주자 베키가 눈을 반짝반짝 빛내며 중얼거렸다.

"세상에, 아가씨! 정말 맛나고 배부르겠어요. 배부른 게 최고거든요. 케이크는 맛은 환상적이지만 배가 사르르 꺼지는 게…… 무슨 말인지 아시죠, 아가씨? 이건 뱃속에 그대로 있을 것 같아요."

세라가 망설이다가 대답했다.

"글쎄, 뱃속에 그대로 있는 게 좋은 건지는 모르겠지만 배는 부를 것 같아."

고기 파이는 맛있고 든든했다. 소고기 샌드위치, 롤빵, 볼로냐 소시지도 만족스러웠다. 베키는 차츰 배고픔과 피로를 잊었고, 석탄통의 무게도 견딜 만했다.

석탄통이 아무리 무거워도, 요리사가 무슨 성질을 부려도, 고단한 일들이 어깨를 짓눌러도, 베키는 세라 아가씨와 거실에서 함께할 오후 시간을 언제나 즐거운 마음으로 기다렸다. 사실 고기 파이가 없어도 세라 아가씨만으로 충분했다. 말 몇 마디 주고받을 시간밖에 나지 않을 때면, 늘 진심이 담긴 다정하고 유쾌한 말들을 건네 주었으니까. 시간이 좀 더 나면 지난 번 이야기를 이어서 들려주거나 베키가 나중에 다락방 침대에 누워서 곱씹어 볼 만한 다른 이야기를 해 주었다.

세라는 베풀기를 좋아하는 타고난 천성대로 자신이 가장 좋아하는 일을 하고 있을 뿐이었기 때문에, 가여운 베키에게 자신이 어떤 의미인지 몰랐고 베키가 자신을 얼마나 대단한 은인으로 여기는지도 전혀 알지 못했다. 천성적으로 베풀기를 좋아하는 사람은 태어날 때부터 손도 마음도 활짝 열려 있다. 손에 쥔 것이 없을 때라도 마음은 언제나 가득 차 있어서 친절하고 상냥한 마음을 베풀어 도움을 주고 편안함을 주고 웃음을 주는데, 즐겁고 따뜻한 웃음이 그 무엇보다 큰 도움이 될 때가 있다.

베키는 '웃음'이 뭔지 알 새 없이 가난하고 고되게 살았다. 세라는 베키를 웃게 만들었고, 베키와 함께 웃었다. 그 웃음은 두 사람이 모르는 사이에 고기 파이만큼이나 자신들을 든든하게 채워 주었다.

세라의 열한 번째 생일을 몇 주 앞두고 아버지에게서 편지가 왔다. 그런데 편지에서 소년처럼 패기 넘치던 평소 아버지의 모습이 보이지 않았다. 다이아몬드 광산과 관련된 사업으로 무리를 해서 건강이 좋지 않은 것 같았다.

"우리 세라도 알다시피 아빠는 사업에 영 소질이 없는 사람이라서 숫자와 서류더미들 때문에 골치가 아프구나. 무슨 뜻인지는 도통 모르겠고 모든 게 그저 너무 어마어마하게만 느껴져. 열만 오르지 않아도 잠 못 이루고 뒤척거리거나 악몽에 잠을 설치는 일은 없을 텐데. 우리 꼬마 마님이 아빠 옆에 있었다면, 아마 진지하게 좋은 충고를 해 주었겠지. 그렇지 않니, 꼬마 마님?"

농담을 즐겨하는 크루 대위는 세라를 '꼬마 마님'이라고 부르기도 했다. 워낙 세라가 나이답지 않게 굴 때가 많아서였다.

크루 대위는 세라에게 줄 멋진 생일 선물들을 준비해 두었다. 그중에서도 가장 신경 쓴 선물은 파리에서 주문한 인형과 놀랄 만큼 휘황찬란한 인형 옷들이었다. 인형 선물이 마음에 드는지 묻는 아빠의 편지에 세라는 엉뚱한 답장을 적어 보냈다.

"저는 이제 나이가 많이 들었어요. 있잖아요, 살면서 다시는 인형 선물을 받지 않을 거예요. 이게 저의 '마지막 인형'이 될 거예요. 진지하게 드리는 말씀이에요. 제가 시를 쓸 줄 안다면 〈마지막 인형〉이라는 멋진 시를 지었을 거예요. 하지만 저는 시를 쓸 줄 몰라요. 써 보긴 했는데 제가 봐도 웃음이 나왔어요. 와츠나 콜리지나 셰익스피어 같은 작가들의 작품하고는 거리가 멀었어요. 어느 누구도 에밀리의 자리를 대신할 수 없지만, 마지막 인형도 아주 소중히 대할게요. 학교 친구들도 아주 좋아할 거예요. 아이들 모두 인형을 좋아해요. 열다섯 살쯤 되는 학생들은 이제 자기들은 인형을 갖고 놀 나이가 지난 척 하지만요."

크루 대위는 머리가 깨질 듯이 아프던 차에 인도에 있는 자기 저택에서 이 편지를 읽었다. 탁자에 산더미처럼 쌓인 서류와 서신들만 보면 불안이 엄습하고 근심과 두려움에 휩싸였지만, 크루 대위는 몇 주 만에 모처럼 소리 내어 웃었다.

"맙소사, 이 아이는 해가 갈수록 더 재미있어지잖아. 신이시여, 제발 제가 훌훌 털고 일어나 고국으로 달려가서 이 아이를 만날 수 있게 하소서. 지금 당장 세라가 그 작은 팔로 나를 안아 줄 수만 있다면 무엇을 내놔도 아깝지 않아! 무슨 짓이든 다 하겠어!"

세라의 생일은 성대한 기념행사처럼 치러질 예정이었다. 교실도 꾸미고 파티도 열기로 했다. 선물 상자를 여는 의식도 거창하게 준비되었고, 민친 교장의 조용한 응접실에서 번쩍번쩍 화려한 생일 만찬도 열릴 계획이었다. 마침내 그 날이 되자 온 학교가 들썩였다. 아침나절이 어떻게 지나갔는지 모를 정도로, 생일 파티를 준비하느라 모두들 정신이 없었다. 교실에 호랑가시나무 화환이 여기저기 걸렸고, 책상은 치워졌다. 벽을 따라 교실에 둘러놓은 의자들에는 빨간 덮개를 씌웠다.

그날 아침 세라가 거실로 들어가자 탁자 위에 갈색 종이로 포장된 작고 땅딸막한 꾸러미가 있었다. 선물이었다. 누구 선물인지 금방 알 수 있었다. 조심스레 선물 포장을 열었더니, 군데군데 때가 탄 빨간 플란넬 천으로 만든 네모난 바늘꽂이가 들어 있었다. 검정 핀을 글자 모양으로 정성스레 꽂아 만든 '셍일 추카 들여요'라는 글귀도 보였다.

세라는 마음이 훈훈해졌다.

"어머나! 얼마나 힘들었을까! 정말 마음에 들어. 이걸, 이걸 보니까 마음이 뭉클해."

하지만 다음 순간 세라는 고개를 갸우뚱했다. 바늘꽃이 아래쪽에 카드가 붙어 있는데, 단정한 글씨로 '아멜리아 민친'이라고 적혀 있었다.

"아멜리아 선생님? 이게 어떻게 된 거지?"

세라는 카드를 보고 또 보았다.

그때 슬그머니 문을 여는 소리가 들리더니 방 안을 빼꼼히 엿보는 베키가 보였다. 베키는 살가움이 느껴지는 행복한 미소를 얼굴 가득 지으며, 천천히 걸어 들어와 초조한 듯이 손가락을 잡아당기며 말했다.

"세라 아가씨, 맘에 드세요? 네?"

"마음에 드냐고? 사랑스러운 베키, 이걸 다 네가 직접 만들었구나."

베키는 흐뭇한 마음이 주체가 안 되는 것처럼 코를 홀짝였다. 눈에는 기쁨의 눈물이 차올랐다.

"별것도 아니고 그냥 플란넬이에요. 플란넬도 새 것도 아니고요. 그래도 아가씨께 뭔가 드리고 싶어서 밤마다 만들었어요. 아가씨는 그게 다이아몬드 장식이 달린 새틴인 척할 수 있잖아요. 저도 만들 때 그런 척하려고 노력했어요. 그리고 그 카드는요, 아가씨."

베키는 잘 모르겠다는 듯이 말을 이었다.

"쓰레기통에서 주웠는데 제가 잘못한 거 아니죠? 아멜리아 선생님이 버리신 거예요. 전 카드가 없는데, 카드가 없으면 제대로 된 선물이 아닌 것 같고…… 그래서 아멜리아 선생님이 버리신 걸 거기 붙였어요."

세라는 와락 달려들어 베키를 껴안았다. 왜 그런지는 알 수 없지만 목이 콱 메었다. 세라가 묘한 표정으로 웃으며 소리쳤다.

"세상에, 베키! 난 네가 정말 좋아, 베키. 정말로, 정말로 좋아!"

베키가 숨소리처럼 조그맣게 말했다.

"아, 아가씨! 고마워요. 정말 친절하세요. 그렇게 좋은 것도 아닌데요. 플란넬도…… 새 것도 아니고요."

7
아아, 다이아몬드 광산

오후가 되자 세라는 호랑가시나무 화환이 걸린 교실에 입장했다. 가진 옷 중에서 가장 화려한 실크 드레스를 골라 입은 민친 교장이 세라의 손을 잡고 이끌었다. 그 뒤로 '마지막 인형'이 담긴 상자를 든 남자 하인과 다른 상자를 든 하녀 한 명이 차례로 따라갔고, 깨끗한 앞치마와 새 두건 차림의 베키가 세 번째 상자를 들고 맨 뒤에서 걸어갔다. 세라는 평소처럼 들어가고 싶었지만, 민친 교장이 아무도 드나들지 못하는 응접실로 세라를 따로 불러 면담을 하면서 자신의 바람을 피력했다.

"이건 보통 행사가 아니잖니. 다른 생일들과 똑같이 치르는 건 내가 바라지 않아."

그렇게 세라는 부끄럽지만 거창한 입장을 하게 되었는데, 세라가 들어가자 상급생들은 그 모습을 보며 서로 팔꿈치를 쿡쿡 찔렀고 어린아이들은 신이 나서 몸을 들썩거렸다.

웅성거리는 소리가 퍼지자 민친 교장이 말했다.

"조용히 하세요, 여러분! 제임스, 상자를 탁자 위에 놓고 뚜껑을 열도록 해. 엠마, 그 상자는 의자에 내려놔. 베키!"

민친 교장이 갑자기 매섭게 베키를 불렀다. 베키는 흥분에 휩쓸려 분수를 망각하고, 기대감에 들떠 꼼지락꼼지락 몸을 가만두지 못하는 로티를 보며 싱글싱글 웃고 있었다. 민친 교장의 호통 소리에 놀라 들고 있던 상자를 떨어뜨릴 뻔했던 베키는 겁에 질린 얼굴로 연신 허리를 굽실거리며 용서를 구했다. 래비니어와 제시가 키득거렸다.

민친 교장이 말했다.

"네가 주제넘게 학생들을 쳐다볼 자리가 아니야! 분수를 알아야지. 상자 내려놔."

베키는 안절부절못하며 시키는 대로 얼른 상자를 내려놓고 허둥지둥 문 앞으로 돌아갔다.

"너희들은 이제 나가 있어."

민친 교장은 명령하며 손을 내저었다.

베키는 공손히 옆으로 비켜서며 서열 높은 하인들이 먼저 지나가도록 길을 내주었다. 그러면서도 탁자 위 선물상자로 자꾸만 아쉬운 눈길이 쏠리는 건 어쩔 수 없었다. 푸른 새틴으로 만든 무언가가 얇은 포장지 사이로 살짝 보였다.

세라가 불쑥 말을 꺼냈다.

"민친 선생님, 베키도 함께 있으면 안 될까요?"

대담한 제안이었다. 민친 교장은 뒤통수라도 맞은 듯 흠칫 놀라더니, 안경을 고쳐 쓰며 심사가 복잡한 얼굴로 자신의 과시용 학생을 빤히 보았다.

"베키라고 했니? 우리 세라가?"

세라는 민친 교장에게 한 걸음 다가섰다.

"베키도 남아서 선물을 구경하고 싶을 거예요. 베키도 우리 같은 여자아이잖아요."

민친 교장은 어처구니가 없다는 얼굴로 베키와 세라를 번갈아 쳐다보았다.

"세라 양, 베키는 부엌 심부름을 하는 하녀란다. 부엌 하녀는, 음, 여자애가 아니야."

정말이지 민친 교장은 부엌데기가 여자아이라는 생각은 한 번도 해 본 적이 없었다. 부엌데기는 석탄통을 나르고 난롯불을 지피는 기계에 지나지 않았다.

"베키도 여자아이에요. 그리고 여기 있고 싶어 할 테고요. 부디 베키를 여기 있게 해 주세요. 제 생일이잖아요."

민친 교장이 무척 점잔을 빼며 대답했다.

"생일이니까 특별히 허락하마. 베키는 남아도 좋아. 베키, 친절을 베푼 세라 양에게 감사드리거라."

구석에 물러서 있던 베키는 조마조마하면서도 기쁜 마음에
앞치마 단을 돌돌 말고 서 있다가 얼른 앞으로 나와 허리 숙여
인사했다. 세라와는 친한 사이에만 알아볼 수 있는 눈빛을 주고
받으면서, 입으로는 두서없는 인사말을 했다.

"아이구, 아가씨, 세상에! 참으로 감사합니다, 아가씨! 저도 정
말 인형을 보고 싶었어요, 아가씨. 정말로요. 감사합니다, 아가
씨. 그리구 감사합니다, 선생님."

베키는 민친 교장에게도 연신 꾸벅 허리를 숙였다.

"염치없지만 여기 있게 해 주셔서 감사합니다."

민친 교장이 이번에는 문이 있는 구석 쪽으로 손을 휘저으며 명령했다.

"저기 서 있어. 학생들에게 너무 가까이 가지 말고."

베키는 민친 교장이 가리킨 자리로 가며 싱글벙글 웃었다. 어디에 있든 상관없었다. 지하실 부엌 곁방이 아니라 교실에 남아 있는 행운만 누릴 수 있다면, 이 즐거운 자리에 함께할 수만 있다면 어디든 좋았다. 민친 교장이 목청을 가다듬고 다시 입을 여는데도 베키는 겁조차 나지 않았다.

"자, 학생 여러분, 몇 마디 할 말이 있어요."

학생 한 명이 소곤거렸다.

"연설을 하려나 봐. 그냥 끝내면 좋겠는데."

세라는 조금 불편했다. 이 자리는 자신의 생일 파티니까, 연설을 한다면 아마 자신에 대한 얘기일 터였다. 교실에 다른 사람들과 함께 서서 자기 이야기를 듣는 건 영 거북스러운 일이었다.

마침내 연설이 시작되었다. 그야말로 연설이었다.

"다들 알고 있듯이, 우리 세라가 오늘 열한 살이 되었어요."

"'우리' 세라래!"

래비니아가 구시렁거렸다.

"여러분 중에도 열한 살이 된 학생들이 몇 있지만, 세라의 생일은 다른 학생들의 생일과는 아주 다르답니다. 특별하죠. 세라는 나중에 큰 재산을 물려받아 훌륭한 일에 써야 할 의무가 있는 학생이니까요."

"다이아몬드 광산 얘기네."

제시가 소리 죽여 말하며 키득거렸다.

세라는 그 소리를 듣지 못했지만, 녹회색 눈동자로 민친 교장을 똑바로 쳐다보고 있자니 얼굴이 점점 더 화끈거렸다. 어른한테 그러는 게 예의가 아닌 줄 알지만, 특히 돈 얘기를 할 때의 민친 교장은 왠지 몹시 싫었다.

민친 교장은 연설을 계속 이어갔다.

"세라의 아버님이신 크루 대위는 딸을 인도에서 데려와 내게 맡기시면서 농담처럼 이렇게 말씀하셨죠. 세라가 너무 큰 부자가 되면 어쩌나 한다고 말이에요. 그래서 내가 대답했죠. '크루 대위님, 우리 학교에서 세라는 그 어마어마한 부에 어울리는 품격을 배울 겁니다'라고요. 세라는 우리 학교에서 가장 출중한 학생이 되었습니다. 세라의 프랑스어 실력와 무용 실력은 우리 학교의 자랑이죠. 세라 공주라는 애칭까지 생길 만큼 품행도 완벽합니다. 상냥한 마음씨는 오늘 베푸는 이 파티를 보면 알 수 있지요. 여러분 모두 세라의 넓은 마음에 감사를 표하기 바랍니다. 모두 함께 고마운 마음을 표하기 위해 큰 소리로 외쳐 봅시다. '세라, 고마워요!'"

아직도 세라의 기억에 또렷이 남은 첫날 아침처럼, 학생들이 일제히 자리에서 일어나 외쳤다.

"세라, 고마워요!"

다 같이 외칠 때 로티는 폴짝폴짝 뛰었다. 세라는 몹시 쑥스러웠지만 공손히 무릎을 굽혀 인사했다. 매우 우아한 모습이었다.

"제 생일 파티에 와 주셔서 고맙습니다."

민친 교장이 매우 흡족해 했다.

"정말이지 참 예쁘구나, 세라. 이게 바로 평민이 박수갈채를 보낼 때 진짜 공주가 보여주는 모습이란다. 래비니어."

민친 교장이 따끔한 말투로 래비니어를 돌아보았다.

"방금 콧방귀를 뀐 것 같은데, 친구끼리 샘이 나더라도 좀 더 숙녀다운 태도로 표현하는 게 좋겠구나. 나는 이만 나갈 테니 여러분은 마음껏 즐기도록 해요."

민친 교장이 문을 나가는 순간 교실 안에 어려 있던 마법의 기운도 깨졌다. 문이 채 닫히기도 전에 아이들이 우르르 자리에서 일어났다. 어린 학생들은 의자에서 뛰어내리다가 넘어지는가 하면, 큰 아이들도 쏜살같이 선물 상자 앞으로 돌진했다. 세라는 아주 기쁜 얼굴로 몸을 숙여 한 상자를 내려다보았다.

"아마 책일 거야."

어린아이들이 실망하는 목소리로 웅성거렸고, 어민가드는 믿기지 않는다는 표정으로 소리쳤다.

"너희 아빠는 생일 선물로 책을 주셔? 세상에, 너희 아빠도 우리 아빠만큼 나쁘시구나. 열어 보지 마, 세라."

"나는 책이 좋아."

세라는 웃으면서 제일 큰 상자 쪽으로 다가갔다. 세라가 꺼내든 마지막 인형이 너무나 아름다워서 환희의 탄성이 터져나왔다. 누군가가 소리쳤다.

"거의 로티만 하잖아."

로티는 손뼉을 마주치고 꺅꺅 웃으면서 폴짝폴짝 뛰어다녔다.

래비니어가 말했다.

"인형한테 무대 관람 의상을 입혔어. 망토 자락에 족제비 털을 덧댄 것 봐."

어민가드는 쏜살같이 앞으로 달려 나왔다.

"와, 손에 오페라 망원경도 들고 있어. 파란색에 금색이 들어간 거야!"

세라가 말했다.

"여기 인형 가방도 있어. 열어서 다른 물건들도 보자."

세라가 바닥에 앉아 가방 열쇠를 돌렸다. 아이들이 환호성을 지르며 우르르 몰려들자, 세라가 가방에서 선물상자를 한 개씩 꺼냈다. 일찍이 교실에서 이렇게 요란한 소동이 벌어진 적은 없었다. 레이스 칼라와 실크 양말, 손수건, 진짜 다이아몬드가 박힌 듯한 티아라와 목걸이, 그리고 그것들이 담긴 화려한 보석함이 있었다. 긴 물개 가죽과 토시, 무도회 드레스와 다과회용 드레스, 산책용 원피스까지 종류별로 갖추었고, 모자와 부채까지

들어 있었다. 래비니어와 제시조차 인형을 신경 쓸 나이가 아니라는 것도 잊고 감탄사를 연발하며 이것저것 구경했다.

세라는 탁자 옆에 서서, 이 모든 화려한 물건을 갖고도 태연히 웃고 있는 인형의 머리에 커다란 검은 벨벳 모자를 씌워 주었다.

"이 인형이 사람 말을 다 알아 듣고 자기가 칭찬받는다는 걸 알고는 뿌듯해 한다고 상상해 봐."

래비니어가 비아냥댔다.

"넌 맨날 상상 타령이더라."

세라는 차분히 대답했다.

"나도 알아. 나는 그러는 게 좋은걸. 세상에 상상만큼 멋진 건 없어. 그건 요정이 되는 거랑 비슷해. 뭐든 아주 열심히 상상만 하면 마치 진짜처럼 느껴지거든."

"모든 걸 다 갖고 있으니 상상이 잘도 되겠지. 다락방에 사는 거지 신세라도 상상 같은 걸 하고 진짜인 척할 수 있을까?"

세라는 마지막 인형의 타조 깃털을 가지런히 정리하다 멈추고는 생각에 잠겼다. 그리고 이렇게 대답했다.

"할 수 있을 거야. 만일 거지라면 더욱더 다른 상상을 하고 그런 척해야 할 거야. 쉽지는 않겠지만."

세라는 훗날 두고두고 이 순간을 떠올렸다. 이 말이 끝나자마자 아멜리아 선생이 교실로 들어오다니 참으로 공교롭게 느껴졌다.

"세라, 네 아빠의 변호사이신 배로 씨가 오셨단다. 교장 선생님과 긴히 하실 말씀이 있다니까, 너희는 지금 다과가 다 차려진 교장실의 응접실에 가서 만찬을 시작하는 게 좋겠다. 선생님이 교실에서 말씀을 나누시도록 말이다."

다과회라면 언제든 대환영이라 수많은 눈동자가 반짝반짝 빛났다. 아멜리아 선생이 아이들을 가지런히 줄 세워 세라와 나란히 앞장서서 교실을 나갔고, 마지막 인형만 의자에 앉혀둔 채로 남았다. 주변에 화려한 옷가지들이 널브러져 있었다. 드레스와 외투들은 의자 등받이에, 레이스 주름이 장식된 속치마들은 학생들이 앉았던 의자 위에 흩어져 있었다.

다과회에 끼지 못한 베키는 그 예쁜 물건들을 구경하느라고 잠깐 꾸물댔다.

"돌아가 일해라, 베키."

아멜리아 선생에게 주의를 받고도, 베키는 정신이 팔려서 경건한 물건이라도 만지듯이 토시와 외투를 주워 들었다. 한참 구경에 빠져 있는데, 민친 교장의 발소리가 들렸다. 베키는 혼날까 봐 후다닥 탁자 밑으로 들어가 탁자보 속에 숨었다.

민친 교장이 교실로 들어왔다. 날카로운 인상에 마르고 왜소한 신사가 함께 들어왔다. 심란한 표정이었다. 민친 교장도 심란해 보이기는 마찬가지여서, 짜증나고 당혹스럽다는 표정으로 신사를 뚫어지게 쳐다보았다. 그녀는 근엄한 태도로 자리에 앉더니 신사에게 의자를 권했다.

"앉으세요, 배로 씨."

배로 씨는 앉지 않았다. 마지막 인형과 그 주변에 흩어진 물건들이 신경에 거슬리는 모양이었다. 변호사는 안경을 고쳐 쓰더니 그것들을 못마땅한 표정으로 살폈다. 마지막 인형과는 눈도 마주치지 않았다. 인형은 그저 꼿꼿이 앉아서 관심 없는 눈빛을 신사에게 되돌려주고 있었다.

배로 씨가 툭 내뱉었다.

"백 파운드는 되겠군. 하나같이 고가품에 파리 양장점에서 만든 것들이고. 돈을 흥청망청 썼군, 젊은 양반이."

민친 교장은 심기가 불편했다. 학교 최고의 후원자를 헐뜯는 소리로 들렸고, 그건 무례한 행동이었다. 변호사라 해도 무례하게 굴 권리는 없었다. 민친 교장이 딱딱한 말투로 말했다.

"뭐라고 하셨죠, 배로 씨? 무슨 말씀이신지 모르겠군요."

배로 씨는 비난조의 말투를 바꾸지 않았다.

"생일 선물들 말입니다. 열한 살짜리에게 저런 고가의 선물을 하다니, 정신 나간 사치라 할 만하죠."

민친 교장이 더욱 몸을 꼿꼿이 세워 앉았다.

"크루 대위님은 재력가입니다. 다이아몬드 광산만 해도……."

배로 씨가 민친 교장에게로 홱 돌아서며 버럭 언성을 높였다.

"다이아몬드 광산? 그런 건 없어요! 애초에 없었단 말입니다!"

민친 교장은 자기도 모르게 자리에서 벌떡 일어서며 외쳤다.

"뭐라고요! 그게 무슨 뜻이죠?"

배로 씨가 비아냥댔다.

"차라리 처음부터 없었다면 훨씬 나았을 텐데."

"다이아몬드 광산이 없다고요?"

민친 교장이 의자 등받이를 움켜잡았다. 화려한 꿈이 멀리 사라져 버리는 느낌이었다.

"다이아몬드 광산은 부보다 파멸을 가져올 때가 더 많단 말입니다. 사업이 뭔지도 모르면서 친한 친구 말이라고 무조건 믿는 사람이라면, 다이아몬드 광산이든 금광이든 친구가 어디에 얼마를 투자하라고 하든 처음부터 피하는 게 상책이죠. 고인이 된 크루 대위는……."

민친 교장이 그의 말을 자르며 숨넘어갈 듯 외쳤다.

"고인이 된 크루 대위라고요? 고인이라니! 변호사님이 여기 온 건 내게 크루 대위님의……."

"그 사람은 죽었습니다, 부인."

배로 씨가 무뚝뚝하게 대꾸했다.

"악성 말라리아에다 사업 문제까지 겹쳐서 그렇게 되었어요. 말라리아에 걸렸어도 사업 문제로 그렇게 내몰리지만 않았다면, 거꾸로 사업이 아무리 힘들어도 말라리아에 걸리지만 않았다면 죽지는 않았을 텐데……. 크루 대위는 죽었습니다!"

민친 교장은 의자에 털썩 주저앉았다. 머릿속에 불안이 엄습했다.

"사업 문제라는 게 대체 뭐였나요? 무슨 문제가 있었죠?"

"다이아몬드 광산과 절친한 친구, 그리고 파산이죠."

"파산!"

"쫄딱 망했어요. 젊은 사람이 돈이 너무 많았지요. 친구라는 사람이 다이아몬드 광산에 눈이 뒤집혀서 전 재산을 다 쏟아 붓고 크루 대위의 재산까지 몽땅 털어 넣은 겁니다. 그러고는 달아났어요. 크루 대위는 말라리아를 앓던 중에 그 소식을 들었으니, 충격을 감당하기가 버거웠을 겁니다. 사경을 헤매며 어린 딸만 미친 듯이 찾다가 죽었습니다. 땡전 한 푼 남기지 않고요."

이제야 민친 교장은 모든 상황이 파악됐다. 살면서 이렇게 충격을 받기는 처음이었다. 과시용 학생과 최고의 후원자가 한 방에 날아가 버리다니! 민친 교장은 날강도를 만난 기분이었고, 크루 대위와 세라와 배로 변호사 모두에게 똑같이 책임을 묻고 싶었다. 민친 교장은 언성을 높였다.

"그러니까 지금 변호사님 얘기는, 대위가 남긴 게 아무것도 없다는 겁니까? 세라가 물려받을 재산이 없다는 거예요? 그 애는 거지가 되었고, 내가 상속녀 대신 가난뱅이를 떠맡게 됐다는 말이에요?"

배로 씨는 상황 판단이 빠른 사업가였다. 더 시간 끌지 말고 자신은 아무 책임이 없음을 분명히 밝혀 두는 게 좋겠다고 생각했다.

"거지나 다름없는 처지가 되었지요. 아이가 선생님 손에 맡겨진 것도 틀림없고요. 우리가 알기로는 세상천지에 친척 하나 없으니 말입니다."

민친 교장이 성큼성큼 걸어갔다. 당장이라도 교실 문을 열고 달려 나가 그 순간 신나는 축제처럼 시끌벅적하게 열리고 있는 다과회를 엎어 버리고 싶었다.

"이건 말도 안 돼요! 그 애는 지금 내 응접실에서, 실크 드레스에 레이스 속치마를 입고, 내 돈으로 파티를 열고 있다고요."

배로 씨는 태연하게 말했다.

"그 애가 파티를 열고 있다면 그 비용은 선생님이 대시는 겁니다. 배로 앤 스킵워스 회사는 전혀 책임이 없습니다. 재력가가 이렇게 폭삭 망하기도 유례없는 일이지요. 우리 회사도 크루 대위한테 청구한 대금을 다 못 받았어요. 적지 않은 금액이죠."

민친 교장은 분노가 치밀어 문 앞에서 되돌아왔다. 악몽도 이런 악몽이 없었다. 이제 민친 교장은 악을 썼다.

"내가 지금 그 꼴이라고요! 난 대위가 비용을 댈 거라는 확신이 있었기 때문에 그 애한테 들어가는 저 온갖 터무니없는 비용을 댄 겁니다. 내가 저 웃기지도 않은 인형이며 기가 차고 꼴 같지도 않은 옷들을 샀다고요. 저 애는 가지고 싶은 건 뭐든 다 가졌어요. 마차에다 조랑말에다 하녀에다. 지난 번 수표를 받은 뒤로는 전부 다 내 돈으로 샀다고요."

배로 씨는 이미 회사 입장을 분명히 밝혔고 상황을 정확히 전달했기 때문에 민친 교장의 하소연을 시시콜콜 들어 줄 마음이 전혀 없었다. 기숙학교의 성난 교장에게 딱히 아무런 동정심도 들지 않았다.

"이제 돈은 더 쓰지 않는 게 좋을 겁니다. 꼬마 숙녀에게 선물을 해 주고 싶은 게 아니라면요. 그 아이는 주머니에 동전 한 닢 없는 처지예요."

민친 교장은 이 일을 바로잡을 의무가 오롯이 변호사에게 있기라도 한듯 따져 물었다.

"그럼 난 어쩌죠? 내가 뭘 어떻게 해야 하냐고요!"

배로 씨는 안경을 접어서 주머니에 넣었다.

"어쩔 도리가 없죠. 크루 대위는 죽었습니다. 아이는 알거지가 됐고요. 선생님 말고는 그 아이를 책임질 사람이 없습니다."

"난 그럴 책임도 없고 그 애를 떠맡을 생각도 없어요!"

민친 교장은 격분한 탓에 얼굴이 하얗게 질렸다.

배로 씨가 돌아서서 나갈 채비를 하며 무심하게 툭 내뱉었다.

"그건 제 문제가 아닙니다, 선생님. 배로 앤 스킵워스 회사는 아무 책임이 없습니다. 일이 이렇게 된 건 매우 유감입니다만."

민친 교장은 숨넘어갈 듯이 말했다.

"나한테 은근슬쩍 그 애를 떠안길 속셈이라면 그건 큰 오산입니다. 나는 돈도 빼앗기고 사기를 당한 거예요. 그 애를 거리로 내쫓겠어요!"

그렇게까지 격분하지 않았더라면 그렇게 경솔하게 떠들어 대지는 않았을 것이다. 툭하면 자기 속을 뒤집어 놓던 아이를 떠맡게 되니 민친 교장은 그만 자제력을 잃고 말았다.

배로 씨는 태연스레 문으로 걸어가며 말했다.

"나라면 그렇게 하지 않을 겁니다. 보는 눈들이 있으니까요. 학교에 대해 안 좋은 소문이 퍼지겠죠. 오갈 데 없고 돈도 한 푼 없는 학생을 내쫓았다고요."

배로 씨는 머리가 잘 돌아가는 사업가였다. 그가 보기엔 민친 교장도 약삭빠르게 현실을 파악하는 사업가여서, 잔인하고 인정머리 없는 사람이라고 소문날 만한 행동은 꺼리는 사람이었다. 그래서 이런 말을 슬쩍 덧붙였다.

"데리고 있으면서 써먹는 편이 낫지요. 똑똑한 아이라고 들었습니다. 아이가 크면 쓸 데가 더 많아지겠죠."

민친 교장이 버럭 외쳤다.

"크기 전에도 실컷 써먹을 거예요!"

배로 씨는 엉큼한 미소를 지었다.

"그러실 줄 알았습니다, 선생님. 그렇다니까요. 그럼 이만!"

배로 씨는 고개를 숙여 인사하고 교실을 나가 문을 닫았다. 민친 교장은 잠시 문을 노려보았다. 변호사의 말이 맞았다. 민친 교장도 알고 있었다. 보상을 받을 길이 전혀 없었다. 자랑거리였던 학생은 사라지고, 기댈 곳 없는 알거지 여자아이만 남았다. 대신 지불했던 돈들은 완전히 날렸다.

민친 교장이 만신창이가 된 심정으로 숨을 몰아쉬며 서 있는데, 응접실에서 왁자지껄 즐겁게 떠드는 소리가 쏟아져 나왔다. 적어도 이것만은 중단시킬 수 있었다.

민친 선생이 막 걸음을 떼려고 할 때, 마침 아멜리아 선생이 문을 열었다. 그녀는 조금 전과 달리 잔뜩 화가 난 언니의 얼굴을 보고 흠칫 놀라 한 걸음 뒤로 물러섰다.

"언니, 무슨 일이에요?"

민친 선생은 험악한 목소리로 말했다.

"세라 크루 어디 있니?"

아멜리아 선생이 어리둥절해서 더듬더듬 대답했다.

"세라? 그, 그야, 당연히 친구들이랑 언니 방에 있죠."

민친 교장이 비꼬는 말투로 물었다.

"호사스러운 그 아이 옷장에 검정 원피스도 있니?"

"검, 검정 원피스? 그니까, 까만 원피스 말이에요?"

"그 애는 드레스도 색깔별로 다 있잖아. 검정색도 있냐고."

아멜리아 선생의 얼굴에서 핏기가 조금씩 가셨다.

"아니요. 아, 있어요! 그런데 그건 너무 작아요. 오래된 벨벳 원피스가 한 벌 있긴 한데, 세라가 너무 자라서요."

"그 애한테 그 얼토당토않은 분홍 실크 드레스를 벗고 작든 말든 검정 원피스를 입으라고 해. 그런 호사는 이제 끝이야!"

아멜리아 선생은 통통한 손을 꽉 맞잡으며 울음을 터뜨렸다.

"아, 언니! 세상에, 언니! 도대체 무슨 일이에요?"

아멜리아 선생이 코를 훌쩍였다. 하지만 민친 교장은 가차 없었다.

"크루 대위가 죽었어. 죽으면서 한 푼도 남긴 게 없대. 저 버릇 없는 응석받이에 공상에 빠져 사는 아이가 알거지가 돼서 나한 테 떨어졌다고."

아멜리아 선생이 옆의 의자에 털썩 주저앉았다.

"걔 때문에 아무 의미 없는 것들에 내 돈 수백 파운드를 썼는 데…… 그런데 한 푼도 돌려받지 못해. 저 어처구니없는 파티를 중단시켜. 지금 당장 가서 옷부터 갈아입으라 하고."

"내가요? 꼭 내가 지금 가서 말해야 돼요?"

민친 교장에게서 악에 받친 대답이 돌아왔다.

"당장 해! 멍청이처럼 앉아서 멀뚱멀뚱 있지 말고. 어서!"

가엾게도 아멜리아 선생은 멍청이 소리를 듣는 데 익숙했다. 사실 자기한테 멍청한 구석이 있는 것도 알고, 남들이 하기 싫어 하는 일들은 멍청이가 도맡는 사실도 잘 알았다. 하지만 잔뜩 신

난 아이들로 바글거리는 방에 들어가서, 파티 주인공 아이에게
넌 하루아침에 알거지가 되었으니 당장 꽉 끼는 낡은 검정 원피
스로 바꿔 입으라고 말하기란 여간 난처한 일이 아니었다. 하지
만 지금은 분명 이러쿵저러쿵 따져 물을 때가 아니었다.

아멜리아 선생은 눈이 벌개지도록 손수건으로 눈을 훔쳤다.
그러고는 의자에서 일어나서 더는 한 마디도 보태지 못한 채 교
실을 나왔다. 언니가 지금 같은 표정으로 지금처럼 말하면, 말대
답하지 않고 얼른 시키는 대로 하는 게 상책이었다. 민친 교장은
교실 안을 서성였다. 자신이 그러는 줄도 모른 채 혼잣말을 소리
내어 중얼거렸다. 지난 해 다이아몬드 광산 이야기를 들었을 때
는 미래가 온갖 가능성으로 열리는 것 같았다. 학교 교장도 광산
주인이 도와주면 주식으로 돈을 벌 수 있을 터였다. 그런데 득을
보기는커녕 손해만 꼽아 보는 처지가 되었다.

"세라 공주는 무슨! 그 어린 걸 여왕이라도 되는 양 다 받아 줬
지."

민친 교장은 그렇게 중얼거리며 구석 탁자를 표독스레 쓸고
지나가다가, 코를 훌쩍거리며 흐느껴 우는 소리를 들었다.

"뭐야!"

민친 교장이 무섭게 소리를 질렀다. 우는 소리가 또다시 들리
자, 민친 교장은 몸을 구부려 탁자보를 들춰보고 소리 질렀다.

"네가 감히! 어떻게 감히 너 따위가! 당장 나오지 못해!"

가엾은 베키는 탁자 밑에서 기어 나왔다. 두건은 한쪽으로 삐뚜름히 내려오고 얼굴은 울음을 참느라 벌게졌다.

"죄송합니다, 선생님…… 저예요, 선생님. 이러면 안 되는 줄 알지만, 인형을 구경하고 있었어요, 선생님. 근데 선생님이 들어오셔서 무서워서 탁자 밑에 숨었어요."

"거기서 처음부터 쭉 엿들었단 말이지."

"아뇨, 아니에요, 선생님, 아니에요, 엿들은 게 아니고, 선생님 몰래 빠져나가려고……. 그런데 나갈 수가 없어서 그냥 있었지, 엿듣지 않았어요, 선생님. 아무것도 안 들으려고 했는데 그냥 들려서 어쩔 수가 없었어요."

베키는 앞에 서 있는 이 끔찍한 여자에 대한 두려움도 까맣게 잊고 다시 왈칵 눈물을 쏟았다.

"오, 제발요, 선생님. 이런 말씀 드리면 절 혼내시겠지만, 선생님, 전 불쌍한 세라 아가씨가 너무 안됐어요. 너무 가여워요!"

"썩 나가!"

베키는 다시 공손히 머리를 조아렸다. 눈물이 뺨을 타고 줄줄 흘러내렸다. 베키는 달달 떨며 입을 열었다.

"네, 선생님. 나갈게요, 선생님. 그런데 아, 제발 이 부탁만 드릴게요. 아가씨는, 세라 아가씨는 부잣집 아가씨라서 머리부터 발끝까지 다 시중을 받으셨는데, 이제 몸종이 없으면 어떡해요? 아, 제발, 제가 냄비랑 주전자랑 다 닦고 나서 아가씨 시중을 들

면 안 될까요? 일은 빨리 끝낼게요. 아가씨 시중을 들도록 허락
만 해 주세요. 아가씨가 너무 가여워요. 어휴."

베키가 다시 울음을 터뜨렸다.

"가여운 세라 아가씨, 공주라고 부르던 아가씨잖아요."

베키의 말을 듣고 있자니 민친 교장은 점점 더 화가 솟구쳤다.
부엌데기마저 세라를 편들고 나서다니! 민친 교장은 자신이 결
코 세라를 좋아한 적이 없었음을 어느 때보다 더 확실히 깨달았
고, 그런 세라를 두둔하는 베키가 괘씸했다. 민친 교장은 발을
쾅 굴렀다.

"안 돼. 그 애는 이제 자기 일을 스스로 하고, 다른 사람들 시
중까지 들 거다. 당장 교실에서 나가. 아니면 이 학교에서 나가
게 해 주마!"

베키는 앞치마를 머리 위로 벗어 버리고 교실을 뛰쳐나갔다.
그리고 계단을 내려가 부엌에 들어가서 냄비와 주전자들 사이
에 주저앉아 애끓는 눈물을 흘렸다.

"이야기랑 똑같아. 이야기 속 공주들은 꼭 성에서 쫓겨나잖
아."

세라가 소식을 전달 받고 몇 시간 뒤 민친 교장 앞에 불려갔을
때, 교장은 전에 없이 무뚝뚝하게 굳은 얼굴로 앉아 있었다.

그때 벌써 세라는 생일 파티를 열었던 게 꿈같고 수년 전 일
같았다. 자기가 아니라 다른 아이에게 일어났던 일 같았다.

파티의 흔적은 이미 지워지고 없었다. 벽의 호랑가시나무는 사라졌고, 의자와 책상도 제자리에 놓였다. 교장의 응접실도 평소처럼 치워져서, 축제의 자리는 흔적도 없었다. 민친 교장은 평상복으로 갈아입은 모습이었다. 학생들도 지시를 받고 파티복을 벗었다. 다시 교실에 모인 학생들은 삼삼오오 옹그리고 모여 신나게 떠들고 수군거렸다.

민친 교장은 동생에게 이렇게 일러두었다.

"세라에게 응접실로 오라고 해. 울거나 소란 피워도 받아 주지 않는다고 단단히 이르고."

"언니, 그렇게 이상한 아이는 살다살다 처음 봤어요. 난리커녕 아무 소리도 안 내더라고요. 언니도 기억하죠? 크루 대위가 인도로 돌아가던 날도 그 애는 눈도 깜짝 안 했잖아요. 이번 일도 듣더니 그냥 가만히 서서 아무 말 없이 날 쳐다봤어요. 눈이 점점 휘둥그레지고 안색이 꽤 창백해졌죠. 다 듣고도 몇 초쯤 가만히 서 있었는데 턱이 떨리기 시작하더니 돌아서서 자기 방으로 뛰쳐 올라갔어요. 몇몇 애들이 울음을 터뜨렸는데 그 소리는 하나도 안 들리고 오로지 내 말만 들리는 애 같았어요. 아무런 반응도 없으니 기분이 묘하더라고요. 왜, 사람이 갑자기 그런 말을 들었으니 무슨 말이라도 할 줄 알았거든요."

세라가 방으로 뛰어올라가 문을 걸어 잠근 뒤로 그 방에서 무슨 일이 있었는지는 세라 말고는 아무도 몰랐다. 사실 세라 자신

도 방 안을 왔다갔다하며 평소 같지 않은 목소리로 중얼거렸던 기억밖에 나지 않았다

"아빠가 돌아가셨다니! 아빠가 돌아가셨다니!"

넋이 나간 듯 저 말을 중얼거리고 또 중얼거렸다.

세라는 의자에 앉아서 자기를 지켜보는 에밀리 앞에 멈춰 서서 울부짖었다.

"에밀리! 들리니? 내 말 들려? 아빠가 돌아가셨대! 수천 킬로미터나 떨어진 인도에서 아빠가 돌아가셨대."

민친 교장의 부름을 받고 응접실로 갔을 때 세라의 얼굴은 하얗게 질리고 눈언저리는 울어서 거뭇했다. 마음 속 고통과 괴로움을 밖으로 내놓지 않겠다는 듯이 입은 굳게 닫고 있었다. 예쁘게 꾸민 교실에서 장밋빛 나비 같은 모습으로 선물들 사이를 사뿐사뿐 날아다니던 모습은 사라졌다. 낯설고 쓸쓸한 모습으로 기괴한 분위기를 풍기는 어린아이만 덩그러니 서 있었다.

세라는 마리에트의 도움 없이 옷장 깊이 처박혀 있던 검정 벨벳 원피스를 꺼내 입었다. 옷이 너무 작고 꽉 끼어서 짧은 치맛자락 밑으로 나온 다리가 더 길고 야위어 보였다. 검은 리본을 찾지 못해서 풀어헤친 까맣고 숱 많은 머리 때문에 창백한 얼굴이 더욱 파리해 보였다. 한 팔로는 에밀리를 꼭 끌어안았는데 에밀리도 검은 천으로 감싸여 있었다.

"인형은 내려놔. 그 인형을 들고 와서 어쩌자는 거냐?"

"싫어요. 내려놓지 않을 거예요. 이 인형은 제가 가진 전부예요. 아빠가 제게 주신 거예요."

세라는 늘 민친 교장을 은근히 불편하게 만들었는데, 지금도 그랬다. 버릇 없이 굴어서가 아니라, 냉정하고 차분하게 할 말을 다하는 면 때문이었다. 민친 교장은 지금 자신이 하려는 일이 비정하고 비인간적인 짓임을 스스로도 잘 알고 있었다.

"앞으로는 인형을 가지고 놀 시간 따위는 없어. 일도 해야 하고 네 스스로 실력을 길러 쓸모 있는 사람이 돼야 해."

세라는 커다란 눈에 묘한 빛을 담고 민친 교장을 빤히 쳐다볼 뿐 아무 말도 하지 않았다.

"모든 게 달라질 거야. 아멜리아 선생에게 설명을 들었겠지."

"네. 아빠가 돌아가셨다고 하셨어요. 제게 한 푼도 남기지 않으셨고, 제가 아주 가난해졌다고요."

"넌 거지야."

민친 교장은 이 말이 어떤 의미인지 다시금 생각나자 화가 치밀었다.

"넌 집도 친척도 없어. 돌봐 줄 사람이 하나도 없다더구나."

한순간 마르고 창백한 얼굴이 일그러졌지만, 세라는 이번에도 말이 없었다. 민친 교장이 날카롭게 다그쳐 물었다.

"뭘 빤히 쳐다봐? 너무 멍청해서 못 알아듣니? 세상천지에 너하나뿐이고, 여기서 지내도록 내가 자비를 베풀어 주지 않으면 널 도와줄 사람이 아무도 없단 말이다!"

"알아요."

세라가 나직이 대답했다. 뭔가 치밀어 오르는 것을 삼켜 넘기는 듯한 소리를 내더니 세라는 다시 한 번 말했다.

"알고 있어요."

민친 교장은 옆에 앉혀 놓은 화려한 생일 선물을 가리키며 소리쳤다.

"저 인형, 저 우스꽝스러운 인형이랑 저 턱없이 사치스러운 잡동사니들, 저 돈도 다 내가 냈어!"

세라는 의자 쪽을 돌아보았다.

"마지막 인형이에요. 마지막 인형."

세라의 구슬픈 목소리가 왠지 낯설게 들렸다.

"마지막 인형이라니, 딱 맞는 이름이로구나! 그런데 그것도 내 것이지 네 게 아니야. 네가 가진 건 전부 다 내 거다."

"그럼 가져가세요. 전 갖고 싶지 않아요."

만일 세라가 흐느껴 울고 겁에 질렸더라면 민친 교장이 좀 더 인내심을 발휘했을 것이다. 민친 교장은 상대를 쥐락펴락하면서 권력의 맛을 즐기는 사람이었는데, 세라가 창백한 얼굴에 동요하는 기색 하나 없고 작은 목소리마저 당당하게 들리자 자신의 권위를 무시당하는 것만 같았다.

"잘난 체하지 마. 이제는 네가 그럴 상황이 아니야. 넌 더 이상 공주가 아니다. 네가 타고 다니던 마차와 조랑말도 팔아 치울 거고, 네 하녀도 해고할 거야. 아주 낡고 초라한 옷을 입을 거고. 네 처지에 화려한 옷들은 어울리지 않아. 넌 베키와 다를 게 없다. 먹고 살려면 일을 해야 해."

그 말에 놀랍게도 세라의 눈에 희미한 안도의 빛이 스쳤다.

"일할 수 있다고요? 일할 수만 있다면 다른 건 아무래도 괜찮아요. 제가 뭘 하면 되나요?"

"시키는 건 뭐든지 해야지. 넌 머리가 좋으니 뭐든 금방 배우겠지. 쓸모 있게만 굴면 여기 있게 해 주마. 프랑스어를 잘하니 어린애들 공부를 도와줘도 되고."

"그래도 돼요? 아, 꼭 그렇게 하게 해 주세요! 저, 잘 가르칠 수 있어요. 제가 아이들을 좋아하고 아이들도 저를 좋아하거든요."

"누가 널 좋아한다느니 하는 허튼소리는 집어치워. 어린애들 가르치는 일만 하는 게 아니다. 교실 말고도 부엌일도 거들고 심부름도 해. 내 마음에 차지 않으면 쫓겨날 줄 알아. 명심해라. 그만 가 봐."

세라는 잠깐 그대로 서서 민친 교장을 쳐다보았다. 어린 마음 깊은 곳에서 생경한 생각들이 떠올랐다. 세라는 문을 향해 돌아섰다. 그런 세라를 민친 교장이 불러 세웠다.

"잠깐! 고맙다고 인사도 안 할 셈이냐?"

세라는 걸음을 멈추었다. 마음 속 깊이 도사리고 있던 생경한 생각들이 소용돌이처럼 치솟았다.

"뭐가 고마운데요?"

"난 너에게 친절을 베푼 거다. 내가 친절하게도 네가 살 집을 마련해 주었잖니."

세라는 민친 교장에게 두어 걸음 다가갔다. 야윈 가슴을 가쁘게 들썩이며 어린아이 같지 않은 매서운 기세로 말했다.

"선생님은 친절하지 않으세요. 절대로 친절하지 않아요. 그리고 이건 집이 아니에요."

세라가 말을 마치자마자 돌아서서 방을 나가 버리는 바람에, 민친 교장은 세라를 불러 세우거나 무슨 말을 할 겨를도 없이 화가 나 딱딱하게 굳어버린 얼굴을 하고 노려볼 뿐이었다.

세라는 천천히 계단을 올랐지만 숨이 가쁘게 차올랐다. 에밀리를 옆구리에 꽉 끌어안으며 생각했다.

'에밀리가 말할 수 있다면 얼마나 좋을까. 말할 수 있다면, 말을 할 수만 있다면!'

세라는 자기 방에 가서 호랑이 가죽 위에 누워 호랑이 얼굴에 뺨을 대고서 난롯불을 들여다보며 생각하고 또 생각해 볼 셈이었다. 하지만 위층 층계참에 막 올라설 때 방에서 나오는 아멜리아 선생과 마주쳤다. 아멜리아 선생은 방문을 닫고 불안하고 난처한 얼굴로 그 자리에 멈춰 섰다. 그녀는 언니가 시킨 짓을 했다는 게 내심 부끄러웠다.

"넌, 넌 이제 이 방에 못 들어가."

"못 들어간다고요?"

세라가 한 걸음 물러서며 큰 소리로 물었다.

"이제 여긴 네 방이 아니야."

아멜리아 선생은 살짝 얼굴을 붉혔다. 그 말 한 마디에 세라는 모든 걸 알아차렸다. 민친 교장이 말한 변화가 시작되고 있었다.

"제 방은 어디인가요?"

세라는 목소리가 떨리지 않기를 간절히 바라며 물었다.

"베키가 지내는 다락방의 옆방에서 자거라."

세라는 거기가 어디인지 알았다. 베키에게 들은 적이 있었다.

세라는 돌아서서 계단 두 층을 더 올라갔다. 마지막 계단은 비좁은데다 카펫도 낡아서 여기저기 해져 있었다. 세라는 자신이 아닌, 다른 아이가 살았던 세상을 나와 아주 멀리 떠나는 기분이었다. 짧고 꽉 끼는 낡은 원피스를 입고 계단을 올라 다락방으로 가는 지금의 이 아이는 전혀 다른 사람이었다.

다락방 앞에 다다라 문을 열자 심장이 묵직하게 가라앉았다. 세라는 방에 들어가 문을 닫고 등을 기대어 서서 주위를 둘러보았다.

정말이지, 이곳은 완전히 다른 세상이었다. 천장은 비스듬히 기울어지고 허연 회반죽 칠이 되어 있었다. 거무죽죽하게 때가 탄 흰 칠은 군데군데 떨어져 나갔다. 난로는 녹슬었고, 침대는 오래된 철제 틀이고, 그 위에 놓인 베갯잇은 색이 바랬고 베개도 딱딱했다. 너덜너덜 해져서 아래층에서 쓰지 못해 올려 보낸 가구들도 보였다. 우중충한 잿빛 하늘이 길쭉한 네모 모양으로 엿보이는 지붕창 아래에는 낡고 닳은 빨간색 발판이 하나 세워져 있었다. 세라는 그곳에 가서 앉았다. 원래 잘 울지 않았지만 세라는 이번에도 울지 않았다. 그저 다리 위에 뉘인 에밀리를 두 팔로 끌어안으며 그 위에 얼굴을 묻고 가만히 앉아 있었다. 에밀리를 감싼 검은 천 위로 검은 머리를 얹은 채, 아무 소리도 내지 않고 앉아 있었다.

그렇게 고요히 앉아 있는데 조용히 노크하는 소리가 들렸다.

어찌나 살살 조심스럽게 두드리던지 처음에는 듣지도 못했는
데, 슬그머니 문이 열리더니 눈물로 얼룩진 가여운 얼굴이 빠끔
히 안을 들여다보았다. 베키였다. 베키는 몇 시간이나 몰래 우느
라고 앞치마로 눈을 문질렀기 때문에 얼굴이 이상해 보였다.

베키가 소곤거렸다.

"아, 아가씨. 저, 괜찮으시면 들어가도 될까요?"

세라는 고개를 들어 베키를 보았다. 웃으려 애썼지만 잘 되지
않았다. 하지만 줄줄 눈물을 흘리는 베키의 눈을 보는 순간, 나
이답지 않게 너무 조숙해 보이던 세라의 얼굴에도 아이 같은 표
정이 살아났다. 세라는 손을 내밀며 울먹였다.

"아, 베키, 내가 그랬잖아. 우리는 똑같다고. 둘 다 똑같은 아이
일 뿐이라고. 내 말이 맞지? 이젠 하나도 다른 게 없어. 난 더 이
상 공주가 아니야."

베키는 달려가서 세라의 손을 잡고 가슴에 대며 그 옆에 무릎
을 꿇고 앉아 서럽게 흐느꼈다. 울먹이느라 말도 제대로 잇지 못
했다.

"아니…… 에요, 아가씨. 아가씨는 공주 맞아요……. 아가씨한
테 무슨 일이 일어나도…… 그게 무슨 일이든…… 그래도 아가
씨는 공주님이에요. 그 무엇도 아가씨를 딴 사람이 되게 할 수는
없어요."

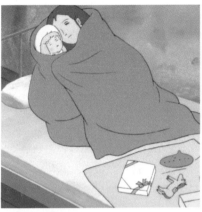

8
다락방에서

다락방에서 보낸 첫날 밤을 세라는 영원히 잊지 못했다. 어린 아이가 감당하기에는 너무 혹독한 슬픔과 고통이 밤새도록 사납게 휘몰아쳤지만 세라는 주변의 어느 누구에게도 그런 이야기를 털어놓지 않았다. 어차피 그런 이야기를 이해해 줄 사람도 없었다. 어둠 속에서 잠을 이루지 못할 때는 낯선 환경에 마음을 빼앗기는 게 차라리 세라에게 잘된 일이었다. 그 작은 몸이 육체적인 불편에 시달리는 편이 더 나았다. 안 그랬다면 감당해야 할 비통함이 너무 커서 어린 마음이 버티지 못했을 것이다.

하지만 안타깝게도 밤이 깊어질수록 세라는 몸의 불편을 잊고 오로지 한 가지 생각에만 골몰했다. 세라는 하염없이 중얼거렸다.

"아빠가 돌아가시다니! 아빠가 돌아가시다니!"

얼마 지나지 않아 아이는, 침대가 너무 딱딱해서 편히 누울 곳을 찾느라 자신이 이리저리 뒤척이고 있다는 사실과, 어둠이 무엇과도 견줄 수 없을 만큼 짙고 짙다는 것, 지붕 위로 굴뚝을 휘감아 도는 바람 소리가 뭔가가 울부짖는 소리처럼 들린다는 것을 깨달았다.

그러나 아직 더 끔찍한 게 남아 있었다. 벽 안쪽과 굽도리널 뒤에서 뭔가 쓱 지나가며 찍찍 울고 긁는 소리가 들렸다. 베키에게 들은 적이 있었다. 쥐들이 서로 싸우거나 같이 노는 소리였다. 날카로운 발톱이 달린 발로 바닥을 다다닥 건너가는 소리도 한두 차례 들렸다. 훗날 이 시절을 돌이켜 보면, 그렇게 처음 며칠 동안은 처음 듣는 쥐 발자국 소리에 벌떡 일어나 벌벌 떨며 앉아 있다가 이불을 머리끝까지 뒤집어쓰며 다시 눕곤 했던 기억이 났다.

세라의 생활은 서서히 바뀐 게 아니라 한순간 모든 게 뒤바뀌었다.

민친 교장은 아멜리아 선생에게 말했다.

"어차피 앞으로 계속 해야 할 일이니까 당장 시작하라고 해. 뭘 해야 하는지 당장 가르쳐서 시켜."

마리에트는 다음 날 아침 학교를 떠났다. 세라는 복도를 지나다가 열린 문으로 옛 거실을 언뜻 들여다보고 모든 게 바뀐 것을 실감했다. 방을 꾸몄던 화려한 물건들이 싹 치워지고, 침대도 구석으로 옮겨 새로운 학생이 쓸 침실로 바뀌어 있었다.

아침식사 시간에 식당으로 내려가자 세라의 자리였던 민친 교장 옆자리에 래비니어가 앉아 있었다. 민친 교장은 세라에게 차갑게 내뱉었다.

"세라, 네가 새로 할 일이 있다. 어린 학생들과 같이 작은 탁자에 가서 앉아라. 아이들을 조용히 시키고 얌전히 밥을 먹는지, 음식을 남기지 않는지 봐. 더 일찍 내려왔어야지. 로티가 벌써 차를 엎질렀잖니."

그것은 시작에 불과했고, 날이 갈수록 세라가 맡은 일은 점점 더 불어났다. 세라는 어린 학생들에게 프랑스어를 가르치고 아이들이 듣는 다른 수업을 참관했는데, 이런 일들은 세라가 해야할 다른 일들에 비하면 빙산의 일각이었다. 세라는 써먹을 곳도 아주 많았다. 언제 어떤 날씨에도 심부름을 보낼 수 있었다. 다들 꺼리고 미루는 일들도 전부 세라의 몫이었다. 요리사와 하녀들은 민친 교장의 말투를 흉내 내며 그렇게나 오랜 시간 동안 요란스레 떠받들어 주어야 했던 '어린 것'에게 명령하는 기분을 즐기기까지 했다. 하녀들은 교육을 잘 받지 못했고 예의 바르거나 성격이 착한 것도 아니어서, 곁에 만만한 상대가 생기자 걸핏하면 잘못을 덮어씌우려 들었다.

처음 한두 달 동안 세라는 최선을 다해 열심히 일하고 꾸지람

을 들어도 묵묵히 견디면 자신을 힘들게 하는 사람들도 태도를 누그러뜨릴 거라고 생각했다. 어리지만 자존심 강한 세라는 자신이 밥벌이를 하려고 노력하는 것이지 동정에 기대려는 게 아니라는 걸 보여주고 싶었다. 그러나 어느 순간 세라는 어느 누구도 달라지지 않는다는 사실을 깨달았다. 시키는 일을 열심히 하면 할수록 하녀들은 더 윽박지르며 못되게 굴었고, 요리사는 사사건건 꼬투리를 잡아 잔소리를 했다.

민친 교장은 세라가 조금 더 컸더라면 큰 아이들의 수업을 맡기고 교사를 내보내 돈을 아꼈을 것이다. 그건 아쉬웠지만, 앳된 티도 못 벗은 어린아이치고는 쓸모가 커서 심부름도 마음 놓고 맡기고 허드렛일도 골고루 시켰다. 여느 남자애들 중에서도 세라만큼 영리하고 믿을 만한 심부름꾼을 구하긴 어려웠다. 세라는 까다롭고 복잡한 심부름도 믿고 맡길 수 있었다. 심지어 돈 심부름까지 보낼 수 있었고, 거기에다 방 청소며 정리정돈도 잘했다.

세라 자신의 학업은 지나간 옛일이 되었다. 수업은 전혀 들을 수 없었고, 이 사람 저 사람이 시키는 대로 하루 종일 바쁘게 뛰어다니다가 밤이 되어서야 간신히 허락을 받으면 텅 빈 교실에 들어가 홀로 헌책들을 읽었다.

세라는 중얼거렸다.

"전에 배웠던 걸 되새기지 않으면 전부 까먹을 것 같아. 나는 부엌 심부름꾼이나 다름없는데 거기에다 아무것도 모른다면 가없은 베키처럼 될 거야. 내가 알고 있는 걸 대부분 잊어버리고 발음도 정확하게 못하고 헨리 8세에게 부인이 여섯 명이나 있었다는 사실을 잊게 되면 어쩌지?"

세라의 생활이 달라지면서 가장 얄궂게 변한 한 가지는 학생들과 세라의 관계였다. 학생들 사이에서 어린 왕족처럼 대접받기커녕 이젠 학생 축에 끼지도 못했다. 끊임없이 쏟아지는 일 때문에 어차피 학생들과 이야기를 나눌 틈도 없었지만, 세라가 교실 학생들하고는 외떨어져 생활하기를 바라는 민친 교장의 속내를 모른 체할 수도 없었다.

민친 교장은 이렇게 말하곤 했다.

"난 그 애가 다른 학생들과 말을 섞고 지내도록 놔두지 않을 거야. 여자애들은 넋두리를 좋아하니까, 그 애가 자신이 구박받는 여주인공인 것처럼 그럴 듯한 이야기를 지어내서 떠들고 다니면 학부모들한테 오해를 살 거라고. 그 애는 따로 떨어져서 지내는 게 나아. 자기 분수에 맞게 사는 거야. 난 그 애에게 살 집을 줬어. 그 처지에 감지덕지지."

세라는 많은 것을 바라지 않았다. 게다가 자존심이 너무 강해 세라만 보면 티 나게 어색해 하고 쭈뼛거리는 다른 학생들과 계속 가까이 지내기도 힘들었다. 사실 민친 학교의 학생들은 둔감하고 현실적인 아이들이었다. 풍족하고 편안한 생활에 길들여진 학생들은, 세라의 원피스가 점점 짧아지고 초라해지고 이상해지면서, 또 세라가 요리사의 심부름으로 뜯어진 신발을 끌며 채소를 사러 나가서 바구니를 끌어안고 길거리를 돌아다니는 줄 알게 되자, 자신들도 세라를 잔심부름꾼 하녀로 대했다.

래비니어는 말했다.

"저런 애한테 다이아몬드 광산이 있다고 생각했다니. 지금은 몰골도 말이 아니잖아. 저렇게 기이한 꼴은 처음 봐. 별로 저 애를 좋아한 적도 없지만 지금처럼 저런 식으로 말도 없이 사람을 쳐다보는 건 못 참아 주겠다니까. 꼭 뭔가 캐내려는 애 같잖아."

그 말을 듣자마자 세라가 되받아쳤다.

"맞아. 난 어떤 사람들은 바로 그렇게 쳐다봐. 그 사람들을 알고 싶으니까. 그러고 나서 나중에 더 생각해 보고."

사실을 말하자면 세라는 래비니어를 눈여겨 본 덕분에 몇 차례나 곤혹스러울 뻔한 상황을 면했다. 래비니어는 틈만 나면 못된 장난을 쳤는데, 민친 교장의 과시용 학생이었던 세라가 걸려들었다면 아주 고소해 했을 것이다.

세라는 누구를 골려주거나 못살게 군 적이 한 번도 없었다. 그야말로 종처럼 일했고, 짐꾸러미와 바구니를 들고 질척거리는 길거리로 무거운 발걸음을 옮겼다. 어린 학생들의 프랑스어 수업에 들어가서는 틈만 나면 딴짓하는 아이들과 전쟁을 치뤘다. 모습이 점차 남루하고 처량해지자 차라리 부엌에 내려가서 식사를 하라는 말까지 들었다. 모두들 자신을 하찮은 존재로 취급하자 세라는 자존심에 상처를 입었지만 그런 속마음을 어느 누구에게도 절대로 털어놓지 않았다.

"군인은 불평하지 않아. 나도 그럴 거야. 나는 지금 전쟁 중인 척할 거야."

세라는 밥을 먹다 말고 이를 악물면서 이렇게 중얼거렸다.

하지만 세라는 아직 어린아이에 지나지 않았다. 세 사람이 없었더라면 더 오래 마음앓이를 했을 것이다.

으뜸으로 꼽을 사람은 당연히 베키였다. 다락방에서의 끔찍했던 첫날 밤 내내, 세라는 쥐들이 찍찍거리며 몰려다니는 벽 너머에 또 다른 아이가 있다는 사실에 어렴풋이나마 마음을 놓을 수 있었다. 그리고 날마다 안도감이 점점 커졌다. 낮 동안 둘은 서로 말을 나눌 틈이 없었다. 각자 할 일이 많았을 뿐 아니라 대화를 나누려고만 하면 빈둥빈둥 노닥거린다며 혼났으니까.

첫날 아침에 베키는 귀엣말로 소곤거렸다.

"아가씨, 제가 공손하게 말하지 않아도 이해해 주세요. 다른 사람들이 우리한테 뭐라 할지도 몰라서요. 그러니까 '부탁드립니다', '고맙습니다', '죄송합니다' 같은 말 말이에요. 그런 말을 할 시간도 안 나겠지만요."

그 대신 베키는 동이 트기도 전에 세라의 다락방으로 살금살금 건너와서 원피스 단추를 채워 주고 여러 일들을 거들어 준 후

에 불을 지피러 부엌에 내려갔다. 그리고 밤이 되면 세라의 방문을 조심스레 두드렸다. 필요할 때 언제든 시중을 들 준비가 되어 있다는 신호였다. 처음 몇 주 동안은 비탄과 충격에 빠져 말문을 열지 못하던 세라도 차차 베키를 부르고 방을 드나들었다. 베키는 고통에 빠진 사람에겐 혼자 있을 시간이 필요하다는 걸 잘 알고 있었다.

세라에게 위로를 준 두 번째 사람은 어민가드였는데, 사실 조금의 우여곡절이 있었다.

충격에서 조금씩 벗어나며 다시 정신을 차리고 주변을 돌아보게 되자, 세라는 자신이 어민가드의 존재를 완전히 잊고 있었음을 깨달았다. 두 사람은 사이좋은 친구였지만 세라는 늘 자신이 언니 같다고 느꼈다. 어민가드는 다정했지만 둔한 것 역시 부인할 수 없었다. 어민가드는 세라에게 막무가내로 매달렸다. 늘 공부거리들을 가져와서 가르쳐 달라고 부탁했고, 이야기를 해 달라고 끊임없이 졸랐다. 하지만 세라의 이야기를 한 마디 한 마디 다 귀담아 들으면서도 정작 본인은 이야기를 하나도 할 줄 몰랐고, 책이라면 무조건 싫어했다. 어민가드는 엄청난 시련이 폭풍처럼 휘몰아칠 때 생각날 만한 아이는 아니었던 것이다. 그래서 세라도 어민가드를 잊고 있었다.

게다가 어민가드가 사건이 일어났던 때에 몇 주 동안 집에 가 있었다. 어민가드는 학교로 돌아와서도 이틀은 세라를 만나지 못했고, 마침내 복도에서 마주쳤을 때 세라는 아래층으로 가져가 수선할 옷가지들을 한 아름 안아들고 있었다. 그때 벌써 세라는 옷을 수선하는 법까지 배운 터였다. 세라는 안색이 창백하고 다른 사람 같아 보였다. 입고 있는 원피스도 몸에 비해 너무 작아서 이상해 보였고 껑충 올라간 치맛단 아래로 드러난 다리는 깡마른 데다 꾀죄죄했다.

어민가드는 워낙 느린 아이이어서 그런 상황에 어떻게 대처해야 할지 얼른 생각이 나지 않았다. 무슨 말을 해야 할지도 떠오르지 않았다. 그간 무슨 일이 있었는지는 알았지만, 세라가 이토록 기묘하고 불쌍하고 하녀나 다름없는 모습을 하고 있을 거라고는 상상도 해 본 적이 없었다. 어민가드는 너무 슬프고 참담하여 어찌할 바를 모른 채 경련 같은 짧은 웃음을 흘리고는 아무런 의도도, 거의 아무 의미도 없는 말을 내뱉었다.

"세상에, 세라! 너 맞아?"

"그래."

세라의 얼굴이 붉어졌다. 그리고 두 팔로 한 아름 안은 옷들을 떨어뜨리지 않으려고 턱으로 지그시 눌렀다. 세라가 묘한 눈빛으로 빤히 쳐다보자 어민가드는 더더욱 어찌할 바를 몰랐다. 세라가 완전히 다른 사람, 전혀 모르는 사람이 되어 버린 것 같았다. 아마도 세라가 갑자기 가난해져서 베키처럼 옷을 수선하고 일을 해야 했기 때문인 듯했다.

"아, 잘, 잘 지내?"

어민가드가 말을 더듬었다.

"모르겠어. 너는 어때?"

"난, 나는 아주 잘 지내."

어민가드는 잔뜩 주눅이 들었다. 그래서 좀 더 친구답게 할 수 있는 말이 뭘까 고심하다가 불쑥 이렇게 말했다.

"너, 너 많이 불행하니?"

그 순간 세라는 부당한 잘못을 저질렀다. 순간적으로 상처 입은 심장이 쿵쾅거리자, 저렇게 멍청한 아이라면 가까이 하지 않는 편이 낫겠다고 생각한 것이다.

"네가 보기엔 어떤 것 같니? 내가 행복에 겨워 보이니?"

세라는 어민가드를 지나쳐 가 버렸다.

세라의 비참함이 덜했더라면, 가여운 어민가드가 둔한 성격 탓에 서툴고 어색하게 행동했다는 것을 금세 깨닫고 그 애를 비난하지는 않았을 것이다. 어민가드는 늘 어색해 했고, 본인이 그걸 느끼면 느낄수록 더 어리석게 행동하는 아이였다.

그런데 불쑥 이상한 생각이 스치면서 세라가 예민해졌던 것이다.

'저 애도 다른 애들과 똑같아. 실은 나와 말을 섞고 싶지 않을 거야. 다들 그러니까.'

몇 주 동안 두 사람 사이에 벽이 있었다. 우연히 마주치면 세라가 눈길을 돌렸고, 어민가드는 너무 긴장하고 당황해서 아무 말도 하지 못했다. 서로 지나치면서 고갯짓을 까닥할 때도 있었지만, 인사 한 마디 나누지 않을 때가 더 많았다.

'나랑 말하기 싫어한다면 내가 가까이 가지 않으면 돼. 민친 선생님이 알아서 도와주시겠지.'

정말로 민친 교장은 본의 아니게 적극적인 도움을 주었고 덕분에 두 사람은 거의 마주칠 일이 없었다.

어민가드는 평소보다 더 어수룩한 행동을 눈에 띄게 많이 했고, 힘도 없고 우울해 보였다. 창가 자리에 몸을 웅크리고 앉아 말없이 창밖을 내다보는 일도 잦았다. 한 번은 옆을 지나던 제시가 걸음을 멈추고 무슨 일이냐는 듯 어민가드를 쳐다보았다.

"어민가드, 너 울어?"

어민가드가 떨리는 음성으로 소리 죽여 말했다.

"우는 거 아니야."

"울고 있잖아. 방금 닭똥 같은 눈물이 콧등을 타고 흘러서 뚝 떨어졌잖아. 또 떨어지네."

"그래, 나 괴로워. 그러니까 참견하지 말아 줘."

어민가드는 통통한 등을 보이며 몸을 돌리더니 손수건을 꺼내서 얼굴을 확 덮었다.

그날 밤 세라는 평소보다 늦게 다락방으로 올라갔다. 학생들이 모두 잠자리에 든 뒤에야 일을 마치고 아무도 없는 교실에서 혼

자 공부를 하다 오는 길이었다. 계단을 다 올라온 세라는 다락방 문 틈으로 깜박거리며 새어 나오는 불빛을 보고 깜짝 놀랐다.

'여긴 나 말고 올 사람이 없는데.'

세라는 재빨리 머리를 굴렸다.

'누가 촛불을 켜 놓았네.'

부엌에서 일할 때 쓰는 촛대가 아니라 학생들이 침실에서 쓰는 촛대였다. 누군가 낡은 발판에 앉아 있었다. 잠옷 위에 빨간 숄을 두른 차림으로 앉아 있는 아이를 알아본 순간 세라가 소리쳤다.

"어민가드!"

세라는 덜컥 겁이 났다.

"너 이러다 큰일 나."

어민가드가 발판에서 엉거주춤 일어나더니, 제 발에 비해 너무 큰 침실 슬리퍼를 질질 끌며 세라에게 다가왔다. 울어서 눈과 코가 빨갰다.

"나도 알아. 들키면 그렇겠지. 그래도 상관없어. 아무 상관없어. 아, 세라, 제발 말을 해 줘. 왜 그러는 거야? 왜 이젠 나를 좋아하지 않는 건데?"

어민가드의 목소리를 듣자 세라는 익숙한 무언가가 울컥 올라오며 목이 메었다. 다정하고 순수한, '단짝 친구'가 되자고 말하던 그때 그 어민가드의 모습 그대로였다. 마치 지난 몇 주의 일들은 고의가 아니었노라고 말하는 소리 같았다.

"난 네가 정말 좋아. 그렇지만, 알잖아. 지금은 모든 게 달라졌어. 나는 너도, 너도 달라졌다고 생각했어."

어민가드가 눈물이 그렁그렁한 눈을 동그랗게 뜨며 소리쳤다.

"무슨 소리야. 달라진 건 바로 너야! 나랑 말도 하지 않으려고 했잖아. 나는 뭘 어떻게 해야 하는지 몰랐어. 내가 집에서 돌아온 뒤로 달라진 건 너였다고."

세라는 잠시 생각해 보고 자신의 잘못을 깨달았다.

"맞아. 난 달라졌어. 그렇지만 네가 생각하는 그런 식으로 달라진 건 아니야. 민친 선생님은 이제 내가 아이들과 이야기 나누는 걸 싫어하서. 애들도 대부분 나랑 말하고 싶어 하지 않고. 나는…… 어쩌면…… 너도 어쩌면 그럴 거라고 생각했어. 그래서 일부러 너를 피해 다녔어."

"세상에, 세라."

어민가드는 말도 안 된다는 듯이 울부짖었다. 그러더니 세라와 얼굴을 마주 보고는 와락 부둥켜안았다. 세라는 작고 검은 머리를 빨간 숄을 두른 친구의 어깨에 얹고 몇 분 동안이나 더 그렇게 있었다. 어민가드가 자신을 저버렸다고 생각했을 땐 끔찍이도 외로웠다.

잠시 후 두 사람은 나란히 바닥에 앉았다. 세라는 팔로 무릎을 감싸 안고 어민가드는 숄로 몸을 감쌌다. 어민가드는 눈이 크고 묘한 세라의 작은 얼굴을 감탄에 겨운 눈길로 보았다.

"더는 견딜 수가 없었어. 넌 아마 내가 없어도 살 수 있겠지만, 세라, 난 너 없으면 못 살아. 난 정말 죽은 거나 마찬가지였어. 그래서 오늘 밤에, 이불을 뒤집어쓰고 울다가 갑자기 여기로 올라와서 다시 나랑 친구 하자고 사정이라도 해야겠다는 생각이 든 거야."

세라는 생각을 하듯 이맛살을 찌푸렸다.

"네가 나보다 착하구나. 난 자존심만 세우느라 친구가 되려고 노력하지 않았잖아. 이제 시험에 든 거니까 내가 착한 아이가 아니라는 게 드러난 거지. 이럴까 봐 두려웠는데……. 어쩌면 그래서 시험에 들게 되었나 봐."

어민가드가 야무지게 말했다.

"난 그런 시험이 무슨 도움이 되는지 모르겠어."

세라도 솔직히 털어놓았다.

"솔직히 말하면 나도 그래. 그래도 무슨 일에든 좋은 점이 있겠지. 우리한테는 안 보인다고 해도 말이야. 민친 선생님에게도 잘은 모르겠지만 좋은 점이 있을지 몰라."

어민가드는 무서우면서도 궁금하다는 얼굴로 다락방을 두리번거렸다.

"세라, 여기서 지내는 거 견딜 만해?"

세라도 방을 둘러보았다.

"여기가 다른 데라고 상상하면 견딜 수 있어. 아니면 이야기 속에 나오는 곳이라고 상상하거나."

세라는 느릿느릿 말했다. 상상력이 발동하고 있었다. 시련이 닥친 뒤로 한 번도 없었던 일이었다. 그때는 마치 상상력마저 까무러친 느낌이었다.

"여기보다 더한 곳에 사는 사람들도 있어. 샤토 디프*의 지하 감방에 갇혔던 몬테크리스토 백작을 생각해 봐. 바스티유 감옥에 있던 사람들도 그렇고!"

"바스티유?"

어민가드가 거의 속삭이는 목소리로 세라에게 눈길을 고정하고 빠져들기 시작했다. 프랑스 혁명 이야기라면 세라가 실감나는 설명으로 머릿속에 넣어준 덕에 기억하고 있었다.

세라의 눈이 예전에 알던 빛으로 반짝였다.

세라는 무릎을 끌어안았다.

"그래. 거기라고 상상하면 좋겠다. 난 바스티유 감옥에 갇힌 죄수인 거야. 여기에 아주 오래오래 있었고, 나를 기억하는 사람은 아무도 없어. 민친 선생님은 교도관이고, 그리고 베키는……."

세라가 눈을 한층 더 빛냈다.

* Château-d'If. 프랑스 마르세유 앞바다의 이프 섬에 있는 교도소다. 알렉상드르 뒤마의 소설 《몬테크리스토 백작》의 배경이다.

"베키는 옆방에 갇힌 죄수야."

어민가드를 돌아보는 세라는 예전과 똑같은 표정을 짓고 있었다.

"그렇다고 상상할래. 그럼 마음이 아주 편해질 거야."

어민가드는 완전히 이야기에 심취했다.

"그 이야기도 나한테 다 해 줄 거야? 밤에 괜찮을 때마다 여기 올라오면 네가 낮 동안 생각해 낸 이야기를 들려줄래? 그럼 우린 전보다 더 '단짝'이 될 것 같아."

세라가 고개를 끄덕였다.

"그래. 역경은 사람들을 시험하고, 내가 처한 역경이 너를 시험해서 네가 얼마나 좋은 아이인지 보여 주었으니까."

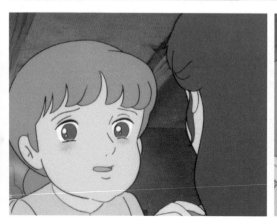

9
멜기세덱

세 번째 사람은 로티였다. 로티는 어려서 역경이 뭔지 몰랐다. 그래서 어린 양엄마에게 찾아온 변화가 혼란스럽기만 했다. 세라에게 이상한 일들이 일어났다는 소문은 들었지만, 왜 그렇게 모습이 달라졌는지, 왜 낡은 검정 옷차림으로 교실에 들어오고 특별석에 앉아 공부하지도 않고 아이들을 가르치기만 하는지 이해하지 못했다. 에밀리가 당당하게 자리를 지켰던 방에서 세라가 쫓겨났을 때, 어린 학생들은 온종일 삼삼오오 모여서 속닥거렸다. 로티가 가장 이해하기 어려운 것은, 물어 봐도 세라가 거의 입을 열지 않는다는 점이었다. 일고여덟 살짜리들은 궁금한 건 알아듣기 쉽게 하나하나 설명해 주어야 이해하고 넘어간다.

세라가 하급생들의 프랑스어 수업에 처음 들어온 날 아침에 로티는 아무도 모르게 살며시 물었다.

"세라 엄마, 이제 아주 가난해졌어? 거지만큼? 난 세라 엄마가 거지처럼 가난한 거 싫어."

통통한 손으로 세라의 여윈 손을 꼭 움켜잡은 로티의 눈에 눈물이 그렁그렁했다. 금방이라도 울음을 터뜨릴 것 같은 모습에, 세라는 로티를 달래려고 얼른 씩씩하게 말했다.

"거지는 살 데가 없어. 나는 살 곳이 있잖아."

"어디 사는데? 세라 방에서 새로 온 아이가 잠을 잔단 말이야. 그리고 거긴 이제 예쁘지도 않아."

"난 다른 방에서 살아."

"그 방도 좋은 방이야? 나도 가 볼래."

"이제 그만 얘기해. 민친 선생님이 우리를 보고 계셔. 네가 속닥거리게 놔뒀다고 내게 화를 내실 거야."

세라는 거슬리는 일이 생기면 모든 게 다 자기 탓이 된다는 걸 이미 알고 있었다. 아이들이 수업 시간에 딴짓해도, 떠들어도, 소란을 피워도 야단 맞는 사람은 세라였다.

하지만 로티는 고집 센 아이였다. 세라가 말해 주지 않으면 자기가 어떻게 해서든지 알아낼 작정이었다. 로티는 또래 친구들에게 묻고 언니들을 졸졸 따라다니며 그들끼리 무심결에 흘린 말들을 귀담아들었다. 그러다가 어느 늦은 오후 탐험에 나섰다.

로티는 있는 줄도 몰랐던 계단을 찾아서 꼭대기까지 올라갔다. 문 두 개가 나란히 붙어 있었다. 하나를 열어 보니 사랑하는 세라 엄마가 낡은 탁자를 딛고 올라서서 창밖을 내다보고 있었다.

"세라! 세라 엄마!"

로티가 겁에 질려 세라를 불렀다. 방이 너무 휑하고 볼품없어서 이 세상이 아닌 것만 같이 보였던 것이다. 로티는 짧은 다리로 계단을 수백 개는 오른 기분이었다.

세라는 로티의 목소리를 듣고 돌아섰다. 이번에는 세라가 기겁했다. 이게 어떻게 된 일이지? 만약 로티가 울음을 터뜨려서 누가 그 소리를 듣기라도 하면? 세라는 재빨리 탁자에서 뛰어내려와 로티에게 달려갔다.

"울지 말고 조용히 해. 누가 들으면 내가 혼나. 오늘은 하루 종일 혼났단 말이야. 로티, 여긴, 여긴 그렇게 나쁜 방이 아니야."

"아니야?"

로티가 숨을 할딱이며 입술을 깨물고는 두리번거렸다. 로티는 응석받이 어린애였지만 세라 엄마를 좋아하는 만큼 세라를 위해 참으려고 애썼다. 그러자 세라가 사는 곳이니까 좋은 곳일 것 같았다. 로티는 목소리를 낮춰 소곤거리며 물었다.

"왜 아니야, 세라 엄마?"

세라는 로티를 꼭 끌어안고 애써 웃었다. 토실토실한 아이의 몸에서 전달되는 온기가 위안을 주었다. 세라는 고된 하루를 보내고 올라와 시큰한 눈으로 창밖을 내다보고 있었다.

"여기서는 아래층에서는 보이지 않는 온갖 것들이 다 보여."

"뭐가 보이는데?"

로티가 캐물었다. 세라와 이야기하다 보면 더 큰 아이들도 호기심을 참지 못하곤 했다.

"굴뚝에서 연기가 도넛이랑 구름처럼 뭉게뭉게 피어올라서 하늘로 날아가는 거랑, 참새들이 종종 뛰어다니면서 사람처럼 자기들끼리 조잘거리는 모습이 보여. 다른 다락방 창문들에서 누군가 고개를 불쑥 내밀기도 해. 그러면 그 집 가족들을 상상해 볼 수도 있어. 또 아주 높은 곳에 올라온 기분이 들지. 꼭 다른 세상에 온 것처럼 말이야."

"와, 나도 볼래! 나도 올려줘!"

세라는 로티를 위로 올려주었다. 둘은 낡은 탁자에 나란히 서서 지붕에 낸 창문턱에 기댄 채 밖을 내다보았다.

이렇게 해 보지 않은 사람은 두 사람이 본 세상이 저 아래서 볼 때와 얼마나 다른지 모른다. 슬레이트 지붕이 두 사람 양 옆으로 넓게 펼쳐지며 빗물받이 홈통 쪽으로 비스듬히 내려갔다. 참새들은 그곳을 제집 삼아 짹짹 지저귀며 겁도 없이 종종 뛰어다녔다. 두 마리는 바로 옆 굴뚝 꼭대기에 올라앉아 서로 다투더니 한 녀석이 다른 한 녀석을 쪼아서 쫓아 버렸다. 옆집 다락방 창문은 닫혀 있었다.

세라가 말했다.

"저기는 지금 빈 집인데, 누군가 이사 와서 살면 좋겠어. 저 다락방에 여자아이가 살면 이렇게 창을 통해 가까이 이야기도 나누고 지붕을 타고 올라가 만날 수도 있잖아. 떨어지는 것만 무섭지 않으면 말이야."

하늘이 거리에서 볼 때보다 훨씬 더 가까워서 로티는 넋을 잃고 올려다보았다. 다락방 창가에 서서 솟아오른 굴뚝들 사이로 밖을 내다보고 있자니 저 아래 세상에서 벌어지는 일들이 비현실적으로 느껴졌다. 저 아래 민친 교장이나 아멜리아 선생이나 교실이 있다는 게 실감나지 않았고, 광장을 달리는 마차의 바퀴 소리도 마치 다른 세상에서 들리는 소리 같았다.

로티는 자신을 보호하듯이 안고 있는 세라에게 기대며 큰소리로 외쳤다.

"와, 세라! 나 다락방이 좋아. 정말 좋아! 아래층보다 멋져!"

세라가 소곤거렸다.

"저 참새 좀 봐. 참새에게 줄 게 있으면 좋겠어."

로티가 신나서 한껏 높아진 목소리로 대답했다.

"나 있어! 주머니에 빵 조각이 있어. 어제 산 건데 조금 남겨뒀거든."

세라와 로티가 빵 부스러기를 몇 개 던지자 참새는 깡충 뛰더니 가까운 굴뚝 꼭대기로 날아가 앉았다. 다락의 두 친구가 낯설

고, 갑자기 날아든 빵 부스러기에 놀란 모양이었다. 하지만 로티
가 꼼짝도 않고 기다리고 세라가 마치 참새인 양 아주 나직이 찍
찍 소리를 내자, 참새도 빵 부스러기가 호의의 표현인 줄 알아차
린 듯했다. 참새는 고개를 갸웃하고는 굴뚝에 그대로 앉아 반짝
이는 눈으로 빵 부스러기를 내려다보았다. 로티는 안달이 나서
세라의 귀에다 대고 물었다.

"올까? 정말 올까?"

세라도 나직한 목소리로 답했다.

"눈을 보면 올 것 같은데. 지금 와도 좋은지 고민하고 있는 것
같아. 그렇지, 지금 온다!"

참새는 지붕 위로 내려앉아 빵 부스러기를 향해 총총 다가오
다가 또다시 멈추고 고개를 갸웃거렸다. 세라와 로티가 커다란
맹수로 돌변해서 덮칠 위험은 없는지 가늠해 보는 모양이었다.
마침내 두 사람이 커다랗지만 온순하다고 느꼈는지, 참새는 점
점 더 가까이 뛰어와 제일 큰 부스러기로 쏜살같이 달려들더니
번개처럼 쪼아 물고 좀 전에 도망쳤던 굴뚝 뒤쪽으로 날아갔다.

세라가 말했다.

"이제 안 거야. 나머지 빵도 먹으러 다시 올 거야."

정말로 참새는 친구를 데리고 돌아왔고, 친구 참새도 날아가
더니 친척을 데려왔다. 참새들은 빵 부스러기를 찍찍 배불리 쪼
아 먹으며 이따금 로티와 세라를 살폈다. 로티는 무척 신이 나서

처음 다락방을 보고 받았던 충격은 까맣게 잊었다. 실제로 로티를 탁자에서 내려주며 현실 세계로 데리고 돌아왔을 때, 세라 자신도 마음으로 받아들이지 못하고 있던 다락방의 많은 아름다운 면들을 로티에게 콕콕 집어가며 말해줄 수 있었다.

"이 방은 제일 작고 제일 높은 곳에 있어. 나무 위 둥지처럼 말이야. 천장이 비스듬한 것도 너무 재미있어. 봐, 이쪽 끝은 똑바로 서 있기도 힘들다니까. 아침에 침대에 누워서 지붕창을 통해 올려다보면 하늘이 꼭 네모난 빛 조각처럼 보여. 햇빛이 들기 시작하면 작은 분홍 구름들이 둥둥 떠다녀서 손에 잡힐 것 같아. 비가 오면 후두둑 빗방울 떨어지는 소리가 꼭 멋진 이야기처럼 들려. 별이 뜨면 침대에 누워서 조각창 안에 별이 몇 개나 들어오는지 세는데, 얼마나 많은지 몰라. 구석의 작고 녹슨 벽난로도 반짝반짝 윤이 나게 닦아서 불을 지피면 근사할 거야. 정말 예쁘고 아담한 방이지?"

세라는 로티의 손을 잡고 작은 방 안을 돌아다니면서 머릿속에 그려지는 온갖 아름다운 것들을 손짓으로 보여주었다. 덕분에 로티도 그것들이 보이는 듯했다. 로티는 세라가 머릿속에 그려주는 그림들을 언제나 쉽게 받아들였다.

"바닥에는 두툼하고 부드러운 파란색 인도산 양탄자를 깔자. 저쪽 구석에는 작고 푹신한 소파와 끌어안을 쿠션을 잔뜩 놓고. 소파 위에 책 선반을 달아서 책을 가득 꽂으면 팔만 뻗어도 꺼내

읽을 수 있지. 난로 앞에는 모피 양탄자를 깔고 벽에다 벽걸이랑 그림을 걸면 얼룩을 가릴 수 있어. 작은 것들밖에 못 걸겠지만 그래도 아름다울 거야. 짙은 장밋빛 갓이 있는 등도 있으면 좋겠다. 방 한가운데 탁자를 놓고, 찻잔이랑 그릇들을 준비해 두는 거야. 조그맣고 동그란 구리 주전자는 난로 위에서 보글보글 끓을 거고, 침대도 지금이랑은 전혀 다르겠지. 푹신하고, 실크 침대보가 아주 근사할 테니까. 정말 아름다울 거야. 어쩌면 참새들한테 친구가 되자고 하면, 참새들이 와서 창문을 쪼며 들여보내 달라고 할지도 몰라."

"와, 세라! 나도 여기서 살고 싶어!"

세라는 로티를 달래서 아래층에 바래다준 뒤 다시 다락방으로 올라와 방 한가운데 섰다. 로티에게 들려준 상상 속 마법의 다락방은 사라졌다. 딱딱한 침대에 거무칙칙한 누비 침대보가 깔려 있었다. 허옇게 회칠된 벽은 군데군데 떨어져 나간 자국이 선명했고 맨바닥은 차가웠다. 벽난로는 깨지고 녹슬었고, 낡은 발판은 다리 하나가 망가져 비스듬히 기울었다. 그래도 방 안에 앉을 자리라고는 그거 하나였다. 세라는 발판에 앉아 두 손에 얼굴을 묻고 한동안 가만히 있었다. 로티가 잠시 다녀갔을 뿐인데 상황이 더 끔찍하게 느껴졌다. 누군가 면회를 다녀간 후에 홀로 남겨진 죄수가 더 사무치게 외로움을 느끼는 것처럼.

"여긴 외로운 곳이야. 어쩔 땐 세상에서 제일 외로운 곳 같아."

그때 갑자기 바로 옆에서 소리가 났다. 아주 작은 소리였다. 세라는 고개를 들어 소리가 나는 곳을 보았다. 겁이 많은 아이였다면 벌떡 일어나 후다닥 도망쳤을 것이다. 커다란 쥐가 앞발을 들고 앉아 코를 킁킁거리고 있었다. 로티가 들고 왔던 빵 부스러기가 바닥에 떨어져 그 냄새를 맡고 쥐구멍에서 나왔나 보다.

쥐는 생긴 게 아주 기이했다. 회색 수염이 난 난쟁이나 요정 같기도 했다. 쥐의 반짝이는 눈동자가 세라를 보고 있었는데, 마치 무언가를 묻는 것 같았다. 쥐의 눈에 못 미더운 기색이 역력해서, 세라는 또다시 머릿속에 별난 생각들을 떠올렸다.

"쥐는 굉장히 힘들겠지. 아무도 좋아하지 않으니까. 사람들은 펄쩍 뛰고 달아나면서 '으악, 징그러운 쥐야!' 하고 비명을 지르잖아. 나라도 사람들이 나를 보자마자 '으악, 징그러운 세라야!' 하고 비명을 지르며 펄쩍 뛰면 기분이 나쁠 텐데. 게다가 나를 잡으려고 덫을 놓으면서 나한테는 저녁밥을 주는 척하지. 참새하고는 완전히 달라. 하지만 아무도 쥐한테 처음부터 쥐로 태어나고 싶은지 물어보지 않았잖아. '참새가 되는 게 낫지 않겠니?' 하고 아무도 묻지 않았다고."

세라가 꼼짝도 않자 쥐는 용기를 내기 시작했다. 아주 무섭긴 했지만 참새와 똑같이 세라가 자기를 해칠 존재가 아니라고 느낀 것 같았다. 쥐는 배가 몹시 고팠다. 벽 안에 아내와 대가족을 거느리고 있었는데, 요 며칠 동안 끔찍이도 운이 따르지 않았다.

요란하게 울어대는 자식들을 두고 나온 쥐는 위험을 조금 감수하더라도 빵 부스러기 몇 개를 가져가야겠다고 결심하고, 조심스럽게 앞발을 내리며 몸을 낮췄다.

"이리 와. 난 덫이 아니야. 그거 먹어도 돼, 가여워라! 바스티유 감옥의 죄수들은 쥐하고 친구로 지냈대. 나도 너랑 친구가 될 수 있을 거야."

동물들이 주변을 어떻게 이해하는지는 알 수 없으나, 분명 이해를 하기는 한다. 말이 아닌 다른 형태의 어떤 언어가, 세상만물이 알아듣는 그런 언어가 존재하는지도 모른다. 모든 것에는 영혼이 깃들어 있고, 그 영혼은 다른 영혼과 언제든 소리 없이 대화를 나눌 수 있는 것인지도 모르겠다. 이유가 무엇이든 간에 그 쥐는 그 순간 자신이 안전하다는 걸 알았다. 빨간 발판에 앉은 이 어린 인간이 벌떡 일어나 고래고래 새된 비명을 질러 겁주거나, 무거운 물건을 던져 그 밑에 납작 깔리거나 다리를 절뚝이며 허둥지둥 쥐구멍으로 도망치게 만들 아이는 아니라는 걸 알았다. 쥐는 정말 순했고, 해를 끼칠 생각은 조금도 없었다. 앞발을 들고 서서 킁킁 냄새를 맡으며 반짝거리는 눈으로 세라를 빤히 쳐다볼 때, 쥐는 세라가 자기를 적으로서 미워하지 않기를 바랐다. 어떤 불가사의한 언어가 저 아이는 그러지 않을 거라고 소리 없이 알려주었는지, 쥐는 조심스레 앞으로 나와 빵 부스러기를 먹기 시작했다. 참새들이 그랬듯이 쥐도 먹으면서 세라를 힐

끔힐끔 살폈는데, 그 표정이 어찌나 미안해 하는 듯 보이던지 세라는 가슴이 뭉클했다.

세라는 꼼짝 않고 앉아서 쥐를 지켜보았다. 부스러기들 중에 유난히 큰 부스러기가 하나 있었는데, 사실 부스러기라는 표현도 어울리지 않을 정도였다. 쥐는 그것이 몹시 탐나지만 너무 발판 가까이에 있어서 겁나는 모양이었다.

'이걸 벽 안의 가족에게 가져다 주고 싶은가 봐. 내가 꼼짝 않고 가만히 있으면 와서 가져갈지도 몰라.'

세라는 숨도 꾹 참고 기다렸다. 쥐는 조금 더 기어와 부스러기를 조금 더 먹다가 멈추더니 코를 살짝 킁킁거리며 발판에 앉은 사람을 흘끔 곁눈질했다. 그러고는 갑자기 용감하게 달려들었던 참새처럼 빵 조각으로 몸을 날렸고 빵을 입에 물자마자 벽 쪽으로 내달려 굽도리널 틈새 안으로 미끄러져 들어가며 자취를 감추었다.

"자기 아이들을 먹이려는 거야. 진짜로 저 쥐랑 친구가 될 수 있을 것 같아."

일주일쯤 지난 어느 날 밤, 들킬 염려가 없을 때를 틈타 몰래 다락방에 올라온 어민가드가 손가락 끝으로 방문을 두드렸지만 이삼 분이 지나도록 기척이 없었다. 처음에 어민가드는 세라가 잠들었나 보다 하고 생각했다. 그때 놀랍게도 세라가 나지막이 웃으며 누군가를 살살 구슬리듯 말하는 소리가 들렸다.

"저기야! 그거 집에 가지고 가, 멜기세덱! 가서 아내에게 줘!"

그 말이 떨어지자마자 세라가 문을 열었다. 문 앞에 어민가드 가 놀란 토끼눈을 하고 서 있었다. 어민가드는 숨이 턱 막혔다.

"누, 누구랑 이야기한 거야, 세라?"

세라는 어민가드를 조심스레 안으로 잡아 끌었는데, 무엇 때 문인지 즐겁고 신나 보였다.

"겁내거나 소리 지르지 않는다고 약속해. 그럼 말해 줄게."

어민가드는 소리를 지르고 싶은 것을 가까스로 참았다. 다락 방을 둘러보았지만 아무도 없었다. 세라는 분명히 누군가에게 이야기하고 있었는데! 어민가드는 유령이 떠올라 오싹해졌다.

"그거, 무서운 거야?"

"무서워하는 사람도 있어. 나도 처음에는 그랬고. 하지만 지금 은 아니야."

어민가드가 몸을 바르르 떨었다.

"그거, 유령이었어?"

세라가 웃었다.

"아니. 내 쥐야."

그 말이 끝나기 무섭게 어민가드가 펄쩍 뛰어 작고 우중충한 침대 한가운데로 털썩 떨어졌다. 그리고 두 발을 잠옷과 빨간 숄 안으로 쏙 집어넣었다. 비명을 지르지는 않았지만 겁에 질려 숨 도 제대로 쉴 수 없었다. 어민가드는 숨죽여 울먹였다.

"뭐라고? 뭐? 쥐? 쥐라고?"

"네가 무서워할 줄 알았어. 괜찮아. 내가 길들이고 있거든. 날 알아봐서 내가 부르면 나온다니까. 무서워서 안 보고 싶어?"

세라는 부엌에서 남은 음식을 가져와 신기한 우정을 키워 왔고, 그렇게 친근해진 이 겁쟁이 생명체가 쥐라는 사실을 차츰 잊었다.

어민가드도 처음에는 너무 놀라 침대 위에서 몸을 웅크리고 잠옷 속에 발을 감춘 채 꼼짝도 못했지만, 세라가 차분하게 멜기세덱을 처음 만났을 때의 이야기를 들려주자 호기심이 일었다. 어민가드는 침대 너머로 몸을 내밀고, 세라가 쥐구멍 앞으로 가 무릎 꿇고 앉는 모습을 지켜보았다.

"쥐가, 쥐가 갑자기 침대 위로 뛰어오르는 건 아니지?"

"멜기세덱은 꼭 예의 바른 사람 같아. 잘 봐!"

세라가 휘파람을 불기 시작했다. 소리가 무척 작고 감미로워서 쥐 죽은 듯 조용하지 않았다면 들리지 않았을 정도였다. 세라는 몇 번 더 그런 소리를 냈다. 소리를 내는 데 완전히 몰입해서, 어민가드 눈에는 세라가 주문을 거는 것 같았다. 마침내 소리에 이끌린 게 분명한 회색 수염 쥐가 눈을 반짝이며 구멍 밖을 슬며시 내다보았다. 세라가 손에 들고 있던 빵 부스러기를 바닥에 떨어뜨리자 멜기세덱이 조용히 다가와 먹었다. 그리고 제일 큰 부스러기 하나를 물고는 지체 없이 사라졌다.

"봐. 저건 아내랑 아이들에게 줄 거야. 멜기세덱은 아주 착해. 자기는 작은 부스러기만 먹는다니까. 멜기세덱이 집으로 돌아가면 늘 식구들이 기뻐서 찍찍거리는 소리가 들려. 찍찍거리는 소리가 세 가지인데, 하나는 아이들 소리, 또 하나는 멜기세덱 부인 소리, 그리고 나머지 하나는 멜기세덱 소리야."

어민가드가 웃음을 터뜨렸다.

"아, 세라! 넌 정말 특이해. 특이하고 착해."

세라도 흔쾌히 인정했다.

"나도 내가 특이하다는 거 알아. 착해지려고 노력하고 있고."

세라는 가무잡잡한 손으로 이마를 문지르며 말을 이었다.

"아빠는 언제나 날 놀리며 웃으셨어. 난 그게 좋았어. 아빠는 내가 특이하다고 생각하셨지만 내가 뭘 지어내는 걸 좋아하셨 거든. 나는 있지, 나는 이야기를 지어내지 않고는 못 견디겠어. 이야기를 짓지 않고는 못 살 것 같아."

잠시 말을 멈추고 다락방을 둘러보더니 나지막이 덧붙였다.

"여기서는 더 그래."

"네가 어떤 이야기를 하면 꼭 진짜 같아. 멜기세덱도 마치 사람인 것처럼 말하잖아."

"사람이나 다름없어. 우리처럼 배고파하고 겁을 먹거든. 아이들도 있어. 멜기세덱이 우리처럼 생각하지 않는다고 누가 장담할 수 있겠어? 눈빛도 사람 같아. 그래서 이름도 지어준 거야."

세라는 무릎을 끌어안고 제일 좋아하는 자세로 방바닥에 앉았다.

"게다가 멜기세덱은 내 친구가 되려고 바스티유 감옥에 온 쥐야. 요리사가 버린 빵 조각쯤은 언제든지 가져올 수 있으니까, 그거면 멜기세덱을 먹이기엔 충분해."

"여기가 계속 바스티유 감옥이라고 상상하는 거야?"

"거의 내내 그래. 가끔은 다른 곳으로도 상상해 보는데, 바스티유 감옥이라고 상상하는 게 제일 쉬워. 특히 추울 땐 더."

그 순간 어민가드가 소스라치게 놀라며 침대에서 펄쩍 뛰어내릴 자세를 잡았다. 벽에서 낯선 소리가 들린 것이다. 똑똑.

"저게 뭐야?"

어민가드가 소리쳤다. 세라가 일어나 연극배우처럼 대답했다.

"옆방 죄수지."

"베키구나!"

어민가드가 금세 혹한 마음으로 들떠서 외쳤다.

"맞아. 두 번 두드리면 '이봐, 죄수, 거기 있나?'라는 뜻이야."

세라가 벽을 세 번 두드렸다.

"이건 '그래, 나 여기 무사히 잘 있어'라는 뜻이고."

벽 너머에서 네 번 두드리는 소리가 돌아왔다.

"'고난의 동지여, 편한 밤 되소서. 잘 자시오'라고 말했지."

"와, 세라! 꼭 이야기 속에 들어온 것 같아!"

"맞아. 이야기야. 모든 게 다 이야기야. 너도 이야기고, 나도 이야기고. 민친 선생님도 이야기야."

세라는 다시 주저앉아 계속 이야기했고, 어민가드는 자신 역시 도망쳐 나온 죄수나 마찬가지라는 사실을 까맣게 잊었다. 그러다가 바스티유 감옥에 밤새 머물러선 안 된다는 사실을 세라가 일깨우고 나서야 살금살금 계단을 내려가 텅 빈 자신의 침대 속으로 슬며시 기어들었다.

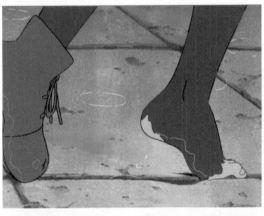

10
인도 신사

그러나 어민가드와 로티의 다락방 순례는 위험천만한 일이었다. 두 사람은 세라가 언제 다락방으로 돌아올지 확실히 몰랐고, 학생들의 취침 시간에 아멜리아 선생이 불시에 도는 순찰도 예측할 수 없었다. 그래서 둘이 다락방을 찾는 일은 아주 드물었고, 세라는 대부분 홀로 시간을 보냈다.

외로움은 다락방에 있을 때보다 아래층에 있을 때 더 컸다. 아래층에는 사람은 많아도 정작 이야기할 상대가 없었다. 심부름을 나가 바구니나 꾸러미를 들고 길거리를 걸을 때, 바람이 불면 모자가 날아갈까 꼭 움켜잡고 비가 오면 신발 속으로 물이 새는 느낌을 느끼며 걷다 보면 분주히 자신을 스쳐 지나가는 사람들 속에서 외로움이 더 사무쳤다. 세라 공주 시절에는 마차를 타고 거리를 지나거나 마리에트를 뒤에 세우고 걸어가면, 진지하고 생기 넘치는 작은 얼굴에 고풍스러운 외투며 모자를 걸친 모습에 사람들이 세라를 돌아보았다. 흠잡을 데 없이 보살핌을 받고 자라난 행복한 여자아이는 자연스레 사람들의 눈길을 끈다. 하지만 행색이 볼품없이 초라한 아이에게는 굳이 사람들이 돌아보며 미소를 지어 주지 않는다. 요즘은 아무도 세라를 쳐다보지 않았고, 사람들로 북적거리는 길가를 허둥지둥 지나다녀도 누구 하나 쳐다보는 이가 없는 것 같았다. 이제는 하루가 다르게 크는데다 남은 옷은 전부 해진 것들뿐이라서 세라도 자신이 이상한 몰골을 하고 있다는 사실을 잘 알았다. 값나가는 옷들은 모두 처분 당했고, 입으라고 남겨 둔 옷들은 작아서 더는 몸을 끼어 넣지 못할 때까지 입어야 했다. 가끔 거울이 전시된 상점 진열창 앞을 지날 때면 얼핏 보이는 제 모습에 웃음을 터뜨릴 뻔하기도 하고, 얼굴이 빨개져서 입술을 깨물고 얼른 고개를 돌리기도 했다.

저녁이 되어 환하게 창을 밝힌 집 앞을 지날 때면, 따뜻한 방 안을 들여다보고는 난로 앞이나 식탁에 둘러앉은 사람들에 대해 이런저런 이야기를 상상했다. 덧문을 닫기 전까지 방 안을 엿보는 게 세라는 언제나 흥미로웠다. 민친 기숙학교가 있는 광장에도 여러 가족이 살았는데, 세라는 그들과 자기 방식대로 제법 가까워졌다.

제일 마음에 드는 가족을 세라는 '대가족'이라고 불렀다. 식구들의 몸집이 커서가 아니었다. 사실 그 식구들은 대부분 몸집이 작았다. 그 집은 식구가 아주 많았다. 아이가 여덟 명에 통통하고 뺨이 발그레한 엄마, 통통하고 뺨이 발그레한 아빠, 역시 통통하고 뺨이 발그레한 할머니가 있고 하인도 많았다. 여덟 명의 아이들은 늘 보모와 함께 유모차를 타거나 걸어서 산책을 나왔고, 엄마와 함께 마차를 타고 외출하기도 하고, 저녁이면 문 앞까지 달려 나와 아빠를 마중하며 뽀뽀하고 방방 뛰고 아빠의 외투를 끌어당겨 주머니에 선물꾸러미가 들었는지 찾아보거나, 놀이방 창가에 옹기종기 모여 밖을 내다보고 서로 밀치다가 웃음을 터뜨렸다. 그들은 언제나 대가족이라는 이름에 걸맞은 유쾌한 무언가를 하고 있었다.

세라는 그 가족이 무척 마음에 들어서 책에서 보았던 꽤 낭만적인 이름을 식구들에게 붙였다. '대가족' 대신 '몽모랑시 가족'이라고 부른 것이다. 레이스 모자를 쓴 통통하고 뽀얀 아기는 에델베르타 보샹 몽모랑시, 그 위의 아기는 바이올렛 콜몬델리 몽모랑시, 아직 아장아장 걷는 다리가 포동포동한 남자아이는 시드니 세실 비비안 몽모랑시라고 불렀다. 나머지 아이들에게도 릴리안 에반젤린 모드 매리언, 로잘린드 글라디스, 가이 클라렌스, 베로니카 유스타시아, 클로드 해럴드 헥터라는 이름을 지어주었다.

그러던 어느 날 아주 재미있는 일이, 아니 어떤 의미에서는 절대로 재미있지 않은 일이 일어났다.

몽모랑시 가족 몇 명이 파티에 가려고 길을 나선 참이었다. 마침 세라가 그 집 앞을 지나갈 때 아이들이 길 건너편 마차에 올라타고 있었다. 하얀 레이스 원피스에 예쁜 어깨띠를 두른 베로니카 유스타시아와 로잘린드 글라디스가 먼저 마차에 올랐고, 다섯 살 가이 클라렌스가 누나들 뒤를 따라갔다. 가이 클라렌스는 눈이 파랗고 볼이 발그레한 데다 앙증맞은 동그란 머리에 곱슬거리는 머리카락까지 어찌나 귀엽게 생겼던지, 세라는 바구니를 옆에 끼고 다 해진 망토를 걸치고 있다는 사실도 깜박 잊고 걸음을 멈추고 아이를 쳐다보았다.

크리스마스 철이었기 때문에 대가족 아이들은 가여운 아이들에 대한 이야기를 수없이 들은 터였다. 양말에 선물을 가득 채워 주거나 인형극에 데려가는 엄마 아빠가 없는 아이들, 얇은 옷을 입고 추위에 떠는 굶주린 아이들에 대한 이야기였다. 그런 이야기 속에서는 친절한 사람이, 때로는 마음씨 따뜻한 어린 아이가 으레 그런 가여운 아이들을 만나 돈을 주거나 값비싼 선물을 주거나 집으로 데려가 맛난 식사를 대접했다. 가이 클라렌스는 바로 그날 오후에 그런 이야기를 읽고 감동해서 눈물까지 흘린 터라, 그런 가여운 아이를 만나서 자기가 가진 6펜스짜리 동전을 주고 평생 잘살게 해 주고 싶었다. 다섯 살짜리는 6펜스만 있으면 영원히 부자로 살 수 있다고 믿었다. 문 앞에서 마차 앞까지 깔린 붉은 양탄자 위를 건너가는 가이 클라렌스의 짧은 바지 주머니에는 바로 이 6펜스짜리 동전이 들어 있었다. 그리고 로잘린드 글라디스가 마차에 올라타 엉덩이를 들썩이며 의자 용수철을 튕기고 놀고 있을 때, 가이 클라렌스는 질척거리는 길 위에서 다 해진 원피스와 모자를 쓰고 한 팔에는 낡은 바구니를 낀채 굶주린 눈으로 자신을 바라보는 세라를 보았다.

가이 클라렌스는 세라의 눈빛이 굶주려 보이는 건 오랫동안 아무것도 먹지 못해서라고 생각했다. 세라가 자기의 장밋빛 뺨이 말해 주는 따뜻하고 즐거운 삶에 굶주린 줄을, 아이를 와락 끌어안고 입을 맞춰 주고 싶어서인 걸 아이가 알 리 없었다. 가이 클라렌스는 다만 세라가 눈이 크고 얼굴이 야위었으며 다리가 가늘고 싸구려 바구니를 들었고 초라한 옷을 입은 것을 보았다. 그래서 주머니에 손을 넣어 6펜스짜리 동전을 찾아 쥐고 다정한 얼굴로 세라에게 다가갔다.

"이거 가져, 불쌍한 누나. 자, 이거 6펜스야. 누나 주는 거야."

세라는 흠칫 놀랐다. 문득 지금 자기 모습이, 지난 시절 길가에 서 있다가 사륜마차에서 내리는 자신을 빤히 쳐다보던 불쌍한 아이들의 모습과 똑같음을 깨달은 것이다. 자신도 그 아이들에게 동전을 건넨 적이 여러 번 있었다. 세라는 얼굴이 빨개지다가 곧 하얗게 변했고, 순간적으로 그 귀한 동전을 받아서는 안

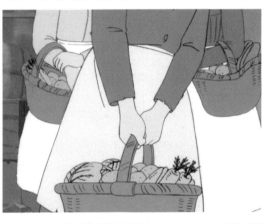

된다는 생각이 들었다.

"아니야! 고맙지만 괜찮아. 난 그걸 받을 수 없어. 정말이야!"

세라의 목소리가 보통의 길거리 아이들과는 확연히 다르고 행동도 교육을 잘 받은 아이 같아서 베로니카 유스타시아(진짜 이름은 재닛이었다)와 로잘린드 글라디스(진짜 이름은 노라였다)는 몸을 내밀고 귀를 쫑긋 세웠다.

그러나 선행을 꼭 베풀고 싶었던 가이 클라렌스는 세라의 손에 고집스럽게 동전을 쥐어 주었다.

"아니야. 불쌍한 누나, 이거 받아야 해! 이 돈으로 먹을 걸 살 수 있어. 이거 6펜스짜리야!"

아이의 얼굴에서 순수하고 따뜻한 진심이 느껴졌다. 그 돈을 받지 않으면 너무 크게 실망할 것 같아서 세라는 더 거절하지 않기로 했다. 이런 데서 자존심을 세우는 건 아이에게 잔인한 일이 될 수도 있는 법이니까. 세라는 자존심을 억누르고 뺨을 붉히면서 말했다.

"고마워. 넌 정말 착하고 친절한 아이구나."

가이 클라렌스가 신나서 마차로 달려가자, 세라도 다시 걸음을 떼며 애써 미소를 지었다. 그러나 숨이 가빠지고 눈물이 차올라 시야가 뿌옇게 흐려졌다. 자신의 모습이 초라하고 이상해 보인다는 것은 알았지만 거지로 보일 줄은 미처 몰랐던 것이다.

마차가 출발하자, 아이들은 호기심과 흥분에 휩싸여 떠들었다. 재닛이 걱정스런 얼굴로 소리쳤다.

"세상에, 도널드(가이 클라렌스의 진짜 이름이었다), 그 여자애한테 동전을 왜 줬어? 그 애는 거지가 아니야!"

노라도 거들었다.

"말하는 것도 거지 아이 같지 않던데! 얼굴도 전혀 거지로 안 보였고!"

재닛이 말했다.

"돈을 달라고 하지도 않았잖아. 나는 걔가 너한테 화내면 어떡하나 조마조마했어. 그렇잖아. 거지도 아닌데 거지 취급을 받으면 화가 나지."

도널드는 약간 당황했지만 물러서지 않고 말했다.

"화내지 않았어. 살짝 웃으면서 나한테 정말 착하고 친절하다고 했어. 그리고 맞잖아!!"

도널드가 단호한 목소리로 덧붙였다.

"그거 6펜스란 말이야."

재닛과 노라의 눈빛이 오갔다. 재닛이 결론을 내렸다.

"거지 아이라면 절대 그런 식으로 말하지 않았을 거야. '정말 고맙습니다, 꼬마 도련님. 고맙습니다, 도련님' 같은 말을 했겠지. 굽실굽실하면서 말이야."

세라는 그 사실을 꿈에도 알지 못했지만, 그날 이후로 세라 못지않게 대가족 아이들도 세라에게 깊은 관심을 갖게 되었다. 아이들은 세라가 집 앞을 지나가면 놀이방 창가로 몰려가 내다보았고, 난롯가에 둘러앉아 세라에 대해 이야기꽃을 피웠다.

재닛이 말했다.

"기숙학교에서 하녀처럼 일하는 애래. 부모님이나 친척이 없는 고아 같아. 하지만 겉모습이 초라하다고 거지는 아니야."

그 뒤로 대가족 아이들은 세라를 '거지가 아닌 여자아이'라고 불렀다. 물론 이름이 조금 길어서 어린아이들이 급하게 말을 할 때면 아주 이상한 발음이 되어 버렸지만.

세라는 6펜스 동전에 어렵게 구멍을 뚫은 다음 낡고 가는 리본에 끼워 목에 걸었다. 대가족에 대한 세라의 애정은 점점 커졌다. 사실 세라는 사랑할 수 있는 모든 것들에 대해 애정이 점점 커졌다. 베키를 점점 더 많이 좋아하게 되었고, 일주일에 두 번 어린 학생들에게 프랑스어를 가르치러 교실로 향하는 아침을 즐거운 마음으로 기다렸다. 어린 학생들은 세라를 무척 좋아했고, 서로 세라 옆에 서서 손을 잡으려고 고사리손들을 내밀었다. 자신의 품으로 파고드는 아이들을 느끼면서 세라는 굶주린 마음을 채울 수 있었다. 세라는 참새와도 그런 친구 사이가 되었다. 탁자에 올라서서 다락방 창문 밖으로 얼굴과 어깨를 내밀고 짹짹 소리를 내면, 곧바로 날개를 파닥거리며 대답하듯 지저귀는 소리가 들렸고 도시의 먼지를 뒤집어 쓴 참새 몇 마리가 슬레이트 지붕 위로 내려앉아 짹짹 말을 건네며 세라가 흩뿌려 놓은

빵 부스러기를 배불리 먹었다. 멜기세덱과는 정말 친해져서 멜기세덱 부인과 아이들 한둘도 만날 수 있었다. 세라가 말을 하면 어쩐지 멜기세덱은 다 알아듣는 눈치였다.

반면 에밀리에 대해서는 나날이 낯선 감정이 자라났다. 언제나 같은 자리에 앉아 모든 것을 지켜보고 있는 에밀리. 세라는 에밀리가 자신의 마음을 알아주고 같은 마음을 느낀다고 믿었다. 아니, 그렇게 믿고 싶었다. 가족이나 다름없는 유일한 존재가 듣지도, 느끼지도 못한다는 사실을 인정하고 싶지 않았다. 그래서 가끔 에밀리를 의자에 앉히고 자신은 맞은편에 낡은 빨간 발판을 놓고 앉아서 가만히 바라보았는데, 그렇게 앉아 이런저런 상상을 하노라면 갑자기 두려움이 엄습하곤 했다. 특히 세상이 쥐 죽은 듯 고요한데 벽 안쪽에서 멜기세덱 가족만 우르르 몰려다니며 찍찍거리는 밤이면 더 그랬다. 세라가 곧잘 하던 '상상놀이' 중 하나는 에밀리가 자신을 지켜주는 착한 마녀라는 것이었다. 가끔 그런 상상이 절정에 달하면 금방이라도 에밀리가 대답할 것 같은 기분에 휩싸였다. 물론 그런 일이 일어날 리 없었다.

"대답이라면 나도 잘 안 해. 그럴 수만 있다면 아예 입을 닫아버리잖아. 사람들이 나한테 모욕을 줄 때는 한 마디도 하지 않고 그저 그 사람들을 쳐다보면서 속으로 생각하는 게 제일 좋은 대처야. 내가 그러면 민친 선생님은 화가 나서 얼굴이 하얗게 질리셔. 아멜리아 선생님이랑 다른 애들은 겁먹은 얼굴을 하고. 욱하는 감정에 휘둘리지 않는 사람이 더 강하다는 건 알아. 분노를 억누를 만큼 강하다는 뜻이니까. 화를 참지 못하는 사람들은 어리석은 말을 내뱉고 꼭 나중에 후회하거든. 분노는 정말 강하지만, 그보다 강한 건 분노를 참는 거야. 적에게는 대꾸하지 않는 게 좋아. 난 웬만하면 대답을 하지 않아. 어쩌면 에밀리는 나보다 더 나 같은 건지도 몰라. 친구에게도 대꾸하고 싶지 않은 거겠지. 전부 다 마음속에만 담아 두고서."

그러나 이런 생각들로 애써 마음을 달래려 해도 잘 되지 않았다. 심부름 때문에 여기저기 다니느라 길고 힘든 하루를 보냈는데, 비바람이 몰아치는 추운 날씨에 먼 곳까지 다녀오느라 온몸이 다 젖어서 추위와 배고픔으로 녹초가 되었는데, 세라의 어리고 자그마한 몸이 덜덜 떨린다는 사실 같은 건 아랑곳하지 않고 다시 심부름을 지시받을 때, 고맙다는 말커녕 모진 말과 싸늘하고 멸시 어린 눈초리만 받을 때, 요리사가 천박하고 오만하게 굴 때, 민친 교장이 심술을 부릴 때, 삼삼오오 모여 세라의 초라한 행색을 비웃는 학생들을 볼 때, 다락방에 올라와 그저 낡은 의자에 꼿꼿이 앉아 멍하니 허공을 응시하는 에밀리를 보면 상상놀이로도 상처 입은 강한 자존심과 쓸쓸하고 황폐한 마음을 위로할 수 없는 순간들이 많았다.

마침내 춥고 굶주린 채로 어린 가슴에 폭풍 같은 분노를 안고

다락방으로 올라온 날, 에밀리의 눈길이 어찌나 공허하던지, 톱밥으로 만든 팔다리가 어떻게나 나무토막처럼 보이던지, 세라는 그만 완전히 자제력을 잃고 말았다. 에밀리 말고 아무도 없는데, 세상천지에 에밀리뿐인데, 그런데 저렇게 앉아만 있다니!

"난 곧 죽고 말 거야."

시작은 이랬다. 그래도 에밀리는 그저 바라보기만 했다. 가엾은 세라가 사시나무 떨듯 했다.

"못 참겠어. 죽을 것 같아. 춥고 옷도 다 젖었어. 배고파 죽을 것 같단 말이야. 오늘 수십 킬로미터를 걸어 다녔는데, 아침부터 밤까지 내내 혼나기만 했어. 마지막에는 요리사가 가져오란 걸 못 찾았다고 저녁도 주지 않고. 신발이 낡아서 진흙탕에서 미끄러져 넘어진 건데 사람들은 날 보고 웃어 댔어. 내가 흙탕물을 뒤집어썼는데 사람들은 그걸 보고 또 웃었어. 너 듣고 있어?"

세라는 에밀리의 멍한 유리 눈과 새침한 얼굴을 보다가 갑자기 가슴이 미어지는 듯한 분노가 치밀었다. 세라는 조그만 손으로 의자에 앉아 있던 에밀리를 사정없이 끄집어내 내동댕이치며, 격렬한 울음을 터뜨렸다. 한 번도 운 적 없던 세라였다.

"넌 그냥 인형이야! 인형, 인형, 인형일 뿐이라고! 넌 아무것에도 관심이 없어. 네게는 톱밥밖에 없어. 심장이 없다고. 절대로 아무것도 느끼질 못할 거야. 넌 그냥 인형이야!"

에밀리는 다리가 머리 위로 포개지고 코가 납작하게 눌린 채 바닥에 누워 있었지만, 여전히 차분했고 기품마저 느껴졌다. 세라는 두 팔에 얼굴을 묻었다. 벽 안에서 쥐들이 서로 물어뜯고 찍찍거리고 싸우며 소동이 일어났다. 멜기세덱이 가족들을 꾸짖고 있었다.

흐느낌이 차츰 잦아들었다. 그렇게 감정을 주체하지 못하다니 정말 자신답지 않은 행동이었기에 세라도 놀랐다. 세라는 고개를 들어 에밀리를 보았다. 에밀리는 곁눈질로 자신을 보는 듯했는데, 어쩐지 이번에는 유리 눈에서 연민 같은 게 엿보였다. 세라는 몸을 굽혀 에밀리를 집어 들었다. 후회가 밀려왔고 자신이 생각해도 어이가 없어 보일락 말락 웃음도 났다.

세라는 체념의 한숨을 쉬었다.

"네가 인형인 건 너도 어쩔 수 없는 건데. 래비니어와 제시가 생각이 없는 것도 그리고 싶어서 그런 게 아니듯이. 우리는 다 다르게 태어났으니까. 너도 톱밥으로서 최선을 다하고 있겠지."

세라는 에밀리에게 입을 맞춘 뒤 옷을 털어 단정히 펴 주고 다시 의자에 앉혔다.

세라는 비어 있는 옆집에 누군가 들어와 주기를 간절히 바랐다. 그 집 다락방 창이 세라의 창과 매우 가까웠기 때문이다. 어느 날 누군가 창문을 열고 네모난 구멍에서 머리와 어깨를 쑥 내민다면 참 기쁠 것 같았다.

'좋은 사람 같아 보이면 내가 먼저 "안녕하세요" 하고 인사해야지. 그러고 나면 갖가지 일들이 일어날 것 같아. 다락에서 자는 사람이라면 하인들이겠지만.'

어느 날 아침, 세라는 식료품점과 정육점과 빵집까지 들러 장을 보고 광장 모퉁이를 돌아 나오다가 날아갈 듯이 기쁜 광경을 보았다. 가구를 가득 실은 짐차가 옆집 대문 앞에 서 있었다. 대문은 활짝 열렸고, 셔츠 차림의 남자들이 집 안팎을 드나들며 무거운 상자와 가구들을 옮기고 있었다.

"누가 이사 오나 봐! 정말 이사를 오네! 와, 다락방 창문에서 착한 사람이 고개를 내밀고 나오면 정말 좋겠어!"

세라는 걸음을 멈추고 물건을 나르는 모습을 구경하는 사람들 무리에 끼어들고 싶었다. 가구를 보면 그 주인이 어떤 사람인지 조금이라도 알 수 있을 것 같아서였다.

'민친 선생님이 쓰시는 책상과 의자도 꼭 선생님을 닮았잖아. 그땐 아주 어렸지만 선생님을 처음 보자마자 그런 생각을 했던 게 지금도 기억나. 나중에 아빠한테 말씀드렸더니 크게 웃으면서 내 말이 맞다고 하셨어. 대가족 집에는 분명히 푹신푹신하고 편안한 안락의자랑 소파가 있을 거고, 식구들과 꼭 닮은 빨간 꽃무늬 벽지도 눈에 보이는 것 같아. 따뜻하고 활기차고 다정하고 행복한 느낌을 주거든.'

오후 느지막이 채소 가게로 파슬리 심부름을 가던 세라는 지하실 계단을 오르다가 무언가를 알아보고 가슴이 몹시 두근거렸다. 길가에 짐차에서 내린 가구 몇 점이 놓여 있었다. 티크 목재로 만든 정교하고 아름다운 탁자와 의자 몇 개, 그리고 화려한 동양 자수가 가득한 가리개가 보였다. 세라는 묘한 향수에 젖었다. 인도에서 보았던 가구들과 아주 비슷했던 것이다. 민친 교장에게 빼앗긴 물건들에 아버지가 보내 준, 티크나무를 깎아 만든 책상이 있었다.

"아름다운 가구들이야. 주인도 멋진 사람이 틀림없어. 전부 다 으리으리해 보이네. 아마도 부자인가 봐."

하루 종일 가구를 싣고 왔다가 내려놓고 자리를 비켜주는 짐차들의 행렬이 이어졌다. 세라도 대문 안으로 짐이 들어가는 광경을 우연히 몇 차례 볼 기회가 있었다. 새 이웃이 대단한 재력가일 거라는 세라의 추측은 점점 확실해졌다. 가구들이 전부 화려하고 아름다웠으며 상당수가 동양의 분위기를 풍겼다. 멋진 양탄자와 커튼과 장식품 들이 짐차에서 나왔고, 그림과 책 들은 서재를 가득 채울 정도로 많았다. 특히 화려한 대좌에 안치된 불상이 눈길을 끌었다.

'가족 중에 누가 인도에 다녀왔을 거야. 인도 물건에 익숙해졌고 좋아하게 됐나 봐. 정말 기뻐. 저 사람들이 친구처럼 느껴질 것 같아. 다락방 창문으로 아무도 고개를 내밀지 않는다 해도 말이야.'

그날 저녁, 세라는 요리사의 심부름으로 배달 우유를 가지러 나왔다가(별 허드렛일이 다 세라 몫이었다) 더 흥미로운 광경을 보았다. 잘 생기고 혈색도 좋은 대가족의 아버지가 빠른 속도로 광장을 가로지르더니 곧장 옆집 계단을 뛰어올라갔다. 자기 집인 양 뛰어올라가는 모습이 앞으로도 자주 드나들 것처럼 보였다. 그는 집 안에 한참 머물다가 몇 차례 밖으로 나와 자기 일을 하듯 일꾼에게 뭔가를 지시했다. 새 이웃과 가까운 관계인 게 분명했다.

"새 이웃집에 아이들이 있으면 대가족 아이들이 놀러올 거야. 그럼 놀다가 다락방에 올라올지도 몰라."

밤에 하루 일과를 마친 뒤 베키가 죄수 동료를 만나러 와서 새로운 소식을 전해 주었다.

"옆집에 인도 신사분이 이사 온대요, 아가씨. 얼굴이 꺼먼지 어떤지는 모르겠고 어쨌든 인도 사람이래요. 엄청 부잔데 아프다네요. 대가족네 아빠가 그분 변호사구요. 어려운 일을 엄청 많이 겪어서 병도 나고 마음도 우울하대요. 그런데 그 신사분은 우상을 숭배한다네요, 아가씨. 이교도라서 나무랑 돌 같은 데다 절을 한대요. 우상 같은 걸 집으로 들여가는 걸 제가 봤어요. 누가 그분한테 〈말씀집〉을 보내줘야 할 텐데요. 1페니면 사는데."

세라가 설핏 웃었다.

"우상을 숭배하는 게 아닐 거야. 그저 관심이 있어서 집에 두고 보는 사람들도 있어. 우리 아빠도 아름다운 불상이 하나 있었는데, 숭배하시진 않았거든."

하지만 베키는 새로운 이웃이 '이교도'라고 믿고 싶은 듯했다. 기도서를 들고 교회에 다니는 평범한 신사보다 그 편이 훨씬 더 낭만적으로 들리는 모양이었다. 그날 밤 베키는 한참 동안 세라의 방에 앉아 그 신사가 어떤 사람일지, 아내는 어떤 사람일지, 아이들은 있을지 등을 궁금해 했다. 세라가 보기에 베키는 그 집 사람들이 전부 피부가 검고, 터번을 쓰고, 무엇보다 '이교도'이기를 기대하는 눈치였다.

"아가씨, 저는 옆집에 이교도가 살았던 적이 한 번도 없어요. 그런 사람들은 어떻게 사는지 정말 보고 싶어요."

몇 주 뒤 베키의 궁금증은 모두 풀렸다. 새 이웃은 아내도 아이도 없었다. 그는 가족 하나 없이 혼자 사는 남자였는데, 건강이 완전히 망가지고 마음이 불행한 사람인 건 분명했다.

어느 날 마차가 그 집 앞에 멈춰 섰다. 하인이 마부석에서 내려 문을 열자 먼저 대가족의 아버지가 내렸다. 뒤이어 제복을 입은 간호사와 하인 두 명이 따라 내렸고, 이들의 부축을 받으며 주인 남자가 내렸다. 남자는 얼굴이 초췌하고 괴로워 보였으며 뼈만 앙상한 몸에 모피를 둘렀다. 남자가 부축을 받으며 계단을 올랐고, 대가족의 아버지가 매우 걱정스러운 얼굴로 뒤따랐다. 곧이어 의사가 탄 마차까지 도착했다. 남자를 살펴보러 온 게 분명했다.

얼마 후 프랑스어 수업 시간에 로티가 소곤거렸다.

"세라 엄마, 옆집에 얼굴이 샛노란 아저씨가 살아. 중국 사람이야? 지리 시간에 배웠는데 중국 사람들은 얼굴이 노랗대."

세라도 소곤소곤 대답했다.

"아니야. 그분은 중국 사람이 아니야. 많이 아프셔서 그래. 연습 계속해야지, 로티. '농, 무슈. 주 네 파 르 카니프 드 몬 온클 (Non, Monsieur. Je n'ai pas le canif de mon oncle. 아니요, 아저씨. 저는 삼촌의 칼을 갖고 있지 않아요).'"

인도 신사의 이야기는 그렇게 시작되었다.

11

람 다스

때로는 광장에도 멋진 석양이 내려앉았다. 하지만 굴뚝과 지붕들 사이사이로 비집고 들어오는 석양빛이 눈에 보이는 전부였다. 그나마 부엌 창으로는 전혀 보이지 않았다. 벽돌이 따뜻해 보이면서 공기가 잠시 장밋빛이나 노란빛으로 물들거나, 어느 유리창에 붉은 빛이 번쩍이면 '황혼이 내렸구나' 하고 짐작할 뿐이었다. 그런데 그 멋진 장관이 한눈에 들어오는 곳이 있었다. 서쪽 하늘에 층층이 쌓인 붉은빛, 황금빛 구름들과 눈부신 빛의 테를 두른 자줏빛 구름, 바람 부는 날 창공을 가로질러 황급히 날아가는 분홍 비둘기 떼처럼 장밋빛으로 두둥실 흘러가는 깜찍한 양털구름까지. 이 모든 것을 다 볼 수 있을 뿐 아니라 더 맑은 공기를 마실 수 있는 곳은 다락방 창가였다.

광장이 갑자기 황홀하게 빛나며 검은 먼지를 뒤집어쓴 나무와 난간들마저 아름답게 보이기 시작하면 세라는 하늘에서 무언가 시작되고 있다는 걸 알아챘다. 그래서 누가 찾거나 다시 불려 내려갈 일 없이 부엌을 빠져나올 수 있을 때면 세라는 어김없이 높이 이어진 계단을 올라가 낡은 탁자 위에 올라서서 머리와 몸을 한껏 창밖으로 내밀었다. 그러고 나서 숨을 깊이 들이마시고 사방을 둘러보았다. 그러면 마치 하늘과 온 세상을 다 가진 기분이었다. 다른 다락방에서 고개를 내미는 사람은 이제껏 아무도 없었다. 다락방 창문은 대체로 닫혀 있었다. 그러나 환기를 시키려고 누가 창문을 벌컥 열 때도 아무도 창가까지 오지는 않는 듯했다.

세라는 그곳에 서서 고개를 젖혀 아름다운 둥근 천장처럼 가깝고 친근하게 느껴지는 파란 하늘을 올려다보았고, 때로는 놀랍고 경이로운 광경이 펼쳐지는 서쪽 하늘을 바라보았다. 그곳에서 구름은 녹아내리듯 사라졌고, 정처 없이 흘러갔고, 시나브로 변했다. 분홍빛도 되고 진홍빛도 되고 새하얀 빛도 되고 자줏빛도 되고 옅은 보랏빛이 감도는 잿빛도 되었다. 섬도 되었다가, 짙은 청록빛이나 투명한 호박빛이나 초록 옥빛을 감싼 거대한 산맥도 되었다. 이름 모를 낯선 바다로 튀어나온 검은 곶도 되었다가, 아름다운 땅과 땅을 잇는 가느다란 띠도 되었다. 곳곳에 그 위를 달리거나 타고 오르거나 가만히 서 있기 좋게 생긴 구름들이 있었는데, 차분히 기다리면 구름이 사르르 흩어져서 그대로 둥둥 떠다닐 것만 같았다.

세라는 탁자에 올라서서 보는 풍경들이 세상에서 가장 아름답다고 느꼈다. 다락방 지붕 창밖으로 몸을 반쯤 내밀고 저녁노을에 곱게 물든 지붕 위에서 재잘거리는 참새들과 함께 바라보는 하늘은 더없이 아름다웠다. 이렇게 하늘이 놀라운 마법을 부릴 때면 참새들도 부드럽고 은은하게 노래했다.

인도 신사가 새 집으로 온 지 며칠 뒤에도 이렇게 노을이 물들었다. 운이 좋게도 그날은 부엌에서 오후 일을 마칠 때쯤 심부름을 보내거나 다른 일을 시키려는 사람이 없어서, 세라는 평소보다 수월하게 부엌을 빠져나와 다락방으로 올라갔다.

세라는 탁자에 올라서서 창밖을 내다보았다. 경이로운 순간이었다. 금을 녹여 부은 듯 황금빛으로 물든 서쪽 하늘은 마치 영광의 홍수가 세상을 휩쓸고 지나가는 모습 같았다. 짙고 강렬한 노란빛이 공기를 가득 메워서 지붕 위로 날아다니는 새들이 까맣게 보였다.

세라는 나지막이 중얼거렸다.

"정말 눈부신 광경이야. 겁이 날 정도로. 꼭 이상한 일이 벌어질 것만 같아. 눈부신 광경을 보면 언제나 그런 느낌이 들어."

그때 불과 몇 미터 떨어진 곳에서 무슨 소리가 들렸다. 끽끽거리는 듯한 작고 기묘한 소리였다. 세라가 고개를 홱 돌렸다. 옆집 다락방 창가였다. 누군가 세라처럼 저녁노을을 보러 올라온 모양이었다. 창으로 누군가 머리와 상체를 내밀었다. 여자아이나 하녀가 아니었다. 그림 같이 하얀 옷에 얼굴이 검고 눈이 반짝거리며 머리에 하얀 터번을 두른 인도인 남자 하인이었다.

"라스카르*다!"

세라는 저도 모르게 툭 내뱉었다. 세라가 들은 기묘한 소리는 그 하인이 애지중지 품에 안은 작은 원숭이가 내는 소리였다. 원숭이는 하인의 가슴에 폭 안겨 계속 끽끽거리고 있었다.

하인도 세라 쪽을 보았다. 첫눈에 그 검은 얼굴이 향수에 젖어 슬퍼 보인다고 느꼈다. 세라는 그가 햇빛을 보러 다락방에 올라왔다고 확신했다. 영국에서는 해를 볼 기회가 좀처럼 없으니 화창한 하늘이 몹시 그리웠으리라. 세라는 잠시 그를 유심히 쳐다보다가 지붕 너머로 미소를 지어 보였다. 세라는 웃음이 마음을 편안하게 하는 걸 알고 있었다. 낯선 사람이라도 다르지 않을 터였다.

세라가 웃자 남자도 기쁜 게 분명했다. 얼굴 표정이 확 뒤바뀌면서 하얀 치아를 드러내며 마주 웃는 모습이 마치 어두운 얼굴에 불을 밝힌 것 같았다. 세라의 다정한 눈빛은 지치거나 우울한 사람에게 언제나 큰 힘이 되었다.

---

* 외항선에 타는 동인도인 선원을 가리키는 말로, 차차 영국인 가정에 고용되어 일하는 인도인 하인까지 부르는 말이 되었다.

그는 세라에게 인사를 건네다가 그만 팔에 힘이 풀려서 원숭이를 놓쳤다. 장난꾸러기에다 워낙 모험심이 넘치는 원숭이였던 터라 아마도 처음 보는 여자아이의 모습에 흥분한 모양이었다. 원숭이는 갑자기 품을 벗어나 슬레이트 지붕으로 뛰어오르더니 끽끽거리면서 그 위를 달려 세라의 어깨 위로 뛰어내렸고 다시 세라의 다락방으로 들어가 버렸다. 그 모습이 너무 재미있어서 세라는 웃음을 터뜨렸다. 하지만 라스카르가 진짜 주인인지 아닌지는 몰라도 어쨌든 원숭이를 주인에게 돌려보내야 했기 때문에 어떻게 하면 좋을지 걱정도 됐다. 원숭이가 내게 잡혀줄까? 잡히지 않으려고 도망 다니다가 지붕 밖으로 달아나 버리면 어쩌지? 어쩌면 진짜 주인은 인도 신사고, 그 가엾은 주인이 아끼는 원숭이인지도 모를 일이었다.

세라는 아빠에게 배운 인도어 몇 마디를 아직 기억하고 있어서 다행이라고 생각했다. 라스카르가 알아들을 정도는 말할 수 있을 것 같았다.

"원숭이가 저한테 순순히 잡혀 줄까요?"

세라의 입에서 익숙한 언어가 나오자 남자가 얼마나 놀라고 기뻐하던지 세라는 태어나서 그런 표정을 처음 본다고 생각했다. 사실인즉 이 가엾은 하인은 신들이 개입하여 그 친절한 어린아이의 목소리가 하늘에서 들려왔다고 생각했을 정도였다. 세라는 그가 유럽 아이들을 많이 만나 보았다는 것을 한눈에 알 수

있었다. 그가 공손한 태도로 감사하다는 인사를 몇 번이고 거듭해서 전했던 것이다.

라스카르는 이렇게 말했다.

"저는 이 집의 하인인 람 다스라고 합니다. 원숭이가 착해서 물지는 않아요. 하지만 안타깝게도 붙잡기는 어려울 겁니다. 요리조리 번개처럼 빠르게 도망 다니거든요. 나쁜 녀석은 아닌데 아주 말썽꾸러기죠. 제가 자식처럼 아끼며 돌보고 있지만, 제 말도 듣지 않을 때가 있어요. 그러니 미스 사히브께서 허락해 주시면, 제가 지붕을 타고 건너가서 그 방에 들어가 무단침입한 원숭이를 데리고 나오겠습니다."

람 다스는 세라가 대단히 무례하다고 여길까 봐 걱정하는 기색이 역력했다.

하지만 세라는 선뜻 승낙했다.

"건너오실 수 있어요?"

"금방 가지요."

"그럼 오세요. 겁을 먹었는지 지금 방 안을 이리저리 날뛰고 있어요."

람 다스는 자신의 다락방 창문에서 미끄러지듯 빠져나와 평생 지붕 위를 걸어 다닌 사람처럼 침착하고 가볍게 세라의 다락방 쪽으로 건너왔다. 그리고 창문을 통해 미끄러지듯 내려와 사뿐히 발을 디디고는 세라를 돌아보며 손을 올려 살람 식으로 인사했다. 원숭이는 람 다스를 보더니 약한 비명을 질렀다. 람 다스는 서둘러서 창을 닫은 다음 원숭이를 쫓았다. 추격전은 그리 오래 가지 않았다. 순전히 재미 삼아 몇 분을 더 도망 다니던 원숭이는, 이내 끽끽거리며 람 다스의 어깨 위로 뛰어올라 작고 여린 팔로 그의 목에 매달렸다.

람 다스는 세라에게 몹시 고마워했다. 세라는 그가 까만 눈동자로 허름하고 휑뎅그렁한 방을 재빨리 훑는 걸 보았지만, 람 다스는 아무것도 못 본 척 세라에게 인도의 공주를 대하듯 인사했다. 그는 원숭이를 잡은 후 미적미적 시간을 지체하지 않았고, 끝까지 세라의 넓은 아량에 깊은 감사와 경의를 표했다.

람 다스는 원숭이를 토닥이며 말했다.

"이 악동 녀석도 말썽만 부리는 건 아니에요. 몸이 편찮으신 주인님은 이 녀석 때문에 즐거워 하십니다. 만일 아끼는 이 녀석을 잃어버렸더라면 주인님이 무척 상심하셨을 겁니다."

그러고는 한 번 더 손을 올려 살람 식 인사를 하고 다락방 지붕창을 빠져나가 다시금 원숭이만큼 민첩하게 슬레이트 지붕을 건너갔다.

람 다스가 돌아간 뒤 세라는 다락방 한가운데 서서 그의 얼굴과 태도가 불러일으킨 여러 기억들을 더듬었다. 람 다스가 입었던 인도 의상과 자신에게 공손하게 조아리는 태도를 보니 옛 기억들이 낱낱이 되살아났다. 요리사에게 멸시 어린 말을 듣던 부얽데기 신세인데, 불과 몇 년 전에는 람 다스처럼 정중한 사람들에게 둘러싸여 지냈다는 게 꿈만 같았다. 자신이 지나가면 다들 이마 위로 손을 올리며 인사를 했고, 말이라도 건네면 이마가 땅에 닿도록 엎드렸다. 그들이 자신의 하인과 노예였다는 사실이 낯설게 느껴졌다. 다 지난 일이고 돌이킬 수도 없다. 이 처지를 바꿀 방도도 전혀 보이지 않았다.

세라는 민친 교장이 자기 미래를 놓고 무슨 꿍꿍이를 꾸미는지 잘 알았다. 민친 교장은 지금은 세라가 너무 어리니까 심부름꾼이나 하녀로 부려먹고 있지만, 하루 빨리 정규교사로 써먹고 싶어서 예전에 배웠던 것들을 잊지 말고 없는 시간을 만들어서라도 더 공부하라고 다그쳤다. 그래서 세라는 아무리 피곤해도 저녁에는 공부를 해야 했고, 불시에 검사했을 때 기대만큼 실력을 쌓지 못했으면 호되게 야단맞았다. 사실 세라는 배우려는 열의가 워낙 커서 선생이 필요 없었다. 무슨 책이든 던져 주기만 하면 집어삼킬 듯 파고들어 달달 외웠으니까. 몇 년만 있으면 웬만한 수업들은 가르치고도 남을 실력이 될 터였다.

이것이 앞으로 세라에게 일어날 일이었다. 지금 학교의 온갖 허드렛일을 도맡아 하듯이, 몇 년 후에는 교실에서 수업과 관련한 모든 잡무까지 떠맡게 될 것이다. 그때는 지금보다 점잖은 옷이야 입을 수 있겠지만, 그래봐야 볼품없고 초라해서 어딘가 하녀처럼 보이는 옷일 것이다. 세라가 기대할 수 있는 건 딱 거기까지였다. 세라는 한동안 가만히 서서 그 생각을 곰곰이 곱씹었다.

그때 어떤 생각이 되살아나며 세라의 얼굴에 화색이 돌고 눈에 불꽃이 반짝 일었다. 세라는 작고 야윈 몸을 꼿꼿이 펴고 고개를 들었다.

"어떤 일이 일어나도 한 가지는 달라지지 않아. 누더기 같은 옷을 입고도 공주가 되려면 마음으로부터 공주가 되면 돼. 황금옷을 차려입고 공주가 되는 건 쉬운 일이지만, 아무도 알아 주지 않을 때 공주처럼 행동하는 게 훨씬 더 대단해. 마리 앙투아네트

는 왕비 자리에서 쫓겨나고 감옥에 갇혀서 검은 옷만 입었잖아. 머리가 백발로 변하자 사람들이 카페 과부*라고 비웃고 조롱하기까지 했지. 하지만 마리 앙투아네트는 화려하고 사치스럽게 살 때보다 그때 훨씬 더 왕비답게 행동했어. 난 그때의 앙투아네트가 더 좋아. 성난 군중의 함성에도 앙투아네트는 두려워 떨지 않았어. 앙투아네트가 그들보다 더 강했으니까. 그들에게 목이 잘렸을 때조차."

세라는 이미 오래 전부터 이런 생각을 해 왔다. 이렇게 생각하면 견디기 힘든 나날을 겪으면서도 마음에 위로가 됐고, 학교도 꿋꿋하게 돌아다닐 수 있었다. 민친 교장은 이때 세라가 짓는 표정을 이해하지 못해서 몹시 약 올라 했다. 세라가 마치 남들과는 차원이 다른 저 높은 정신 세계에 속한 듯 보였기 때문이다. 세라는 거칠고 신랄한 말들이 들리지 않는 듯이 행동했고, 들려도 신경 쓰지 않는 듯했다. 이따금 민친 교장은 모진 말로 윽박지르다가, 문득 아이 답지 않게 침착한 눈빛으로 도도해 보이는 미소까지 머금고 자신을 바라보는 세라를 발견했다. 민친 교장은 꿈에도 몰랐지만 세라는 속으로 이런 생각을 하고 있었다.

'당신은 모르고 있어요. 지금 당신이 모욕을 퍼붓는 사람이 공주라는 걸요. 마음만 먹으면 내가 손가락만 까딱해도 당신을 처

---

* Capet는 남편인 루이 16세의 성(姓). 사람들이 남편이 처형된 후 남은 왕비를 조롱하며 불렀던 호칭이다.

형할 수 있다는 사실도 모를 거예요. 당신을 용서하는 이유는 내가 공주이기 때문이죠. 당신이 불쌍하고 어리석고 인정머리 없고 천박한 노인이기 때문에 봐주는 것뿐이에요.'

세라는 이런 생각이 다른 무엇보다 재미있고 우스웠다. 엉뚱하고 터무니없는 상상이지만 큰 위안이 됐고, 그건 자신에게 다행스러운 일이었다. 또 이런 생각에 빠져 있다 보면 남들이 아무리 몰상식하고 악랄하게 굴어도 똑같이 되갚아 주는 행동은 피할 수 있었다.

세라는 혼자 중얼거렸다.

"공주는 품위를 지켜야 하니까."

그래서 하인들이 민친 교장의 말투를 흉내 내며 염치없이 자기를 부려먹어도, 세라는 고개를 꼿꼿이 들고 남달리 정중하게 대답해서 오히려 하인들을 당혹스럽게 만들었다.

요리사는 가끔 낄낄거리면서 이렇게 말했다.

"그 어린 것이 얼마나 목에 힘을 주고 다니는지, 진짜 버킹엄 궁의 공주가 울고 가겠어. 내가 그렇게 성질을 부리는데도 얼굴 하나 안 변해요. '요리사님, 부탁드릴게요.' '요리사님, 이것 좀 해 주시겠어요?' '용서해 주세요, 요리사님.' '요리사님, 부탁드려도 될까요?' 이런 말을 주방에서 아무렇지도 않게 툭툭 뱉는다니까."

람 다스와 원숭이를 만난 다음 날 아침, 세라는 교실에서 어린 학생들을 가르쳤다. 수업을 마치고 프랑스어 연습장을 걷으면서, 변장한 왕족들이 겪었던 일들을 생각했다. 예를 들어 알프레드 대왕은 케이크를 태웠다고 목동의 아내에게 뺨을 맞았다. 그 여자는 자기가 무슨 짓을 했는지 알았을 때 얼마나 겁에 질렸을까. 발가락이 삐져나올 정도로 해진 신발을 신고 있는 자신이 진짜 공주라는 사실을 민친 교장이 알게 된다면!

이런 생각을 할 때의 세라의 눈빛은 민친 교장이 가장 싫어하는 바로 그것이었다. 민친 교장은 그 눈빛을 그냥 보아 넘길 수가 없었다. 세라가 바로 옆에 있었던 데다 너무 화가 치민 나머지 민친 교장은 말 그대로 세라에게 달려들어 느닷없이 따귀를 올려붙였다. 목동의 아내가 알프레드 대왕의 뺨을 때린 것처럼! 세라는 깜짝 놀랐다. 그 충격으로 꿈에서 깨어나며 숨도 제대로 쉬지 못한 채 잠깐 가만히 서 있었다. 그러다가 자신도 모르게 웃음이 툭 터져 나왔다.

민친 교장이 소리쳤다.

"뭐가 우습지? 이 뻔뻔하고 건방진 것!"

세라가 자신이 공주라는 사실을 상기하며 스스로를 다잡기까지는 많은 시간이 걸리지 않았다. 민친 교장에게 맞은 뺨이 빨갛게 붓고 쓰라렸다.

"생각을 하고 있었어요."

"당장 용서를 빌지 못하겠니?"

세라는 잠시 머뭇거리다가 대답했다.

"웃어서 기분이 나쁘셨다면 용서해 주세요. 하지만 생각하고 있었던 게 문제라면 용서를 빌지 않을 거예요."

민친 교장이 다그쳐 물었다.

"무슨 생각을 했다는 거냐? 네가 어떻게 감히? 도대체 무슨 생각을 했길래?"

제시가 킥킥거리더니, 래비니어와 같이 서로를 팔꿈치로 쿡쿡 찔러댔다. 다른 학생들도 전부 책에서 눈을 떼고 귀를 쫑긋 세웠다. 사실 민친 교장이 세라를 몰아세우는 상황은 언제 봐도 흥미진진했다. 세라는 매번 엉뚱한 말을 하면서 조금도 무서워하는 법이 없었다. 지금도 세라는 전혀 겁먹은 기색이 없었고, 맞은 뺨이 빨갛게 부어올랐지만 두 눈은 별처럼 빛났다. 세라는 당당하면서도 공손했다.

"저는 선생님이 지금 자신이 어떤 행동을 하는지 모르고 계시다는 생각을 했어요."

민친 교장은 몹시 놀라서 소리쳤다.

"내가 어떤 행동을 하는지 모른다고?"

"네. 만일 제가 공주인데 선생님이 제 뺨을 때린다면 어떻게 될까, 제가 어떻게 해야 할까 생각했어요. 제가 공주라면 제가 무슨 말을 하고 어떤 행동을 해도 선생님이 감히 그런 행동은 못 하실 거라는 생각도요. 또 이런 생각도 했어요. 선생님이 얼마나 놀라고 두려워하실까, 어느 날 갑자기 알고 보니 제가……."

세라가 상상한 미래가 너무나 생생하게 눈앞에 펼쳐져서 대답을 듣는 민친 교장에게도 고스란히 전해졌다. 편협하고 상상력 없는 민친 교장마저 '이 대담한 아이 뒤에 진짜 권력자가 있는 게 아닐까' 하는 걱정이 들 정도였다.

"뭐라고? 알고 보니 네가 뭐?"

"제가 진짜 공주고, 제가 원하는 건 무엇이든 다 할 수 있다고 말이에요."

교실에 있던 아이들이 모두 눈을 휘둥그레 떴다. 래비니어는 몸을 앞으로 내밀며 두 사람을 바라보았다.

민친 교장이 숨도 쉬지 않고 소리쳤다.

"네 방으로 올라가. 당장! 교실에서 나가! 여러분은 수업에 집중해요!"

세라는 살짝 허리를 숙였다.

"웃은 것이 버릇없었다면 죄송합니다."

세라는 그렇게 말하고 교실 밖으로 나갔다. 민친 교장은 화가 치밀어서 어쩔 줄 몰라 했고 아이들은 책 위로 고개를 숙인 채 수군거렸다.

제시가 불쑥 말했다.

"쟤 봤어? 쟤 별난 거 봤어? 난 쟤가 알고 보니 대단한 사람이었다고 해도 하나도 안 놀랄 것 같아. 쟤는 그러고도 남을 거야!"

12
벽 너머

집들이 다닥다닥 붙은 동네에 살면서, 자기네 집 벽 너머에서 어떤 일들이 벌어지고 무슨 말들이 오가는지 생각해 보는 것도 재미있는 일이다. 세라는 기숙학교 앞을 가로막은 벽 너머 저쪽 인도 신사의 집에서 일어나는 일을 상상하면 즐거웠다. 교실 벽 너머가 바로 인도 신사의 서재라는 걸 알고서, 수업 후 아이들이 떠드는 소리가 그분을 방해하지 않도록 벽이 두껍기를 바랐다.

세라는 어민가드에게 이렇게 말했다.

"나는 점점 더 그분이 좋아져. 그분께 피해를 드리고 싶지 않아. 난 그분을 친구로 정했어. 한 번도 말을 섞지 않은 사람하고도 친구가 될 수 있거든. 그냥 지켜보고, 그 사람에 대해 생각하고, 안타까워하다 보면 그 사람이 친척처럼 느껴진다니까. 가끔 의사가 하루에 두 번이나 다녀가는 날엔 정말 걱정이 돼."

어민가드가 반사적으로 말했다.

"나는 친척이 별로 없어. 그래서 정말 다행이야. 난 친척들이 싫거든. 고모 두 분은 나만 보면 '이런, 어민가드! 왜 이렇게 살이 쪘니. 단 걸 먹으면 안 돼'라고 하시고, 삼촌은 '에드워드 3세가 즉위한 게 언제지? 칠성장어를 너무 많이 먹어서 죽은 왕은 누구지?' 같은 걸 물어보신다니까."

세라는 웃음을 터뜨렸다.

"한 번도 말을 섞은 적 없는 사람은 그런 걸 물을 수도 없어. 그리고 인도 신사 아저씨는 아무리 친해져도 그런 질문을 하지 않으실 거야. 난 그분이 좋아."

세라가 대가족을 좋아하게 된 이유는 그들이 행복해 보여서였다. 그런데 인도 신사를 좋아하게 된 이유는 그가 불행해 보여서였다. 인도 신사는 어떤 중한 병에 걸렸고 완쾌하지 못한 게 분명했다. 어떻게 알아내는지 하녀들은 속속들이 모르는 게 없어서, 부엌에 있으면 인도 신사에 대한 수많은 이야기가 오갔다. 옆집 인도 신사는 인도인이 아니라 인도에서 살았던 영국인이고, 한때 전 재산을 잃을 뻔한 엄청난 화를 당했다고 했다. 그때는 파산하고 돌이킬 수 없다고 생각했고, 그 충격이 너무 커서 뇌염에 걸려 하마터면 죽을 뻔했는데, 다행히 고비를 넘기고 재산도 모두 되찾았지만 건강은 완전히 망가져서 되찾지 못했다

276

고도 했다. 그런데 그를 생명의 위기까지 몰고 간 위기가 바로 '광산 파산'이라고 했다.

요리사가 말했다.

"그게 글쎄 다이아몬드 광산이었대! 난 절대로 광산에는 투자하지 않을 거야. 특히 다이아몬드 광산에는."

요리사는 세라를 곁눈질하더니 덧붙여 말했다.

"우리도 그게 어떤 건지 다 알잖아."

그 말을 듣고 세라는 생각했다.

'그분도 우리 아빠랑 똑같은 심정이셨던 거야. 그래서 우리 아빠만큼 아프셨던 거야. 그분은 돌아가시지 않았지만.'

세라는 인도 신사에게 더 마음이 갔다. 저녁 심부름을 나가는 날이면 가끔은 반갑기까지 했다. 옆집 창에 아직 커튼이 젖혀 있으면 따뜻한 방 안이 들여다보이고 세라가 친구로 삼은 그 신사도 볼 수 있었기 때문이다. 주변에 아무도 없을 때면, 세라는 이따금 발길을 멈추고 쇠 난간에 매달려 그에게 들리기라도 할 것처럼 안녕히 주무시라는 인사까지 남겼다.

그렇게 말하면서 세라는 혼자 상상했다.

"들리진 않아도 느낄 수는 있을 거야. 어쩌면 좋은 생각은 창문이랑 대문이랑 벽이 막고 있어도 뚫고 들어가 상대에게 닿을 수 있을지 몰라. 그러니까 왠지 조금은 따뜻해지고 마음이 편안해진다고 느끼실지도 모르지. 내가 여기 추운 데 서서 아저씨가 다시 건강을 되찾고 행복해지시길 빌면 말이야. 아저씨가 너무 가여워."

세라는 간절한 목소리로 속삭였다.

"아빠가 머리가 아프실 때 내가 아빠 이마를 짚어드린 것처럼 아저씨도 아저씨한테 그렇게 해줄 '꼬마 마님'이 있으면 좋겠어요. 저라도 아저씨의 '꼬마 마님'이 되어드리면 좋겠어요. 가여운 아저씨! 안녕히 주무세요. 안녕히 주무세요. 신의 은총이 함께하시기를!"

그런 후 자리를 뜰 때면 세라는 자기 마음도 한결 편안하고 따뜻해졌다고 느꼈다. 인도 신사에 대한 연민은 아주 강한 마음이어서 어쩐지 난로 옆 안락의자에 홀로 앉아 있는 그에게 꼭 전달될 것만 같았다. 인도 신사는 거의 항상 큰 실내복 차림에 한 손으로 이마를 받치고 앉아서 절망적인 눈길로 난롯불만 물끄러미 응시하고 있었다. 마치 과거의 고통에서 헤어나지 못해 여전히 마음의 병을 앓고 있는 듯 보였다.

"아저씨는 항상 무언가를 생각하면서 마음 아파하시는 것 같아. 하지만 재산을 되찾으셨고, 때가 되면 뇌염도 나을 텐데 뭐가 저렇게 괴로우신 걸까?"

다른 뭔가가 있다면, 하녀들조차 알아내지 못한 뭔가가 있다면, 세라는 '몽모랑시 씨'는 알고 있을 거라고 생각했다. 몽모랑시 씨는 인도 신사를 종종 만나러 왔고, 몽모랑시 부인과 아이들도 이따금 그 집을 찾았다. 인도 신사는 아이들을 무척 좋아했는데 특히 몽모랑시 씨의 큰 두 딸, 그러니까 남동생 도널드가 세라에게 6펜스를 주었을 때 놀랐던 재닛과 노라를 예뻐했다. 재닛과 노라도 인도 신사를 좋아해서, 광장을 건너가 아저씨 댁에 잠깐만 얌전하게 있다 와도 좋다는 허락을 받은 날이면 오후가 되기를 목이 빠져라 기다렸다. 인도 신사는 환자였기 때문에 아이들은 정말로 아주 얌전하게 잠깐만 들렀다가 돌아왔다.

재닛이 말했다.

"아저씨는 불쌍해. 그래도 우리를 보면 기분이 좋아지신대. 아주 얌전히 아저씨가 힘이 나시도록 해 드리자."

재닛은 가족의 맏딸로서 동생들을 잘 이끌었다. 인도 신사에게 인도 이야기를 들려 달라는 부탁을 언제 해도 되는지 신중하게 결정하는 아이도 재닛이었고, 인도 신사가 피곤해 보이면 살그머니 나와서 람 다스에게 알려주는 아이도 재닛이었다. 아이들은 람 다스를 매우 좋아했다. 람 다스도 인도어밖에 모르는 게 아니었다면 셀 수 없이 많은 이야기를 해 주었을 것이다.

인도 신사의 본명은 캐리스포드 씨였다. 재닛은 캐리스포드 씨에게 '거지가 아닌 여자아이'를 우연히 만났던 이야기를 들려주었다. 캐리스포드 씨는 그 이야기를 무척 흥미롭게 들었는데, 람 다스에게서 원숭이가 지붕을 타고 옆집 다락방으로 건너갔던 이야기를 듣고 나서는 더 관심을 보였다. 람 다스는 맨바닥에

군데군데 석고가 떨어져 나간 벽, 녹슬고 텅 빈 벽난로, 딱딱하고 좁다란 침대 등 삭막하기 그지없는 다락방을 그림처럼 생생하게 묘사했다.

인도 신사는 이야기를 듣고 나서 대가족의 아빠에게 말했다.

"카마이클, 이 광장에 그런 다락방이 많은가? 그런 침대에서 잠을 자는 가엾은 하녀 아이들이 얼마나 있지? 그런 마당에 나는 오리털 베개를 베고 누워 돈에 짓눌려 괴로워하고 있군. 그 돈도 대부분은 내 것이 아니지만."

카마이클 씨가 인도 신사를 다독였다.

"이보게. 자책은 빨리 멈추는 게 자네한테 이롭다네. 자네가 인도의 돈을 전부 다 갖는다 해도 세상의 아픔을 다 바로잡을 순 없어. 자네가 이 광장의 모든 다락방을 새로 꾸며 준대도 다른 광장 다른 거리에 그런 다락방은 얼마든지 차고 넘친다네. 자네가 어쩌겠는가!"

캐리스포드 씨는 앉아서 손톱을 물어뜯으며 벽난로 안에서 활활 타오르는 석탄 더미를 들여다보았다.

"혹시 말일세."

그는 잠시 머뭇거리다가 천천히 말을 이었다.

"자네 생각에 그 아이가…… 내가 한시도 잊을 수가 없는 그 아이가…… 혹시나…… 혹시라도 저 옆집 가여운 아이 같은 신세로 전락했을 수도 있다고 보나?"

카이마클 씨는 걱정스러운 눈으로 인도 신사를 쳐다보았다. 그 아이 문제를 이런 식으로 생각하기 시작하면 정신적으로나 건강상으로나 그 이상 해로울 게 없었다.

카마이클 씨는 캐리스포드 씨를 위로했다.

"만일 파리에 있는 파스칼 교장의 학교에 있던 아이가 자네가 찾는 아이가 맞다면, 그 애는 여유로운 가족과 함께 지내고 있는 거야. 그 애가 죽은 딸아이와 가장 친한 친구라서 입양을 했다지 않나. 그 부부는 다른 자식도 없고 파스칼 교장 말로는 재산이 어마어마한 러시아인이라더군."

"그런데 그 답답한 여자는 그들이 아이를 어디로 데려갔는지도 모른다는 건가!"

캐리스포드 씨가 소리쳤다.

카마이클 씨는 어깨를 으쓱였다.

"그 프랑스인 교장은 약삭빠르고 속물적인 구석이 있어. 분명히 아버지가 죽고 빈털터리로 남겨진 아이를 그렇게 수월하게 떠넘길 수 있게 되자 아주 신났던 것 같아. 그런 부류의 여자들은 짐덩이가 될지 모를 아이의 장래 따위는 안중에도 없다네. 안타깝게도 아이를 입양한 부모는 흔적도 없이 사라져 버린 것 같군."

"하지만 자네는 만일 그 아이가 내가 찾고 있던 아이가 맞다면이라고 말했어. 자네도 '만일'이라고 했잖나. 확실한 게 아니야. 이름도 다르고.”

“파스칼 교장이 ‘크루’가 아니라 ‘커루’처럼 발음하긴 했는데, 그냥 발음상의 문제일 수도 있어. 상황이 신기할 정도로 비슷했네. 인도에 있는 영국인 장교가 엄마 없는 어린 딸을 학교에 맡긴 것도 그렇고, 재산을 잃고 갑자기 죽은 것도 그렇고.”

카마이클 씨는 잠시 말을 멈추고 생각에 잠겼다가 이렇게 물었다.

“그 아이를 파리에 있는 학교에 맡긴 건 확실한가? 파리가 분명해?”

캐리스포드 씨가 애가 탄다는 듯이 답답한 마음을 토로했다.

“이보게, 내가 확실히 아는 건 아무것도 없네. 난 그 아이도, 아이 엄마도 본 적이 없어. 랄프 크루와는 어릴 때 아주 친했지만 학교를 마친 뒤로는 만나지 못했고 그러다가 인도에서 다시 만난 거야. 나는 광산이 가져다 줄 찬란한 미래에 푹 빠져 있었고, 그 친구도 그랬지. 모든 게 어마어마하고 휘황찬란해서 우리 둘다 반쯤 정신이 나갔었다네. 그래서 만나도 광산 얘기 말고 다른 이야기는 거의 하지 않았어. 내가 아는 거라고는 아이를 학교에 맡겼다는 것뿐이네. 지금은 내가 도대체 언제 어떻게 그 사실을 알게 되었는지도 기억나지 않아.”

캐리스포드 씨가 흥분하기 시작했다. 아직 쇠약한 머리가 완전히 회복되지 않은 탓에 그는 끔찍했던 지난 기억을 떠올릴 때마다 이렇게 동요했다.

카마이클 씨가 그런 그를 걱정스러운 눈으로 보았다. 몇 가지 더 물어볼 게 있어서 침착하고 조심스럽게 접근해야 했다.

"그 학교가 파리에 있다고 생각할 만한 이유가 있었나?"

"있었지. 아이 엄마가 프랑스 사람이었고, 아이를 파리에서 공부시키고 싶어 했다더군. 그래서 그 애가 거기에 있을 거라 생각을 한 거라네."

"그렇군. 그랬을 가능성이 높겠어."

인도 신사는 몸을 앞으로 내밀며 쇠약해진 긴 손으로 탁자를 내리쳤다.

"카마이클. 나는 반드시 그 아이를 찾아야 하네. 살아 있다면 어딘가 있겠지. 그 애가 돈도 없고 의지할 데도 없이 살고 있다면 그건 내 잘못이야. 그런 생각이 머리에서 떠나질 않는데 어떻게 온전한 정신이 돌아올 수 있겠나? 광산 사업이 갑자기 잘 풀리면서 우리가 환상처럼만 여겼던 꿈들이 모두 현실이 되었는데 크루의 가여운 딸아이는 거리에서 구걸하고 있을지도 모른다니!"

"안 돼, 그러지 말게. 진정해. 아이를 찾으면 엄청난 재산을 돌려줄 수 있다는 사실로 위안을 삼게나."

캐리스포드 씨가 괴로워하며 화풀이하듯 탄식했다.

"왜 나라는 인간은 암울한 상황을 꿋꿋이 버텨내지 못했을까.

그때 내가 다른 사람들 돈까지 책임져야 하는 상황이 아니었다면 내 자리를 지켰을 거야. 가엾은 크루는 전 재산을 탈탈 털어 내 계획에 쏟아부었다네. 그 친구는 나를 전적으로 믿었어. 나를 정말 좋아했지. 그런데 나 때문에 모든 걸 망쳤다고 생각하면서 죽은 거야. 나 때문에, 이튼 학교 시절 함께 크리켓 경기장을 누볐던 이 톰 캐리스포드 때문에 말일세. 나를 얼마나 나쁜 놈이라고 생각했겠나!"

"너무 심하게 자책하지 말게."

"내가 자책하는 건 위험천만한 사업을 벌여서가 아니야. 용기를 내지 못했기 때문이지. 나는 사기꾼이자 도둑이나 다름없이 도망쳤어. 가장 친한 친구의 얼굴을 보면서 내가 너와 네 아이의 신세를 망쳐놨다고 도저히 말할 수가 없어서."

마음씨 착한 대가족 아버지는 위로하듯이 그의 어깨에 손을 얹었다.

"자네가 도망친 이유는 정신적인 고통을 머리가 감당하지 못했기 때문이야. 그때 자네는 이미 반쯤 정신이 나가 있었다고. 그렇지 않았다면 거기서 버티며 싸워서 결판을 봤겠지. 그곳을 나온 지 이틀 만에 병원에 실려갔고, 침대에 묶여서 뇌염 때문에 헛소리를 해대지 않았나. 그걸 잊지 말게."

캐리스포드 씨는 얼굴을 푹 숙여 두 손에 묻었다.

"맙소사! 맞아. 난 너무 무섭고 두려워서 제정신이 아니었어.

몇 주 동안 잠도 못 잤다네. 그날 밤 비틀비틀 집을 나왔는데 세상이 온통 무시무시한 것들로 가득 차 있어서 나한테 입을 비죽거리며 조롱하는 것 같았지."

"그것 보게. 뇌염으로 쓰러지기 직전의 사람이 어떻게 올바른 판단을 하겠나!"

캐리스포드 씨는 여전히 얼굴을 손에 묻은 채 고개를 저었다.

"정신이 들었을 땐 가엾은 크루는 죽어서 이미 땅속에 묻혀 있었다네. 난 아무것도 기억나지 않았어. 몇 달간은 그 아이도 까맣게 잊고 있었지. 크루의 아이가 기억났을 때도 처음에는 모든 게 안개처럼 어렴풋했네."

캐리스포드 씨는 잠시 말을 멈추고 이마를 문질렀다.

"지금도 기억을 떠올리려고 하면 가끔씩 그래. 분명히 아이를 어느 학교에 맡겼다고 언젠가 크루가 이야기를 했을 텐데. 안 그런가?"

"확실히 이야기한 건 아닐 수도 있지. 자네는 아이의 진짜 이름도 들어 보지 못한 것 같다고 하지 않았나."

"그 친구가 자기가 지어낸 이상한 애칭으로 아이를 불렀거든. '꼬마 마님'이라고. 하지만 우리 머릿속엔 온통 빌어먹을 광산 생각뿐이었네. 광산에 대한 거 말고는 아무 이야기도 하지 않았어. 그 친구가 학교 이야기를 했다면 내가 잊은 거겠고. 기억이 나지 않아. 앞으로도 기억 못하겠지."

"자, 자. 파스칼 교장이 말한 마음씨 좋은 러시아인 부부를 계속 수소문하자고. 교장도 확실치는 않지만 그들이 모스크바에 사는 것 같다고 했으니까. 그걸 단서로 삼자고. 내가 모스크바로 가겠네."

"움직일 수만 있다면 같이 가면 좋겠네만, 내가 할 수 있는 건 여기에 모피를 두르고 앉아 난롯불이나 쳐다보는 게 다라네. 난롯불을 들여다보고 있으면 젊고 쾌활한 얼굴로 나를 빤히 쳐다보는 크루가 보이는 것 같아. 마치 내게 물어볼 게 있는 사람처럼 말이야. 가끔 밤에 그 친구 꿈을 꾸는데 그럴 때마다 항상 내 앞에 서서 똑같은 질문을 한다네. 카마이클, 그 친구가 뭐라고 묻는지 짐작이 가나?"

카마이클 씨는 나지막한 목소리로 대답했다.

"글쎄."

"언제나 이렇게 말하지. '톰, 이봐, 톰, 꼬마 마님은 어디 있지?'"

인도 신사가 카마이클 씨의 손을 꽉 붙잡았다.

"나는 그 친구에게 대답을 꼭 해 줘야만 하네. 꼭! 그 애를 찾을 수 있도록 나를 도와주게. 제발 도와줘."

벽 너머에서 세라는 자신의 다락방에 앉아 저녁을 먹으러 나온 멜기세덱에게 말을 건네고 있었다.

"멜기세덱, 오늘은 공주답게 행동하기가 정말 힘들었어. 평소보다 더 힘든 날이었어. 날이 추워지고 길이 질척거리게 되면 더 힘들 거야. 복도를 지나가는데 래비니어가 내 치마가 흙투성이가 된 걸 보면서 웃어댈 때는 순간 한 마디 해 주고 싶더라. 그래도 간신히 참았어. 누가 비웃는다고 해서 똑같이 되갚으면 안 되거든. 공주라면 말이야. 혀를 깨물고라도 참아야만 해. 나도 혀를 깨물고 참았어. 멜기세덱, 오늘은 낮에도 춥더니 밤에도 춥구나."

세라는 혼자 있을 때 자주 그러듯이, 갑자기 까만 머리를 두 팔에 파묻으며 읊조렸다.

"아, 아빠. 제가 아빠의 '꼬마 마님'이었던 게 아주 먼 옛날 일 같아요!"

벽 하나를 사이에 두고 같은 날 일어난 일이었다.

13
똑같은 사람

그해 겨울은 혹독했다. 눈길을 뚫고 다녀와야 할 심부름이 많기도 했지만, 눈이 녹아 길이 진창이 되니까 훨씬 더 힘들었다. 안개가 자욱하게 끼어 하루 종일 가로등을 밝힌 날은 런던 거리가 마치 수년 전 오후, 마차를 타고 아빠에게 기대어 앉아서 민친 학교에 왔던 그날처럼 보였다. 그런 날이면 창 안으로 보이는 대가족의 집은 더욱더 아늑해 보여서 마음을 사로잡았고, 인도 신사가 앉아 있는 서재도 따뜻하고 그윽해 보였다. 하지만 다락 방은 이루 말할 수 없이 음울했다. 해가 뜨거나 지는 광경이 보이지 않았고, 별도 좀처럼 구경하기 힘들었다. 지붕창 위로 낮게 깔린 구름은 잿빛이거나 흙빛이었고, 느닷없이 세찬 비를 뿌리기도 했다. 오후 4시면 딱히 안개가 끼지 않은 날이라도 해가 저

물었다. 다락방에 뭐라도 찾으러 올라가려면 촛불을 켜야 했다. 부엌의 하녀들은 기분이 축 처져서 평소보다 더 심술궂게 굴었다. 베키는 어린 노예처럼 불려 다녔다.

어느 날 밤 베키가 세라의 다락방으로 몰래 건너와서 쉰 목소리로 말했다.

"아가씨가 아니었으면…… 아가씨랑 바스티유 감옥이 없었으면, 그래서 제가 옆방의 죄수가 아니었다면, 전 못 견뎠을 거예요. 지금은 그게 다 진짜처럼 여겨져요! 교장 선생님은 날이 갈수록 점점 더 교도소장처럼 보인다니까요. 선생님이 아가씨가 말씀하신 그 커다란 열쇠 꾸러미도 틀림없이 들고 다닐 것 같아요. 요리사는 그 밑에서 일하는 교도관이고요. 아가씨, 우리가 벽 아래를 파서 만든 지하 통로 이야기를 더 해 주세요."

세라가 가볍게 몸을 떨었다.

"그것보다 좀 더 따뜻한 이야기를 해 줄게. 가서 네 이불을 가져와서 덮고 있어. 나는 내 이불을 뒤집어쓰고 같이 침대 위에 꼭 붙어 앉자. 인도 신사의 원숭이가 살았던 열대우림 이야기야. 원숭이가 창가 탁자에 앉아서 애처로운 표정으로 거리를 내다보는 모습을 볼 때마다, 나는 그 원숭이가 코코넛 나무에 꼬리를 감고 이리저리 누비던 열대림이 떠오른단다. 누가 그 원숭이를 잡았을까, 원숭이가 코코넛을 따오기만 기다리는 가족이 있지는 않을까 궁금해져."

"그 이야기가 더 따뜻하긴 하네요, 아가씨. 아가씨가 이야기를 시작하면 바스티유 감옥까지도 조금 따뜻해져요.."

세라는 이불로 온몸을 감싼 채 얼굴만 밖으로 내놓았다.

"그건 이야기를 듣는 동안 다른 생각을 할 수 있어서야. 나도 그래. 몸이 너무 힘들 때 마음속으로는 다른 걸 생각하는 거야."

베키가 자신 없는 목소리로 말했다.

"아가씨는 그게 돼요?"

세라는 잠깐 이맛살을 찌푸렸다가 씩씩하게 말했다.

"될 때도 있고 안 될 때도 있어. 하지만 그렇게 되는 날은 정말 다 괜찮아져. 충분히 연습하면 우리는 언제든지 그렇게 할 수 있을 거야. 나도 요즘 연습을 많이 했더니 예전보다 더 쉬워졌어. 끔찍이 힘들 때, 그야말로 끔찍이도 힘들 때면, 난 내가 공주라는 생각을 어느 때보다 더 열심히 해. 나한테 이렇게 말하는 거야. '나는 공주야. 나는 동화 속 공주야. 나는 동화 속 공주라서 그 무엇도 나를 해치지 못하고 나를 속상하게 하지 못해.' 그러면 정말 싹 잊을 수 있더라."

세라가 웃었다.

세라에게는 그렇게 다른 생각을 해야 할 날들이 많았고, 자신이 공주인지 아닌지 시험해 볼 기회도 숱하게 찾아왔다. 그런데 가장 힘든 시험이 찾아들었다. 세라에게 몹시 끔찍했던 어느 날이었다. 나중까지도 두고두고 생생하게 떠오르며 오래도록 기억에 남았던 사건이 일어났다.

며칠째 비가 쉬지 않고 내린 뒤라서 거리가 싸늘하고 질척거렸고 온통 스산하고 축축한 냉기로 가득 차 있었다. 런던 특유의 끈적이는 진흙이 사방을 뒤덮고 그 위로 시꺼먼 먹구름이 내려앉은 듯 안개비가 내렸다. 세라는 여느 날처럼 몇 번이나 멀고 힘든 심부름을 다녀와서 누더기 옷이 흠뻑 젖었는데, 또다시 심부름을 나가야 했다. 처량한 모자와 어울리지 않게 달린 낡은 깃털은 평소보다 더 후줄근하고 우스꽝스러웠고, 닳을 대로 닳은 신발은 더는 물을 먹지 못할 만큼 푹 젖었다. 게다가 민친 교장은 벌을 준다며 저녁도 못 먹게 했다.

세라는 너무 춥고 배고프고 지친 나머지 낯빛이 파리해졌다. 간간이 인정 많은 사람들이 측은해 하며 세라를 힐끔거렸다. 하지만 세라는 그런 줄도 몰랐다. 걸음을 재촉하면서 마음속으로 뭔가 다른 생각을 하려고 애쓰고 있었기 때문이다. 지금이야말로 그런 생각이 간절했다. 하지만 '상상'하고 '가정'하는 데 온힘을 다 끌어 모아 봐도, 그날은 평소보다 더 힘들었다. 한두 번은 기분이 나아지기는커녕 더 춥고 허기지는 느낌까지 들었다.

그래도 세라는 집요하게 버텼다. 해진 신발 틈새로 흙탕물이 질벅거리고 얇은 외투를 벗겨버릴 기세로 세차게 바람 부는 거리를 입도 달싹이지 않는 나직한 소리로 이렇게 중얼거리며 걸었다.

"마른 옷을 입고 있다고 상상하자. 나는 지금 좋은 신발을 신었고, 길고 두툼한 외투를 걸쳤고, 양모 스타킹을 신은 데다가, 커다란 우산까지 쓰고 있어. 그런데 따끈따끈한 빵을 파는 빵집 근처에 갔다가, 마침 길에서 6펜스를 주웠어. 그래서 빵집에 들어가서 제일 따뜻한 빵 여섯 개를 사서 단숨에 다 먹을 거야."

가끔 세상에는 아주 이상한 일이 일어난다.

세라에게 일어난 일도 확실히 아주 이상했다. 세라가 이런 말을 중얼거리며 건널목에 다다랐을 즈음이었다. 바닥이 진창으로 엉망이라서, 세라는 어기적거리는 꼴로 길을 건너야 했다. 최대한 조심스럽게 발을 디디며 걸었지만 진흙이 묻는 걸 피하는데 큰 도움은 되지 않았다. 걸음을 조심스럽게 디디려다 보니 발과 진창을 살필 수밖에 없었다. 그렇게 아래를 내려다 보며 걷다가 인도에 막 올라서려던 때였다. 도로의 배수 도랑 안에서 뭔가 반짝 빛났다. 동전이었다. 수많은 사람들이 밟고 지나다녔는데도 아직 희미하게 반짝거리는 빛이 남아 있는 작은 은화였다. 6펜스는 아니고, 그에 버금가는 4펜스짜리 은화였다.

은화는 어느새 추워서 새파랗게 언 세라의 작은 손에 들려 있었다. 세라는 놀라서 숨을 삼켰다.

"우와, 정말이네! 진짜야!"

그리고 믿기 힘들게도 정면에 빵집이 보였다. 마침 쾌활하고 통통하며 혈색 좋고 정이 많아 보이는 여자가 갓 구운 따뜻한 빵을 오븐에서 막 꺼내 쟁반째 진열창에 내놓고 있었다. 윤기가 흐르고 건포도가 박힌 큼지막한 빵이었다.

세라는 눈앞이 아찔했다. 동전을 주워 깜짝 놀란 데다 눈앞에 정말로 빵이 있었고, 빵집 진열창에서 따뜻한 빵 냄새까지 기분 좋게 풍겨 나오니 그럴 만도 했다.

세라는 이 은화를 거리낌 없이 써도 된다는 걸 알았다. 동전은 꽤 오랜 시간 진흙 더미에 파묻혀 있었던 게 분명했으니, 동전 주인도 하루 종일 북적거리는 길 위에서 서로 밀고 밀치며 오가는 인파의 물결에 휩쓸려 어디론가 가버린 뒤일 것이다.

"그래도 빵집 아주머니께 가서 이런 걸 잃어버리셨는지 여쭤 보자."

세라는 힘없이 혼잣말을 흘렸다. 그러고는 길을 건너 젖은 발을 계단에 올렸다. 그때 무언가가 세라의 발길을 잡아 세웠다.

세라보다 더 비참해 보이는 어린아이였다. 자그마한 아이는 넝마 뭉치나 다름없어 보였는데, 그나마 누더기 옷마저 너무 짧아서 진흙투성이에 빨갛게 언 맨발이 삐죽이 드러나 있었다. 넝마 위로 머리가 부스스하게 헝클어지고 꾀죄죄한 얼굴에 굶주림에 퀭해진 커다란 눈만 끔벅거렸다.

세라는 한눈에 굶주린 눈을 알아보고는 측은한 마음이 들어 얕은 한숨이 나왔다.

"저 아이도 똑같은 사람이야. 그런데 나보다 더 배를 곯고 있네."

'똑같은 사람'인 아이는 세라를 올려다보더니 발을 끌며 살짝 옆으로 움직여 길을 비켜 주었다. 사람이 지나갈 때마다 길을 비켜 주는 일에 익숙해 보였다. 아이는 괜히 경찰의 눈에 띄기 라도 하면 '여기서 꺼져'라는 말만 들으리란 것을 뻔히 알고 있 었다.

세라는 4펜스짜리 동전을 꼭 움켜쥐고 잠시 망설였다. 그러다 가 아이에게 물었다.

"배고프니?"

아이는 옆으로 더 비켜서며 거친 목소리로 말했다.

"당연하지. 그걸 말이라구 해?"

"밥은 먹었니?"

"밥은 무슨. 아침두 못 먹구 저녁두 못 먹었어. 아무것두."

아이는 더 거칠게 말하며 옆으로 더 피했다.

"언제부터 굶은 거니?"

"몰라. 오늘은 아무것두 못 구했어. 아무데서두. 온종일 구걸 했는데."

아이를 보는 것만으로도 세라는 더 배가 고프고 머리가 어지 러워졌다. 그러나 언제나 그렇듯 머릿속에 신통한 생각이 떠올 랐다. 비록 마음은 아팠지만 세라는 골똘히 궁리했다.

'내가 공주라면, 내가 공주라면…… 궁에서 쫓겨나 가난해져도 진짜 공주는 언제나 베풀었어. 자기보다 더 가난하고 더 굶주린 사람을 만나면, 공주는 늘 베풀었어. 빵이 한 개에 1페니니까, 나한테 6펜스가 있었다면 나 혼자 빵 여섯 개를 먹을 수 있어. 둘이 나눠 먹기엔 부족하지만, 그래도 안 먹는 것보다는 낫겠지.'

"잠깐 기다려."

세라는 거지 아이에게 이렇게 말하고 빵집으로 들어갔다. 빵집에 따뜻하고 맛있는 냄새가 가득했다. 빵집 주인은 마침 따뜻한 빵을 창가에 더 진열하려고 내놓던 참이었다.

"혹시 4펜스를 잃어버리셨나요? 4펜스짜리 은화예요."

세라는 주머니에서 흙 묻은 은화를 꺼내 내밀었다.

빵집 주인은 동전을 보더니 세라를 쳐다보았다. 진지한 작은 얼굴과 후줄근하지만 원래는 고급스러웠을 옷이 보였다.

"저런! 아니다. 네가 주웠니?"

"네. 저기 진흙 바닥에서요."

"그럼 네가 가지렴. 거기 일주일쯤 떨어져 있었는지도 모르고, 누가 잃어버렸는지 누가 알겠니. 주인을 찾긴 힘들 게다."

"저도 알아요. 그래도 아주머니께 여쭤는 봐야겠다고 생각했어요."

"그런 사람은 없었는데."

빵집 주인은 어리둥절해서 호기심이 생겼다. 세라가 빵을 힐끔힐끔 쳐다보는 것을 보고는 온화하게 물었다.

"뭐 사려고?"

"빵 네 개 주세요. 한 개에 1페니짜리요."

빵집 주인이 종이봉지에 빵을 여섯 개 담았다.

"네 개 달라고 말씀드렸는데요. 전 4펜스밖에 없거든요."

"두 개는 덤이야. 뒀다가 나중에 먹으렴. 배고프지 않니?"

세라의 눈에 눈물이 고였다.

"네, 너무 고파요. 더 주셔서 정말 고맙습니다. 그리고……."

세라는 '밖에 저보다 많이 굶주린 아이가 있어요'라고 말하려고 했다. 하지만 그 순간 손님 두세 명이 한꺼번에 들어와서 바빠지자 고맙다는 감사인사만 되풀이하고 서둘러 나왔다.

거지 아이는 여전히 빵집 계단 구석에 몸을 웅크리고 있었다. 축축하고 더러운 넝마를 뒤집어쓴 아이의 모습은 처참했다. 아이는 고통 때문에 멍해진 표정으로 우두커니 앞만 바라보다가, 느닷없이 까칠하고 새까만 손등으로 눈을 문질렀다. 자신도 모르게 흘러내린 눈물에 스스로도 깜짝 놀라는 것 같았다. 아이는 혼자 투덜거렸다.

세라가 봉지를 열어 따뜻한 빵을 한 개 꺼냈다. 빵 덕분에 차가웠던 손에 이미 어느 정도 훈훈한 온기가 돌았다.

세라는 누더기 옷이 덮인 무릎에 빵을 놓았다.

"이 빵 먹어. 따뜻하고 맛있어. 배고픔이 조금 가실 거야."

아이는 깜짝 놀라, 뜻밖의 놀라운 행운에 겁을 먹은 사람처럼 세라를 올려다보았다. 그러더니 빵을 얼른 제 입 안에 쑤셔 넣으며 굶주린 늑대처럼 우적우적 먹었다.

"우와, 어떡해! 우와, 우와!"

아이는 쉰 목소리로 거친 기쁨을 토해냈다.

세라는 빵 세 개를 더 꺼내 아이 무릎에 놓았다.

거칠고 게걸스럽게 먹는 소리가 끔찍했다.

'저 아이는 나보다 더 굶주렸으니까. 저 애는 끼니를 거의 못 먹고 있어.'

하지만 네 번째 빵을 내려놓는 손은 떨리고 있었다.

"난 그 정도는 아니니까."

세라는 그렇게 말하면서 다섯 번째 빵을 건넸다.

게걸스러운 런던의 어린 미개인이 빵을 입에 쑤셔 넣는 사이 세라는 돌아섰다. 아이는 먹느라고 인사할 정신도 없었다.

"잘 있어."

세라는 길을 건너간 후 아이를 돌아보았다. 아이는 양 손에 빵을 한 개씩 들고 입에 물었던 빵을 씹다 말고 세라를 보고 있었다. 세라가 가볍게 고개를 끄덕이자, 아이는 머뭇거리는 묘한 눈길로 세라를 살피다가 갑자기 부스스한 머리를 홱 끄덕여 인사하더니 세라의 모습이 완전히 눈에 보이지 않게 될 때까지 손에 든 빵은 물론 입에 물고 있던 빵조차도 먹지 않았다.

그때 빵집 주인이 창밖을 내다보다가 깜짝 놀랐다.

"저런! 설마! 설마 그 아이가 저 거지 아이에게 빵을 준 건 아니겠지? 자기가 먹고 싶지 않아서 그런 건 아닐 테고! 저런, 저런, 그 아이도 무척 배가 고파 보였는데. 도대체 왜 그랬을까?"

빵집 주인은 진열창 앞에 서서 곰곰이 생각하다가, 궁금증을 견디지 못하고 문가로 가서 거지 아이에게 물었다.

"그 빵은 누가 줬니?"

아이는 고갯짓으로 멀어지는 세라 쪽을 가리켰다.

빵집 주인이 캐물었다.

"그 애가 뭐라던?"

아이가 거친 목소리로 대답했다.

"내게 배고프냐구 물었어요."

"그래서 네가 뭐랬는데?"

"그걸 말이라구 하냐구요."

"그러고는 그 애가 빵을 사서 네게 줬다고?"

아이는 고개를 끄덕였다.

"몇 개나 줬니?"

"다섯 개."

빵집 주인은 다시 생각을 곱씹다가 나직이 중얼거렸다.

"제 것은 하나만 남겼구나. 여섯 개를 다 먹어도 성이 안 찼을 눈치던데."

저 멀리 축 늘어져 터벅터벅 걸어가는 아이의 뒷모습을 눈으

로 쫓던 빵집 주인은 평온했던 마음이 어지러워졌다.

"그렇게 얼른 가버리지 않았다면 좋았을걸. 열 개라도 더 기꺼이 주었을 텐데."

아주머니는 그렇게 말하다가 아이를 돌아보았다.

"아직도 배고프니?"

"만날 배고파요. 그래두 지금은 좀 덜해요."

"이리 들어오너라."

아주머니가 빵집 문을 열어 주었다.

아이는 쭈뼛거리며 빵집 안으로 들어갔다. 빵이 가득한 따뜻한 곳에 초대 받다니 놀라운 일이었다. 아이는 이제부터 어떤 일이 일어날지 알지 못했다. 아예 관심도 없었다.

아주머니는 자그마한 안쪽 방으로 가서 난로를 가리켰다.

"몸 좀 녹이렴. 그리고 애야, 앞으로 먹을 빵이 없으면 여기 와서 나한테 달라고 해. 그 애를 봐서라도 안 그럴 수가 없겠구나."

세라는 남은 빵 한 개만으로도 위안을 얻었다. 어쨌든 빵은 아주 따뜻했고 아무것도 없는 것보다는 나았다. 세라는 걸어가면서 빵 조각을 조금 떼어 되도록 오랫동안 천천히 음미했다.

"이건 마법의 빵인가 봐. 한 입만 먹었는데도 잘 차려놓고 먹은 것처럼 배가 불러. 이렇게 계속 먹다가는 과식하겠어."

날이 저문 후에야 세라는 기숙학교가 자리한 광장에 당도했다. 집집마다 불이 환하게 켜져 있었다. 세라가 거의 매번 엿보는 대가족 식구들의 거실에는 아직 커튼을 내리지 않았다. 이 시간이면 대개 '몽모랑시 씨'가 큰 의자에 앉아 있고, 아빠 주위로 아이들이 모여들어서 놀면서 웃음꽃을 피웠다.

그런데 이날은 분위기가 사뭇 달랐다. 몽모랑시 씨가 서 있고 아이들은 폴짝폴짝 뛰고 재잘대며 아빠에게 매달렸다. 누군가 여행을 가는 모양이었다. 집 앞에 마차가 서 있고 커다란 여행가방이 실려 있었다. 예쁘고 얼굴이 발그레한 아내가 몽모랑시 씨에게 뭔가를 말하자, 몽모랑시 씨가 아이들에게 입맞춤을 했다. 작은 아이들을 번쩍 들어서 안아 주었고 큰 아이들에게는 몸을 숙여 꼭 안아 주었다. 세라는 걸음을 멈추고 그 모습을 바라보았다.

'어디 멀리 가시나 봐. 가방이 정말 크잖아. 세상에, 아이들이 아빠를 얼마나 그리워할까! 나도 아저씨가 보고 싶을 거야. 아저씨는 나라는 존재도 모르시겠지만.'

문이 열리자 세라는 6펜스짜리 동전을 받았던 일이 생각나 얼른 그 자리를 피했다. 하지만 몽모랑시 씨가 밖으로 나와 따뜻하게 불이 켜진 현관 복도를 등지고 서 있는 모습을 바라보았다. 아이들은 계속 아빠 주변을 맴돌며 질문을 퍼부었다.

"모스크바는 눈으로 하얗게 덮여 있나요? 거기는 사방이 얼음천지예요?"

"아빠, 드로슈키* 타실 거예요? 가면 차르**도 만나요?"

몽모랑시 씨가 크게 웃었다.

"가서 편지로 전부 알려 주마. 무지크***들과의 사진이며 이
것저것 보내줄 테니 얼른 집으로 들어가거라. 오늘 밤은 어마어
마하게 춥고 습하구나. 아빠도 모스크바에 가지 않고 너희들과
함께 있으면 좋겠다. 잘 자라, 우리 귀염둥이들! 잘 지내고 있거
라!"

몽모랑시 씨는 계단을 뛰어내려와 얼른 마차로 올라탔다.

가이 클라렌스가 현관 깔개 위에서 펄쩍펄쩍 뛰면서 외쳤다.

"그 여자아이 찾으면 우리도 보고 싶어 한다고 전해 주세요."

아이들은 모두 집으로 들어가며 문을 닫았다.

방으로 돌아가며 재닛이 노라에게 말했다.

"거지가 아닌 여자아이가 지나가는 거 봤어? 다 젖어서 엄청
추워 보이던데. 어깨 너머로 우리를 뒤돌아보더라. 엄마가 그러
시는데, 그 애가 입은 옷은 전부 굉장히 부자였던 사람이 준 것
같대. 너무 해져서 자기들은 못 입을 옷들만 주는 모양이라고.
그 학교 사람들은 궂은 날마다 그 애에게 심부름을 시키더라."

광장을 건너 학교의 지하실 계단에 이르렀을 때 세라는 머리

---

* drosky, 지붕이 없는 러시아의 사륜마차
** Czar, 제정 러시아 시대의 황제
*** muzhik, 제정 러시아 시대의 농민

가 어지럽고 몸이 덜덜 떨렸다.

'아저씨가 찾으러 간다는 여자아이가 누굴까?'

세라가 돌덩어리처럼 무겁게 느껴지는 바구니를 힘겹게 지하실 계단 아래로 나르고 있을 때, 몽모랑시 씨는 마차를 타고 기차역으로 질주하고 있었다. 모스크바에 도착하면 모든 방법을 총동원해서 크루 대위의 어린 딸을 찾아낼 작정이었다.

14
멜기세덱이 목격한 침입자

이날 오후, 세라가 심부름을 나간 사이 다락방에서는 이상한 일이 벌어졌다. 그 일을 보고 들은 건 멜기세덱뿐이었는데, 멜기세덱은 너무 놀란 나머지 자기 집으로 후다닥 돌아가 그곳에 몰래 숨어 오들오들 떨면서 무슨 일이 벌어지는지 아주 유심히 바깥을 엿보았다.

이른 아침 세라가 다락방을 나선 뒤로 그곳은 하루 종일 매우 고요했다. 고요함을 깨는 소리라고는 슬레이트 지붕과 지붕창으로 후두둑 떨어지는 빗소리뿐이었다. 멜기세덱은 조금 따분하기까지 했다. 이윽고 지붕을 두드리는 빗소리마저 멈춰 사방이 고요해지자 멜기세덱은 쥐구멍에서 나왔다. 물론 세라가 한동안 돌아오지 않으리라는 사실은 그동안의 경험으로 알고 있지만 일단 정찰을 나온 것이다. 멜기세덱은 이리저리 거닐며 킁킁 냄새를 맡다가 정말 뜻밖에도 지난번에 먹다 왜 남겼는지 모를 빵 부스러기를 하나 발견했다.

그때 지붕 위에서 소리가 들렸다. 멜기세덱은 그대로 얼어붙었다. 가슴이 두근두근 고동쳤다. 소리가 난다는 건 지붕 위에 무언가 있다는 뜻이었다. 무언가가 지붕창 쪽으로 점점 다가왔다. 이윽고 지붕창이 스르륵 열렸다. 거무스름한 얼굴이 방 안을 살폈다. 잠시 후 또 다른 얼굴도 나타났다. 둘은 조심스러워하면서도 호기심을 감추지 못하고 방 안을 들여다보았다. 두 남자가 지붕에서 창을 통해 들어오려고 소리 없이 준비를 하고 있었다. 한 명은 람 다스였고, 다른 젊은 남자는 인도 신사의 비서였다.

하지만 당연히 멜기세덱은 이런 사실을 몰랐다. 멜기세덱이 보기에는 웬 남자들이 조용한 다락방의 공간을 침범하려 하고 있었다. 얼굴이 거무스름한 남자가 창을 통해 날렵하고 솜씨 좋게 사뿐히 들어올 때, 멜기세덱은 꽁무니가 빠지도록 쥐구멍으로 줄행랑을 쳤다. 무서워 죽을 지경이었다. 멜기세덱은 이제 세라를 겁내지 않았는데, 세라가 빵 부스러기 말고는 절대 다른 물건을 던지지 않고, 조그맣고 부드럽게 마음을 달래는 휘파람 소리 말고는 별 소리를 내지 않는다는 사실을 알았기 때문이다. 하지만 낯선 남자들은 언제든 위험한 존재였다. 멜기세덱은 자기

집 구멍 앞에 납작 엎드려 놀란 눈을 가늘게 뜨고 상황을 엿보았다. 이야기들을 얼마나 알아들을지 알 수 없는 노릇이지만, 전부다 알아들었다 해도 멜기세덱은 아마 어리둥절했을 것이다.

젊고 날쌘 비서가 람 다스만큼 가볍고 조용히 지붕창을 통해 다락방으로 미끄러져 들어오다가, 쥐구멍으로 들어가는 멜기세덱의 꼬리를 언뜻 보았다. 비서가 람 다스에게 조용조용 물었다.

"저거 쥐 아니야?"

람 다스도 소리 낮춰 대답했다.

"네, 쥐 맞습니다. 비서님. 벽 속에 많아요."

"으악! 어린애가 쥐를 무서워하지 않는다니 놀라워."

젊은 남자가 소리쳤다. 람 다스는 손짓을 하며 공손히 미소를 지었다. 세라가 말을 건넨 건 단 한 번뿐이었지만, 람 다스는 세라를 잘 아는 사람으로서 여기에 온 것이었다.

"그 아이는 온갖 것들이랑 다 친구예요, 비서님. 다른 아이들과는 달라요. 저는 몰래 그 아이를 지켜보았습니다. 벌써 여러 밤을 슬레이트 지붕을 살금살금 건너와서 아이가 안전한지 지켜봤거든요. 내 방 창으로 지켜볼 때조차 그 애는 전혀 모르죠. 그저 저기 있는 탁자에 올라서서 저 지붕창으로 하늘을 올려다봐요. 하늘이 말이라도 거는 것처럼요. 그 애가 부르면 참새가 와요. 외로워서 쥐에게도 먹이를 주고 길들였지요. 이 학교에서 노예처럼 일하는 가여운 아이는 그 애를 찾아와 위안을 얻습니다. 몰래 오는 꼬마 아이도 있어요. 좀 더 큰 학생 중에 이 아이를 숭배하다시피 하는 친구가 있는데, 아마 할 수만 있다면 이 아이가 들려주는 이야기를 언제까지고 들으려 할 겁니다. 이 학교 교장은 악랄한 여자인데 이 아이를 천민 취급해요. 하지만 이 아이의 행동을 보면 오히려 왕족의 피를 이어받은 쪽이라고 할 수 있죠!"

"자넨 이 아이에 대해 무척 잘 아는군."

"그 애가 매일매일 어떻게 지내는지 다 알아요. 그 애가 나갔다 들어오는 것, 슬퍼하고 아무것도 아닌 일로 기뻐하는 것, 추위하고 배고파하는 것까지 전부 다요. 한밤중에 혼자 앉아서 책을 읽고, 비밀 친구들이 몰래 찾아오면 무척 행복해 하는 줄도 압니다. 아이들이란 아무리 가난해도 친구들이 찾아오면 같이 이야기꽃을 피우면서 즐거워하니까요. 아이가 아프면 제가 와서 돌봐줄 겁니다. 가능하기만 하면요."

"분명히 이 근처에 그 애 말고는 아무도 얼씬거리지 않는다는 거지? 그 아이도 갑자기 올라와서 우리를 놀라게 할 일 없다는 거고. 우리가 여기 있는 걸 아이가 보면 캐리스포드 씨의 계획도 다 물거품이 되는 거야."

람 다스는 소리 없이 방을 가로질러 문 앞에 바짝 붙어 섰다.

"그 아이 말고는 아무도 안 올라와요. 바구니를 들고 나갔으니까 몇 시간은 걸릴 거고요. 만약 누가 올라오더라도 발기척이 저

밑에서부터 들려요."

비서는 윗주머니에서 연필과 수첩을 꺼내더니, 초라한 방 안을 소리 없이 찬찬히 둘러보며 자신이 본 것들을 빠른 글씨로 수첩에 적었다.

먼저 비서는 좁은 침대로 가서 손으로 매트리스를 눌러 보더니 탄식했다.

"돌덩이처럼 딱딱해. 바꿔야겠어. 침대를 들고 건너려면 특별한 계획이 필요하니까 오늘밤은 무리야."

이불을 들추고 얄팍한 베개도 살펴보았다.

"이불은 해지고 지저분해. 담요는 얇고, 침대보는 기워서 누더기가 됐군. 이런 침대에서 아이를 재우다니! 그것도 자칭 훌륭하다는 기숙학교에서 말이야! 저 난로는 불을 안 피운지 오래됐고."

비서가 녹슨 벽난로를 흘깃 보았다.

람 다스가 말했다.

"제가 아는 한은 불 피우는 걸 한 번도 본 적이 없어요. 이 학교 교장은 자기 추운 줄만 알았지 다른 사람도 추울 거라는 생각은 전혀 못하는 사람입니다."

비서가 수첩에 뭔가를 재빨리 적더니, 고개를 들며 수첩 한 장을 찢어 윗주머니에 쓱 집어넣었다.

"그런데 이 일을 꼭 이렇게 이상한 방식으로 해야만 하나? 누가 생각한 거지?"

람 다스가 미안하다는 듯 공손히 몸을 숙이며 말했다.

"사실 제일 처음 생각한 사람은 접니다, 비서님. 처음에는 그냥 상상이었어요. 전 그 아이가 마음에 듭니다. 우린 둘 다 외로운 처지이기도 하고요. 비밀 친구가 놀러 오면 상상 이야기를 들려주는 게 그 아이의 방식이에요. 어느 날 밤 제가 우울한 마음에 지붕창을 열고 바로 옆에 누우니까 다락방에서 이야기 소리가 들려왔어요. 아이는 이 처참한 방도 잘 꾸미기만 하면 어떤 모습일지 상상해서 말하고 있었어요. 마치 눈으로 직접 보면서 말하는 것처럼 생생했고, 말을 하면 할수록 아이가 더 활기를 찾고 온기도 느끼는 것 같았지요. 그런데 이튿날, 주인님이 몸이 안 좋고 괴로워하시기에 제가 재미로 그 얘기를 해 드렸지요. 주인님께서 듣고 무척 즐거워하시더군요. 그러더니 아이에 관해서 이것저것 물으셨고, 나중에는 아이의 상상을 현실로 만들어 보자고 제안하셨습니다."

"자네는 아이가 잘 때 하면 된다고 생각하는 거지? 자다가 깨면 어쩌려고 그러나?"

비서가 물었다. 계획이 누구 생각이든 그도 캐리스포드 씨 못지않게 마음에 드는 눈치였다.

"전 발바닥에 벨벳을 깐 것처럼 조용히 걸을 수 있어요. 게다가 아이들은 일단 잠들면 곤히 자니까요. 그건 불행한 아이들도 예외가 아니에요. 제가 마음만 먹었으면 그 동안 이 방에 밤마다 들어올 수 있었을 거예요. 물론 아이는 뒤척임 한 번 하지 않을 거고요. 다른 사람이 지붕창으로 물건만 내려 주면 나머지는 제가 알아서 하면 되고 아이는 푹 잘 수 있을 거예요. 아침에 눈을 뜨면 마법사가 다녀갔다고 생각하겠죠."

하얀 옷을 입은 람 다스가 가슴이 따뜻해지는 것처럼 미소를 짓자, 비서도 따라 웃었다.

"《아라비안나이트》에 나오는 이야기 같군. 동양 사람이 아니면 못 세웠을 계획이야. 런던의 안개에 파묻혀 산 사람들은 꿈도 못 꿀 일이군."

두 사람은 그리 오래 머무르지 않았다. 둘의 대화를 알아듣지 못해 그들의 움직임과 소곤거림을 불길하게만 느꼈을 멜기세덱에게는 천만다행한 일이었다. 젊은 비서는 방 안의 모든 것들을 주의깊게 살폈다. 바닥이며 벽난로며 망가진 발판, 낡은 탁자, 벽 등에 대해 뭔가를 적었고, 벽을 손으로 계속 매만지며 여기저기 못이 박혀 있는 걸 발견하고는 무척 흡족해 했다.

"여기다 물건들을 걸면 되겠어."

람 다스는 알쏭달쏭한 미소를 지었다.

"어제 아이가 나간 뒤에 제가 망치 없이도 회반죽 벽에 눌러 박을 수 있는 작고 뾰족한 못들을 가져와서 필요한 자리마다 넉넉히 꽂아 두었습니다. 이제 걸기만 하면 돼요."

인도 신사의 비서는 가만히 서서 주변을 둘러보고는 수첩을
주머니에 도로 집어넣었다.

"필요한 건 다 적은 것 같군. 이제 가자고. 캐리스포드 씨는 마
음이 따뜻한 분이셔. 그런데 잃어버린 아이를 찾지 못하다니 억
장이 무너질 일이지."

"그 아이만 찾으면 기력도 회복하실 텐데요. 부디 주인님의 신
이 그 아이를 주인님께로 인도하여 주시길."

두 사람은 들어올 때처럼 다락방 지붕창을 소리 없이 빠져나
갔다. 두 사람이 완전히 갔다는 걸 확인한 멜기세덱은 그제야 한
시름 놓고, 잠시 더 기다리며 안전하다는 걸 확인한 다음 집에서
나왔다. 그리고 비록 무서운 사람들이었을지라도 주머니에 빵
부스러기를 갖고 다니다가 두세 개쯤 흘리고 갔을지 모른다는
희망으로 열심히 다락방을 뛰어다녔다.

15

마법

세라가 옆집 앞을 지날 때 람 다스가 덧문을 닫는 게 보였는데, 마침 방 안도 얼핏 들여다보였다.

'저 안의 멋진 방을 보는 것도 오랜만이네.'

여느 때처럼 난로에서 이글거리는 불빛이 환하게 새어나왔고, 인도 신사가 그 앞에 앉아 있었다. 한 손으로 머리를 괴고 앉은 인도 신사는 평소처럼 외롭고 우울해 보였다.

"가여워라! 아저씨는 무슨 생각을 하고 계신 걸까."

바로 그 순간 캐리스포드 씨는 이런 생각을 하고 있었다.

'만일, 만일에 카마이클이 모스크바에서 그 아이를 찾았는데, 파리의 파스칼 교장이 말했던 아이가 크루의 딸이 아니면 어떡하지? 전혀 다른 아이라면? 그럼 다음엔 뭘 해야 하지?'

세라는 학교로 들어가다가 요리사를 힐책하러 내려왔던 민친 교장과 마주쳤다. 교장은 세라를 다그쳤다.

"어디서 빈둥거리다가 오는 거냐? 나간 지가 몇 시간쩬데."

"길이 너무 젖고 진흙투성이라서 걷기가 힘들었어요. 신발이 닳아서 자꾸 미끄러져서요."

"변명하지 마라. 거짓말도 안 통해."

세라는 요리사에게 갔다. 요리사도 민친 교장에게 된통 꾸지람을 들은 뒤라서 기분이 말이 아니었다. 그래서 분풀이 상대를 찾고 있었는데, 만만한 세라가 들어오자 곧바로 쏘아붙였다.

"아주 밤을 새고 오지 그랬니?"

세라는 사 온 물건들을 탁자 위에 올려놓았다.

"여기 있어요."

요리사는 그것들을 대충 훑어보며 으르렁거렸다. 그야말로 포악한 기분이 틀림없었다. 세라가 힘없이 물었다.

"뭘 좀 먹어도 될까요?"

"차는 다 마셨지. 내가 너 마시라고 따뜻한 차라도 끓여 놓을 줄 알았니?"

세라는 잠시 말없이 서 있다가 입을 열었다. 아주 나지막한 목소리였다.

"저녁도 못 먹었어요."

목소리가 떨려서 나올까 봐 나지막이 말했던 것이다.

"찬장에 빵이 조금 있을 거야. 이 시간에 먹을 건 그것뿐이야."

세라는 찬장에서 빵을 찾았다. 오래되어 딱딱하게 마른 빵이었다. 악이 날 대로 난 요리사는 빵과 함께 먹을 만한 것을 주지 않았다. 세라는 언제나 만만하고 안전한 분풀이 상대였다. 정말이지 다락방으로 이어진 긴 계단을 오르는 일은 어린아이에게 여간 힘든 게 아니었다. 피곤한 날은 계단이 더 길고 가파르게 느껴졌는데, 오늘 같은 날은 도저히 끝까지 못 갈 것만 같았다. 세라는 계단을 오르다가 말고 중간에 몇 번이나 쉬어야 했다. 마침내 계단 꼭대기에 다다랐을 때 세라는 방문 밑으로 새어 나오는 불빛에 조금 위로를 받았다. 불빛이 있다는 건 어민가드가 용케도 몰래 찾아왔다는 뜻이니까. 텅 빈 방에 들어가는 것보다 훨씬 좋았다. 통통하고 편안한 어민가드가 빨간 숄을 두르고 함께 있어 주는 것만으로도 마음이 조금은 따뜻해질 터였다.

그랬다. 문을 열자 어민가드가 보였다. 어민가드는 두 발까지 침대에 올리고 앉아 있었다. 멜기세덱 가족에게 흥미는 생겼지만 친해지기는 어려운 모양이었다. 다락방에 혼자 있을 때면 어민가드는 세라가 올 때까지 침대에 올라가 그렇게 앉아 있었다. 지금도 사실 멜기세덱이 나타나 자꾸 코를 킁킁거리며 돌아다니는 바람에 신경이 바짝 곤두선 상태였다. 한 번은 앞발을 들고 서서 어민가드가 있는 쪽을 향해 코를 킁킁대는 통에 꺄악 소리가 튀어나오는 걸 간신히 입을 틀어막았다.

"아, 세라, 네가 와서 다행이야. 멜기세덱이 저렇게 킁킁거리며 돌아다니잖아. 돌아가라고 아무리 구슬려도 한참을 저러고 다녀. 알잖아. 나도 멜기세덱을 좋아하긴 하지만, 나한테 와서 코를 킁킁거리면 너무 무섭단 말이야. 혹시 침대에도 뛰어오르니?"

"아니야."

어민가드는 침대 앞쪽으로 기어와 세라를 살펴보았다.

"많이 피곤해 보여, 세라. 얼굴이 아주 창백해."

세라는 한쪽이 처진 발판에 털썩 주저앉았다.

"정말 피곤해. 아, 가엾은 멜기세덱도 저녁을 달라고 왔구나."

멜기세덱이 마치 세라의 발소리만 기다렸다는 듯이 쥐구멍에서 나왔다. 멜기세덱이 애정과 기대감이 담긴 표정으로 다가오자, 세라는 손을 넣어 주머니를 뒤집어 보이며 고개를 절레절레 흔들었다.

"정말 미안해. 빵 부스러기가 하나도 없어. 집에 돌아가서 아내에게 내 주머니에 아무것도 없었다고 전해. 미안하지만 요리사님이랑 민친 선생님이 너무 화를 내시는 바람에 깜박 했어."

멜기세덱은 알아듣는 듯했다. 아쉽지만 어쩔 수 없다는 듯이 집으로 돌아갔다.

"어민가드, 오늘 밤에 네가 올 줄은 몰랐어."

어민가드는 빨간 숄로 몸을 꼭 감쌌다.

"아멜리아 선생님이 큰 이모님 댁에서 주무시고 온다고 외출하셨거든. 그럼 취침 순찰을 돌지 않잖아. 그러니까 오늘은 여기에 아침까지 있어도 괜찮아."

어민가드가 지붕창 아래 놓인 탁자를 가리켰다. 책이 수북이 쌓여 있었다. 어민가드는 허탈하다는 몸짓을 했다.

"아빠가 또 책을 보내셨어."

그 말에 세라는 벌떡 일어나서 탁자로 달려가 제일 위에 있던 책을 집어들고는 재빨리 책장을 넘겼다. 그 순간 세라는 몸이 힘든 것도 까맣게 잊어버렸다.

"와, 근사해! 칼라일이 쓴《프랑스 혁명》이야. 정말 읽고 싶었는데!"

"난 아니야. 그렇지만 읽지 않으면 아빠가 역정을 내실 거야. 다음 방학 때 집에 가면 내게 그 내용을 물으실 텐데."

세라는 책장을 넘기다 말고 흥분으로 뺨을 빨갛게 붉히며 어민가드를 쳐다보았다.

"이렇게 하자. 내게 이 책들을 빌려주면, 다 읽고서 내용을 전부 다 이야기해 줄게. 네가 잘 기억할 수 있도록 말이야."

"우와! 너 할 수 있겠어?"

"할 수 있어. 어린 학생들도 내가 말해 주면 잊지 않아."

어민가드의 동그란 얼굴에 희망의 빛을 드리웠다.

"세라, 내가 외울 수만 있게 해 주면 내가, 내가 뭐든 다 줄게."

"다른 건 필요 없어. 난 책만 있으면 돼. 책만!"

"그럼 너 가져. 나도 책을 좋아하면 좋겠지만, 난 아니야. 난 머리가 나쁘잖아. 그런데 아빠는 머리가 좋으셔서 나도 그래야 한다고 생각하셔."

세라의 눈이 점점 커지고 빛났다. 세라가 이 책 저 책을 연달아 펼쳐 보다가 약간 찜찜한 마음이 들어 물었다.

"아빠한테 뭐라고 말씀드릴 거야?"

"아, 말씀 안 드려도 돼. 아빠는 내가 그 책들을 다 읽은 줄 아실 거야."

세라는 책을 내려놓고 느릿느릿 고개를 가로저었다.

"그건 거짓말이잖아. 거짓말은, 너도 알잖아. 그냥 나쁜 짓이 아니라 저급한 짓이야. 난 가끔…… 가끔 정말 나쁜 짓도 떠올려. 갑자기 폭발할 듯이 화가 나면 민친 선생님이 죽었으면 좋겠다는 생각까지 한단 말이야. 알잖아, 선생님께 심하게 혹사를 당하는 날들. 하지만 나는 저급한 사람은 되고 싶지 않아. 왜 너희 아빠한테 내가 책을 읽는다고 말씀드리면 안 돼?"

어민가드는 갑자기 뒤바뀐 분위기에 약간 풀이 죽었다.

"아빠는 내가 그 책들을 읽기를 바라셔."

"아빠는 네가 책 내용을 알기를 바라시는 거야. 그러니까 내가 쉽게 말해 줘서 네가 외울 수 있으면 아빠도 좋아하실 거야."

어민가드는 쓸쓸해 했다.

"아빠는 어떤 식으로든 내가 뭐라도 배우면 좋아하실 거야. 네가 우리 아빠라도 그러겠지."

"네 잘못이 아니야. 네가……."

세라는 얼른 입을 닫았다. 하마터면 '네가 둔한 건 네 잘못이 아니야'라고 말할 뻔했다.

"내가 뭐?"

세라는 말을 바꾸어 대답했다.

"네가 빨리 배우지 못하는 거 말이야. 네가 못 하는 건 안 되니까 그런 거고, 내가 할 수 있는 건, 그게 뭐? 그게 되니까 하는 거야. 그뿐이야."

세라는 어민가드를 보면 늘 마음이 약해졌다. 그래서 무엇이든 금방 배우는 것과 아무리 해도 배우지 못하는 것의 차이를 되도록 느끼지 않게 해 주려고 노력했다. 어민가드의 통통한 얼굴을 보고 있자니 세라는 지혜롭고 어른스러운 생각이 떠올랐다.

"어쩌면 빨리 배우는 게 다는 아닌 것 같아. 친절한 사람이 되는 게 훨씬 더 중요하지. 만약 민친 선생님이 이 세상에 모르는 게 없지만 지금 같은 모습이라면, 여전히 모두가 선생님을 싫어할 거야. 머리가 좋은 사람들 중에 많은 사람들이 남을 해치고 나쁜 짓을 저질렀어. 로베스피에르만 봐도……."

세라는 말을 멈추었다. 어민가드의 얼굴에 어리둥절한 표정이 떠올랐다.

"기억 안 나? 얼마 전에 얘기해 줬잖아. 잊었구나."

"글쎄, 기억이 다는 안 나."

"그럼 잠깐 기다려. 젖은 옷을 좀 벗고 이불을 두르고 와서 다시 얘기해 줄게."

세라는 모자와 외투를 벗어 벽에 박힌 못에 걸고, 젖은 신발을 벗어 낡은 슬리퍼로 갈아 신었다. 그리고 침대로 뛰어올라 이불을 어깨까지 끌어당긴 다음 두 팔로 무릎을 끌어안았다.

"자, 잘 들어."

세라는 참혹한 프랑스 혁명 속으로 곧장 뛰어들었다. 이야기를 들으면서 어민가드는 눈을 동그랗게 뜨고 숨을 죽였다. 소름 끼치게 무섭지만 신나고 아슬아슬한 긴장감이 느껴져서, 다시는 로베스피에르를 잊지 않을 것 같았다. 마리 앙투아네트의 친구인 랑발 공녀도 확실히 기억할 것 같았다.

"군중이 공녀의 머리를 쇠꼬챙이에 꽂아 놓고 그 주위를 돌며 춤을 췄잖아. 아름다운 금발이 공중에서 흩날렸겠지. 난 랑발 공녀를 생각할 때마다 그 모습이 떠올라. 성난 사람들이 공녀의 머리 주변을 빙빙 돌며 아우성치는 모습이."

결국 어민가드는 아빠에게 두 사람의 계획을 말씀드린다는데 동의했고, 책들은 당분간 다락방에 놔두기로 했다.

"이제 다른 얘기 하자. 프랑스어 수업은 요즘 어때?"

"지난번에 네게 동사 변화를 배운 뒤로 훨씬 나아졌어. 내가 연습문제를 술술 푸니까 민친 선생님이 어리둥절해 하시더라."

세라는 가볍게 웃으며 무릎을 끌어안았다.

"선생님은 로티가 어떻게 그렇게 덧셈을 잘하는지 그 이유도 모르셔. 로티도 여기 몰래 올라와서 내가 공부를 도와주거든. 다락방도 이렇게 황량하지만 않으면 괜찮을 텐데."

세라가 방을 힐끔 둘러보다가 다시 한 번 웃었다.

"상상놀이하기에 참 좋은 곳이거든."

사실 어민가드는 다락방에서 지내는 게 때로는 못 견디게 힘들다는 사실을 전혀 몰랐고, 혼자서 그런 것을 생생하게 그려볼 만큼 상상력이 좋지도 않았다. 어쩌다 한 번씩 찾아와서 보고 가는 거라고는 '세라가 상상놀이로 흥미진진하게 꾸며낸 다락방'의 겉모습들뿐이었다. 어민가드에게는 다락방을 찾아오는 일 자체가 일종의 모험이었다. 세라의 얼굴은 몹시 창백하고 몸이 부쩍 말랐지만, 자존심 강한 어린 영혼은 단 한마디 불평도 하지 않았다. 배가 고파 죽을 지경일 때도 전혀 내색하지 않았다. 오늘 밤도 그랬다. 몸은 부쩍부쩍 자라는데 쉼 없이 걷고 바삐 뛰어다니려니 영양가 풍부한 음식을 규칙적으로 충분히 먹어도 돌아서면 배고플 텐데, 현실은 맛없고 영양가도 없는 음식들로만, 그것도 부엌일에 짬이 나야 틈틈이 끼니를 때울 수 있었다. 세라는 어린 나이에 벌써 속이 쓰린 느낌에 익숙해지고 있었다.

'군인들이 길고 고된 행군을 할 때 이런 느낌이겠지.'

세라는 '길고 고된 행군'이라는 말의 어감이 좋았다. 그렇게 말하면 꼭 자신이 군인이 된 것 같았다.

다락방의 주인이 된 듯한 색다른 기분이 들 때도 있었다.

'내가 성주인데, 어민가드가 다른 성의 성주로서 나를 만나러 온 거야. 말을 탄 기사와 신하 들을 거느리고 깃발을 펄럭이며 와서 도개교 밖에서 나팔을 불면, 내가 밑으로 내려가서 어민가드를 맞이해야지. 그리고 연회를 열어서 음유시인을 불러 연주와 노래도 감상하고 모험담도 들려주는 거야. 비록 음식은 장만할 수 없어서 속상하지만 그런 이야기들은 감춰야 해. 영토를 빼앗기고 기근이 들면 가엾은 성주들은 그럴 수밖에 없었을 거야.'

세라는 자존심 강하고 용감한 성주로서, 자신이 베풀 수 있는 한 가지 방법으로 아낌없는 환대를 베풀었다. 자신이 꾸었던 꿈이며, 눈앞에 그려 보았던 환상이며, 자신에게 기쁨이고 위안이 되었던 상상들을 넉넉히 대접했던 것이다.

그래서 함께 앉아 있으면서도 어민가드는 세라가 어질어질하고 너무 배가 고파 쓰러질 지경인 줄 몰랐고, 세라가 말하는 중간에도 속으로 '오늘 밤 너무 배가 고파서 과연 잠들 수 있을까' 하고 걱정하는 줄 꿈에도 몰랐다. 세라는 태어나서 이렇게까지 배가 고파본 건 처음이었다.

그때 어민가드가 불쑥 말했다.

"세라, 나도 너처럼 말랐으면 좋겠어. 넌 예전보다 더 마른 것 같아. 눈도 정말 커 보이고 팔꿈치 뼈도 뾰족하게 튀어나왔어."

세라는 걷어 올렸던 소매를 끌어내리며 의연하게 말했다.

"나는 원래 말랐잖아. 초록색 눈도 원래부터 유난히 컸고."

어민가드가 다정한 눈에 감탄의 빛을 담아 세라의 눈을 들여다보았다.

"난 네 오묘한 눈이 정말 좋아. 아주 먼 곳을 보는 듯해서 정말 마음에 들어. 초록색이라서 더 좋아. 보통 땐 검게 보이지만."

세라가 웃었다.

"고양이 눈 같지. 하지만 그렇다고 어두운 데서 고양이처럼 잘 보이는 건 아니야. 보려고 해 봤는데 안 보이더라. 어두워도 잘 보였으면 좋겠어."

바로 그때 지붕에서 벌어지고 있는 일을 두 아이는 보지 못했다. 둘 중 한 명이라도 어쩌다 고개를 돌려 위를 쳐다봤다면 깜짝 놀랐을 것이다. 거무스름한 얼굴이 조심스럽게 방 안을 들여다보다가 나타날 때만큼 재빨리, 소리도 거의 내지 않고 사라졌으니까. 하지만 올 때와 똑같이 아무 소리도 내지 않은 건 아니었다. 귀가 밝은 세라는 순간 고개를 살짝 비틀어 올려다보았다.

"멜기세덱 소리는 아닌 것 같은데. 긁는 소리가 아니었어."

어민가드는 흠칫했다.

"뭐가?"

"무슨 소리 못 들었어?"

어민가드가 불안해서 말을 더듬었다.

"아, 아니. 넌 들었어?"

"잘못 들었나 봐. 무슨 소리가 들린 것 같았는데. 꼭 지붕 위에 뭔가, 뭔가 조용히 끌리는 소리 같았어."

"대체 뭐지? 설마, 강도?"

"아냐. 여긴 훔쳐갈 게……."

명랑하게 대답을 시작했던 세라가 말을 뚝 멈췄다. 이번에는 어민가드도 들었다. 슬레이트 지붕이 아니라 계단 아래쪽에서 올라오는 소리였고, 민친 교장의 성난 목소리였다. 세라는 침대에서 펄쩍 뛰어내려와 촛불을 끄고는 어둠 속에 서서 속삭였다.

"민친 선생님이 베키를 혼내는 거야. 베키가 울고 있어."

어민가드가 겁에 질려 속삭였다.

"여기로 오실까?"

"아니. 난 자는 줄 아실 거야. 움직이지 마."

민친 교장이 다락방까지 올라오는 일은 매우 드물었다. 세라가 기억하기로는 지금까지 딱 한 번뿐이었다. 그런데 지금은 너무 화가 났는지 계단을 계속 올라오며 소리치고 있었다.

"건방진 거짓말쟁이 같으니! 요리사가 물건들이 자꾸 없어진다잖아!"

베키가 흐느껴 울며 대답하는 소리가 들렸다.

"제가 아녜요. 배는 고팠지만 전 안 그랬어요. 절대로요!"

"감옥에 갈 줄 알아라. 좀도둑질이라니! 어떻게 고기 파이를 반씩이나!"

"제가 아니에요. 전 그걸 전부 다 먹을 수도 있었지만, 손가락 하나 안 댔어요."

민친 교장이 계단 끝에서 숨이 차서 헉헉거리는 소리가 들렸다. 고기파이는 민친 교장이 밤참으로 먹으려고 특별히 준비해 둔 것이었다. 민친 교장이 베키의 뺨을 때린 것 같았다.

"거짓말 마. 당장 네 방으로 가!"

세라와 어민가드 모두 '찰싹' 하는 소리를 들었다. 그 다음 베키가 다 낡은 신발을 끌며 자신의 다락방으로 들어가는 소리가 들렸다. 문이 닫히고 침대 위로 풀썩 쓰러지는 소리도, 침대에 얼굴을 묻고 우는 소리도 들렸다.

"두 개라도 먹을 수 있었어. 하지만 난 한 입도 안 먹었단 말이야. 고기파이는 요리사가 그 경찰한테 줬는데."

세라는 어둠 속에 서 있었다. 이를 악물고 주먹을 힘껏 쥐었다 폈다 했다. 가만히 참고 서 있기가 힘들었지만 움직일 엄두가 나질 않았다. 이윽고 민친 교장이 계단을 내려가는 소리가 들렸고 사방이 고요해졌다.

세라는 분노를 터뜨렸다.

"정말 못되고 잔인한 사람이야! 요리사 말이야. 자기가 가져가 놓고 베키한테 덮어씌우다니. 베키는 그런 짓 안 해! 베키는 아니라고! 가끔 너무 배가 고프면 쓰레기통을 뒤져서 마른 빵 조각을 주워 먹을망정!"

세라가 두 손으로 얼굴을 감싸고 격한 울음을 터뜨렸다. 처음 듣는 세라의 울음소리에 어민가드는 어찌할 바를 몰랐다. 세라가 울다니! 어떤 일이 있어도 끄떡없던 세라가! 어민가드는 지금까지 생각도 못했던 이상한 낌새를 알아챘다. 설마…… 혹시……! 정말일지도 모른다는 끔찍함이 어민가드의 다정하고 둔하고 어린 마음을 한순간에 파고들었다. 어민가드는 침대에서 조심조심 내려와서 초가 있는 탁자로 갔다. 성냥을 그어 초에 불을 켠 후에 허리를 숙여 세라를 살펴보는 어민가드의 눈에서 설마 하던 불길한 예감이 명백한 두려움으로 번졌다.

어민가드는 겁에 질린 목소리로 조심스럽게 물었다.

"세라, 너…… 너, 나한테 말해 주지 않았잖아…… 기분 상하게 하고 싶지는 않지만…… 너도 배고플 때가 있니?"

정곡을 찌르는 말이었다. 단단히 쌓아 올렸던 자존심의 벽이 와르르 무너졌다. 세라는 손으로 가리고 있던 얼굴을 들고, 조금 전과는 또 다른 격앙된 목소리로 소리쳤다.

"그래. 그래, 있어. 지금도 너무 배가 고파서 너라도 먹으려면 잡아먹을 지경이야. 그런데 가여운 베키가 우는 소리를 들으니 더 괴로워. 베키는 나보다 더 배가 고프니까."

어민가드가 숨을 몰아쉬더니 처절하게 울부짖었다.

"세상에! 세상에! 난 몰랐어!"

"네가 아는 건 원치 않았어. 그럼 내가 꼭 거리에 나앉은 거지처럼 느껴질 것 같았어. 지금도 거지처럼 보인다는 건 알지만."

"아냐. 그렇지 않아. 그렇게 안 보여! 옷이 조금 이상하긴 하지만, 네가 거지처럼 보일 리가 없잖아."

"어떤 꼬마가 나한테 6펜스짜리 동전을 준 적이 있어."

세라가 자신도 모르게 피식 웃음을 터뜨리며 목에 걸고 있던 가느다란 리본 줄을 꺼냈다.

"이거야. 내가 이게 필요해 보이는 몰골이었으니까 그 꼬마가 나한테 이걸 주었겠지."

어쩐지 조그만 동전을 보면서 둘 다 기분이 조금 나아졌다. 둘은 눈가에 눈물을 글썽이면서도 배시시 웃었다.

어민가드는 6펜스짜리 은화가 굉장히 특별한 동전이라도 되는 것처럼 살펴보며 물었다.

"어떤 꼬마야?"

"다리가 포동포동한 아주 귀여운 꼬마였어. 대가족의 아이인데, 내가 가이 클라렌스라고 이름을 지었지. 아마 그 애는 자기 놀이방에 크리스마스 선물이 가득하고 바구니에도 케이크와 먹을 것들이 넘쳐나는데, 내게는 아무것도 없는 게 보였나 봐."

어민가드가 갑자기 벌떡 일어났다. 마음이 아프고 속상하던 차에 세라의 마지막 말을 듣고는 문득 어떤 생각이 떠올랐다.

"맞다, 세라! 난 정말 바보야! 그 생각을 못하다니."

"무슨 생각?"

어민가드는 흥분해서 급하게 말했다.

"아주 근사한 생각! 오늘 낮에 내가 제일 좋아하는 고모가 선물을 보내 주셨거든. 거기 맛있는 게 가득 있어. 난 아직 손도 안 댔다니까. 저녁에 푸딩을 너무 먹은 데다가 아빠가 보내 주신 책 때문에 머리가 아팠거든."

어민가드가 두서없이 음식 이름을 늘어놓기 시작했다.

"케이크도 있었어. 작은 고기파이랑 잼 타르트랑 빵이랑, 그리고 오렌지랑 레드커런트 주스도 있고, 무화과랑 초콜릿도 있어. 얼른 방에 가서 가져올게. 지금 같이 먹자."

세라는 몸이 휘청거릴 것만 같았다. 배가 고파 현기증이 날 때에는 음식 이야기만 들어도 가끔 그런 현상이 일어났다. 세라는 어민가드의 팔을 붙잡으며 소리쳤다.

"정말, 다녀올 수 있겠어?"

"할 수 있어."

어민가드는 문 쪽으로 달려가 조용히 문을 열고는 어둠 속으로 얼굴을 내밀고 살폈다. 그러더니 세라에게 다시 돌아왔다.

"불은 다 꺼졌어. 모두 잠들었어. 조용조용히 내려가면 아무도 못 들을 거야."

둘은 너무 좋아서 손을 꼭 맞잡았다. 세라의 눈이 반짝였다.

"어민가드! 우리 상상놀이 하자! 이게 파티라고 상상하는 거야! 아, 옆방의 죄수도 초대할까?"

"그래! 그러자! 지금 벽을 두드려! 교도관은 못 들을 거야."

세라는 벽으로 갔다. 벽 너머로 가엾은 베키가 좀 더 소리 죽여 우는 소리가 들렸다. 세라는 벽을 네 번 두드렸다.

"이건 '벽 아래 비밀 통로로 건너와. 할 이야기가 있어'라는 뜻이야."

벽을 다섯 번 빠르게 두드리는 소리가 들렸다.

"오겠대."

말이 끝나기 무섭게 다락방 문이 열리고 베키가 들어왔다. 눈은 빨갛고 두건은 반쯤 흘러내려 삐뚜름히 걸쳐졌는데, 어민가드를 보자 어쩔 줄 몰라서 앞치마로 얼굴을 연신 문질렀다.

어민가드가 큰 소리로 말했다.

"난 염려하지 마, 베키!"

"어민가드가 널 초대한 거야. 맛있는 게 가득 든 상자를 여기로 가져올 거거든."

"맛있는 거요? 아가씨, 먹을 거 말이에요?"

베키가 두건이 떨어지는 것도 모르고 흥분해서 소리쳤다.

"맞아. 그래서 우리 파티 놀이 하려고."

어민가드도 거들었다.

"너도 먹고 싶은 만큼 먹을 수 있어. 금방 갔다 올게!"

어민가드는 급한 마음에 서둘러 까치발을 들고 다락방을 빠져나가느라 빨간 숄이 떨어진 줄도 몰랐다. 세라와 베키도 숄이 떨어진 것을 못 봤다. 베키는 갑작스러운 행운에 좋아서 어쩔 줄 몰랐다.

"와, 아가씨! 세상에! 아가씨가 어민가드 아가씨한테 저 부르자고 하신 거 알아요. 그걸, 그걸 생각하니까 눈물이 나와요."

베키가 세라를 우러러보듯이 쳐다보았다.

하지만 세라는 이미 눈을 지난날처럼 반짝반짝 빛내면서 자신의 세상을 변화시키고 있었다. 날이 저문 추운 밤거리, 진흙탕 길을 간신히 걸어 다녔던 오후, 아무것도 먹지 못한 거지 아이의 참혹한 눈빛이 아직 기억 속에 생생한데, 여기 다락방에서 일어나는 소박하고 정겨운 일들이 마치 마법 같았다.

세라는 숨을 고르고 말했다.

"최악의 상황까지 치닫기 직전에 늘 어떤 일이 일어나기 마련이야. 마치 마법처럼. 그것만 잊지 않았으면 좋겠어. 최악의 상황은 웬만하면 오지 않는다는 거 말이야."

세라는 베키의 손을 잡고 기운 내라는 듯 가볍게 흔들었다.

"안 돼, 안 돼! 울지 마! 우리도 얼른 상 차려야지."

베키가 방을 가만히 둘러보며 말했다.

"상을 차린다구요, 아가씨? 뭘로 상을 차려요?"

세라도 다락방을 둘러보고는 피식 웃었다.

"별 게 없긴 하네."

그 순간 무언가가 눈에 띄었다. 얼른 주워들고 보니 어민가드의 빨간 숄이었다.

"이 빨간 숄이면 정말 근사한 식탁보가 되겠어. 어민가드도 별로 반대하지 않을 거야."

두 사람은 낡은 탁자를 앞으로 끌어내서 숄을 씌웠다. 빨강은 놀랍도록 따뜻하고 편안한 색이다. 빨간 숄을 덮자 다락방이 금세 그럴싸해 보였다.

"바닥에도 빨간 양탄자를 깔면 얼마나 근사할까! 빨간 양탄자가 있다고 상상해야겠어!"

세라는 감탄 어린 눈빛으로 맨바닥을 휙 훑어보았다. 양탄자가 이미 깔려 있는 것처럼.

"정말 보드랍고 두툼해!"

세라가 살짝 웃음을 터뜨렸다. 베키는 그 웃음이 무엇을 뜻하는지 알았다. 베키는 자신도 그 양탄자를 느끼는 듯이 발을 들었다가 조심스럽게 내려놓았다.

"맞아요, 아가씨."

베키가 세라를 똑바로 쳐다보며 진짜처럼 황홀해 했다. 베키는 늘 진지했다.

"이젠 뭘 할까?"

세라는 그렇게 말하고는 가만히 서서 두 손으로 눈을 가렸다.

"이렇게 생각하면서 조금만 기다리면 뭔가 떠오를 거야."

세라는 기대에 찬 목소리로 나직이 말을 이었다.

"마법이 알려주거든."

세라가 제일 좋아하는 상상 가운데 하나가 바로 생각들이 '바깥'에 떠다니며 우리를 기다리다가 우리가 부르면 온다는 것이었다. 베키는 세라가 가만히 서서 기다리는 모습을 예전에도 여러 번 봤기 때문에, 조금 있으면 세라가 뭔가를 깨달았다는 얼굴로 웃으며 손을 내릴 줄 알고 있었다.

역시나 잠시 뒤 세라는 손을 내렸다.

"봐! 마법이 찾아왔어! 이제 알겠네! 내가 공주일 적에 갖고 있던 낡은 짐 가방을 열어 봐야겠어."

세라는 한달음에 구석으로 달려가서 무릎을 꿇고 앉았다. 세라의 옛 짐들이 다락방에 있는 이유는, 세라를 위해서가 아니라 달리 둘 곳이 없어서였다. 어차피 가방 안에 남은 건 형편없는 물건들뿐이었다. 그렇지만 세라는 그 안에서 무언가 찾을 수 있다는 걸 알았다. 마법은 이런 일을 늘 어떻게든 해결해 주니까.

가방 안에 작은 꾸러미가 하나 있었다. 너무 사소해서 아무도 눈여겨보지 않았는데 세라가 발견해서 유물처럼 간직해 둔 물건이었다. 바로 작고 하얀 손수건이 열 장 남짓 들어 있었다. 세라는 신이 나서 손수건을 들고 탁자로 달려왔다. 그리고 이 작업을 하는 동안 마법이 자신에게도 힘을 나눠 주길 바라며 빨간 식

탁보 위에 손수건들을 한 장씩 가지런히 펼치고, 가장자리에 레이스 주름 장식 모양이 잘 잡히도록 살살 토닥이고 매만졌다.

"이건 접시야. 황금 접시. 이건 수를 화려하게 놓은 냅킨이고. 에스파냐 수녀원에서 수녀님들이 만든 거야."

"정말요, 아가씨?"

베키가 자신의 영혼까지 고결해지는 듯 숨죽여 물었다.

"그렇다고 상상해야지. 충분히 상상하면 그렇게 보일 거야."

"네, 아가씨."

세라가 다시 짐 가방 쪽으로 가자 베키는 간절히 바라는 목표를 이루려고 안간힘을 썼다. 세라가 문득 뒤를 돌아보니 베키가 탁자 옆에 몹시 이상한 표정을 짓고 서 있었다. 눈을 감고, 경련이 일어난 듯 덜덜 떨며 얼굴을 일그러뜨리고, 두 손은 옆으로 늘어뜨린 채 주먹을 꼭 쥐었다. 마치 엄청나게 무거운 물건을 들어 올리려는 표정 같았다.

세라가 놀라서 소리쳤다.

"베키, 왜 그래? 뭐 하는 거야?"

베키는 화들짝 놀라며 눈을 뜨더니 몹시 쑥스러워했다.

"'상상'했어요, 아가씨. 아가씨처럼 보려고요. 거의 다 됐었는데."

베키가 활짝 웃으며 덧붙였다.

"그런데 힘이 엄청 드네요."

"익숙하지 않아서 그럴 거야. 자주 하다 보면 쉬워질 거야. 처음에는 너무 무리하지 마. 조금 지나면 상상이 잘될 거야. 이것들이 뭔지 내가 말해 줄게. 이거 봐."

짐 가방 바닥에 낡은 여름 모자가 있었다. 세라가 모자에서 화려한 꽃 장식들을 하나씩 떼어내며 여유롭게 말했다.

"이건 파티에 쓸 화환이야. 이걸로 온 방 안에 꽃향기가 가득해지겠지. 베키, 세면대에서 머그컵과 비눗갑을 갖다 줘."

베키가 머그컵과 비눗갑을 세라에게 아주 공손히 건넸다.

"아가씨, 이건 뭐예요? 도자기들이지만…… 평범한 건데요."

"이건 조각한 포도주 병이야."

세라가 머그컵에 꽃줄을 둘렀다.

비눗갑 위에는 조심스럽게 장미를 담았다.

"그리고 이건 보석을 새긴 새하얀 대리석이야."

물건들을 조심스럽게 매만지는 세라의 입가에 행복한 꿈같은 미소가 떠올랐다.

베키가 속삭였다.

"어머, 정말 예뻐요!"

"과자랑 사탕을 담을 그릇만 있으면 좋을 텐데…… 아, 저거다! 아까 여기 있는 걸 봤지."

세라가 중얼거리며 다시 짐 가방으로 달려갔다. 흰색과 빨간색이 섞인 얇은 종이로 싼 털실뭉치였는데, 세라는 얇은 종이를 비틀어 작은 접시 모양을 만들고, 남은 꽃들을 담아 파티를 밝힐 촛대를 장식했다. 마법의 힘을 빌리지 않았다면 눈 앞의 것들은 그저 빨간 숄을 깐 낡은 탁자나, 오랫동안 방치해 두었던 짐 가방에서 꺼낸 쓰레기에 불과했다. 하지만 세라가 뒤로 물러서서 바라본 식탁은 경이로웠다. 기쁨에 겨운 눈길로 식탁을 바라보던 베키가 숨을 죽이고 다락방을 둘러보았다.

"여기가 지금 바스티유 감옥이에요, 다른 곳이에요?"

"전혀 다른 곳이지! 여긴 연회장이야."

"세상에, 아가씨! 연애장이라구요?"

베키가 화려하게 변신한 방 안을 돌아보며 어리둥절한 표정을 하고는 감탄했다.

"연회장. 파티가 열리는 커다란 방을 연회장이라고 해. 연회장에는 둥근 지붕도 있고, 음유시인들의 무대도 있고, 떡갈나무 장작을 태워 불을 지피는 커다란 벽난로도 있어. 또 사방에 있는 길고 가느다란 양초가 방을 환하게 밝혀 줘."

"세상에, 세라 아가씨!"

베키는 연신 감탄했다.

그때 어민가드가 문을 열고, 바구니 무게를 못 이겨 비틀거리며 안으로 들어왔다. 들어와서는 깜짝 놀라 멈칫 하더니 기쁨의 탄성을 질렀다. 냉기가 도는 캄캄한 계단을 올라왔더니, 생각지도 못했던 빨간 식탁보에 하얀 냅킨을 가지런히 장식하고 화환까지 갖춘 파티장이라니! 여간 기발한 머리가 아니고서야 이런 준비를 할 수 없을 것 같았다.

어민가드가 소리쳤다.

"우와, 세라! 정말 너처럼 똑똑한 아이는 본 적이 없어!"

"근사하지 않니? 다 내 옛날 짐 가방에 있던 것들이야. 마법한 테 도와달라고 했더니 그 가방에 가서 찾아보라고 하잖아."

"그런데 어민가드 아가씨, 저것들이 다 뭔지 먼저 들어 보세요! 저게 그냥 단순한…… 아, 아가씨, 얼른 얘기해 주세요!"

그래서 세라는 어민가드에게도 설명해 주었다. 마법 덕분에 어민가드도 황금 접시부터 둥근 천장과 활활 타오르는 장작, 반짝거리는 양초까지 전부 다 눈앞에 볼 수 있었다. 바구니에서 설탕을 입힌 케이크와 과일, 과자와 사탕, 주스 들이 나오자 파티는 더욱 성대해졌다. 어민가드가 소리쳤다.

"진짜 파티 같아!"

베키도 탄성을 질렀다.

"여왕님의 식탁 같아요."

그때 갑자기 어민가드가 기발한 생각을 떠올렸다.

"세라, 이제부터 네가 공주고, 이건 왕실 파티라고 상상하자."

"어민가드, 이건 너의 파티니까 네가 공주여야 해. 우리가 시녀를 할게."

"아냐, 난 예쁘지 않고, 어떻게 하는 건지도 잘 몰라. 세라 네가 공주 해.”

“그래, 정 그렇다면 좋아.”

하지만 갑자기 세라는 또 다른 생각이 떠올라 녹슨 난로 쪽으로 달려가며 큰 소리로 말했다.

“저기 종이랑 쓰레기가 가득 들었잖아! 불을 붙이면 잠깐은 활활 타오를 거야. 그럼 진짜 난로에 불을 지폈다고 상상하자.”

세라가 성냥을 그어 종이에 불을 붙이자 겉으로는 매우 그럴싸해 보이는 난롯불이 방을 비추었다.

“불이 꺼질 때쯤이면 우린 이게 가짜였다는 것도 잊을 거야.”

세라는 춤추는 불빛 앞에 서서 미소를 지었다.

“진짜처럼 보이지 않니? 자, 이제 파티를 시작하자.”

세라는 누가 뒤에서 수행하는 듯한 걸음으로 탁자로 돌아왔다. 그리고 어민가드와 베키에게 우아하게 손을 흔들었다. 세라는 이미 꿈속에 푹 빠져들어 있었다.

세라는 행복한 꿈을 꾸는 목소리로 말했다.

“이리 오세요, 아름다운 숙녀분들, 연회석에 앉으세요. 국왕이신 아바마마께서 멀리 출타해 계신 동안 여러분께 연회를 베풀라 분부하셨습니다.”

세라는 구석 쪽으로 고개를 살짝 돌렸다.

“여봐라, 거기 악사들은 비올과 바순을 연주하라.”

그러더니 어민가드와 베키에게 얼른 설명했다.

"공주는 연회를 열면 항상 악사들에게 연주를 시켜. 저 구석에 궁중악사들이 있다고 상상하는 거야. 이제 다시 시작하자."

세 아이가 간신히 케이크 한 조각씩을 집어들었을 때였다. 누구 하나 집어든 케이크를 베어물 겨를도 없이, 자리에서 벌떡 일어나 하얗게 질린 얼굴로 문을 바라보며 유심히 귀를 기울였다.

누군가 계단을 올라오고 있었다. 틀림없었다. 세 아이 모두 계단을 딛고 올라오는 화난 발소리의 주인을 알았고, 파티가 끝났음을 직감했다.

"교장 선생님이에요!"

베키가 숨 넘어가는 소리로 말하며 들고 있던 케이크를 바닥에 떨어뜨렸다. 세라도 작은 얼굴이 파리해지고 눈이 점점 더 휘둥그레졌다.

"그래. 민친 선생님이 우리를 알아채셨어!"

쾅!

문이 벌컥 열렸다. 민친 교장의 얼굴도 하얗게 질렸는데, 분노 때문이었다. 겁먹은 얼굴들을 훑던 눈길이 식탁에 머물렀다가 마지막 불꽃이 가물거리는 벽난로로 향했다.

"뭔가 수상쩍다고 생각했지만 이렇게 대담할 줄은 꿈에도 몰랐구나. 래비니어 말이 사실이었어."

세 사람은 누가 자신들의 비밀을 넘겨짚고 고자질했는지 알았다. 민친 교장은 베키에게 성큼성큼 다가가 또다시 따귀를 올려붙였다.

"앙큼하고 못된 것! 날 밝는 대로 여기서 당장 나가!"

세라는 꼼짝도 않고 서 있었다. 눈은 점점 휘둥그레지고 얼굴은 점점 창백해졌다. 어민가드는 울음을 터뜨리며 말했다.

"아아, 저 애를 내쫓지 마세요. 제게 고모가 보내 주신 선물 바구니가 있어서 그냥, 저희끼리, 파티를 연 거예요."

"그랬겠지. 세라 공주가 상석에 앉고 말이야."

민친 교장은 세라를 표독스럽게 돌아보며 소리 질렀다.

"다 네가 꾸민 짓인 거 안다. 절대 어민가드 머리에서 나올 수 있는 생각이 아니야. 쓰레기들로 탁자를 꾸민 거 하며."

민친 교장이 베키를 향해 발을 쾅 굴렀다.

"네 방으로 가!"

베키는 앞치마로 얼굴을 감싸고 어깨를 떨며 소리 없이 세라의 방을 나갔다. 다시 세라의 차례였다.

"너는 내일 보자. 내일은 아침이고 점심이고 저녁이고 없을 줄 알아!"

세라가 힘없이 대답했다.

"전 오늘도 아침밖에 못 먹었어요. 선생님."

"더 잘됐구나. 잊기 힘든 따끔한 교훈을 얻게 됐으니. 거기 서 있지 말고 이것들을 다시 바구니에 담아."

민친 교장은 탁자 위의 음식들을 직접 바구니에 쓸어 담다가 책들을 발견하고 이번에는 어민가드에게 불같이 화를 냈다.

"이 훌륭한 새 책들을 더러운 다락방에 가져다 놓다니. 다시 들고 내려가. 내일은 네 방에서 한 발짝도 나오지 마라. 내가 네 아버지께 편지로 이 사실을 알릴 거다. 네가 오늘밤 어디에 있었는지 아신다면 아버지가 과연 뭐라 하실까?"

민친 교장은 자신을 뚫어지게 보는 세라의 눈길을 느꼈다.

"왜 그런 눈으로 쳐다보지? 무슨 생각을 하는 거냐?"

"궁금해서요."

세라는 학교에 소문이 파다하게 났던 그날 교실에서 대답할 때와 똑같은 태도로 대답했다.

"뭐가 궁금해?"

상황이 당시와 매우 비슷하게 흘러가고 있었다. 세라는 전혀 건방진 태도가 아니었다. 다만 서글픈 얼굴로 차분하게 말할 뿐이었다.

"제가 오늘밤 어디에 있는지 아신다면 저희 아빠가 과연 뭐라고 하실지 궁금했어요."

민친 교장은 그날처럼 화가 극도로 치밀어 올라서 길길이 날뛰었다. 세라에게 달려들어 작은 몸을 붙잡고 마구 흔들며 바락바락 소리쳤다.

"고약하고 괘씸한 것! 네가 감히! 어떻게 감히!"

민친 교장은 책들을 집어 들고 나머지 음식들을 바구니에 뒤죽박죽으로 쓸어 담아 어민가드에게 억지로 떠안기더니 문 앞으로 등을 떠밀었다.

"실컷 궁금해 하고 당장 잠이나 자."

민친 교장은 비틀거리는 가엾은 어민가드를 밖으로 밀쳐내고는 문을 닫고 가 버렸다. 세라는 다시 홀로 남겨진 채 서 있었다.

꿈은 사라졌다. 마지막 불꽃이 꺼진 벽난로에는 종이가 타고 남은 까만 재뿐이었다. 탁자는 텅 비었고, 황금 접시와 화려한 수가 놓인 냅킨과 화환이 있던 자리에는 낡은 손수건과 빨갛고 하얀 얇은 종이와 쓰레기 조화들이 나뒹굴었다. 궁중악사들은 살그머니 달아났고 비올과 바순 소리도 끊겼다. 에밀리는 세라 옆에서 벽에 등을 기댄 채 앞만 뚫어지게 보았다. 세라는 그 모습을 보다가 다가가 떨리는 손으로 에밀리를 집어 들었다.

"이제 연회는 없어, 에밀리. 더 이상 공주도 없어. 남은 건 바스티유 감옥의 죄수들뿐이야."

세라는 그 자리에 주저앉아 얼굴을 묻었다.

그 순간 세라가 얼굴을 가리지 않았다면 어땠을까? 우연히 고개를 들어 지붕창을 올려다보았다면? 세라의 눈에 지붕창 밖에서 벌어지는 일이 흘낏 스쳤더라면 분명히 소스라치게 놀랐을 테지. 어민가드와 이야기를 나누고 있을 때 방 안을 엿보던 바로 그 얼굴이 지붕창 유리에 얼굴을 바짝 붙이고 세라를 살펴보고 있었다.

하지만 세라는 고개를 들지 않았다. 세라는 가무잡잡한 작은 얼굴을 팔에 묻은 채 한동안 가만히 앉아 있었다. 슬픔을 묵묵히 견뎌내려고 노력할 때 버릇처럼 앉는 자세였다.

이윽고 세라가 일어나서 터덜터덜 침대로 갔다.

"아무것도 상상할 수가 없어. 이런 기분으로 깨어 있는 동안에는 아무리 노력해도 소용없어. 잠이 들면 꿈을 꾸면서 대신 상상을 할 수 있을지 몰라."

갑자기 피로가 몰려왔다. 먹은 게 없어서 그런 것 같았다. 세

라는 침대 모서리에 맥없이 걸터앉았다.

"자, 난로에 환하게 불을 지펴서 작은 불꽃들이 너울거리고 있어. 난로 앞에 안락의자가 있고, 그 옆에 작은 탁자가 있고, 탁자에는 따뜻한 저녁이 차려져 있는 거야. 그리고……."

세라는 얇은 이불을 끌어다 덮었다.

"이건 아름답고 푹신한 침대고, 양털 담요에 커다란 오리털 베개고, 또, 그리고……."

피로한 게 차라리 다행이었다. 스르르 눈이 감기며 세라는 곧 깊이 잠들었다.

얼마나 잠들어 있었을까. 세라는 너무 피곤해서 아주 깊이, 누가 업어 가도 모를 정도로 곤히 잠들었다. 심지어 멜기세덱네 온 가족이 전부 쥐구멍에서 나와 찍찍거리면서 엎치락뒤치락 싸우고 노는 것도 몰랐다.

그러다가 갑자기 잠에서 깼는데, 딱히 잠을 깨우는 무슨 기척이 있었는지 세라는 알지 못했다. 하지만 사실 세라를 잠에서 불러낸 건 어떤 소리였다. 하얀 옷을 입은 사람이 지붕창으로 날쌔게 빠져나가 열어젖혔던 창문을 '달칵' 닫는 소리. 그는 바깥에서 들키지 않게 쪼그리고 앉아서 세라를 지켜보았다.

처음에 한동안 세라는 눈을 뜨지 않았다. 몹시 졸리기도 했고, 신기할 정도로 무척 따뜻하고 편안해서였다. 정말이지 어찌나 따뜻하고 편안하던지 세라는 아직 꿈 속이라고 믿었다. 이토록 따뜻하고 아늑한 기분은 아름다운 상상 속에서가 아니면 느껴볼 수 없는 것이었다. 세라가 중얼거렸다.

"진짜 멋진 꿈이야! 정말 따뜻해. 눈 뜨기…… 싫은데……."

세라는 따뜻하고 정말 기분 좋은 이불을 머리끝까지 덮은 기분이었다. 이불이 정말로 손에 잡혔고, 손을 이불 밖으로 꺼내 만져 보자 보드라운 오리털을 넣어 누빈 새틴 이불 감촉이 손끝에 정확히 느껴졌다. 이 즐거운 꿈에서 깨기 싫었다. 가만히 누워서 영원히 이 꿈을 꾸어야만 했다.

하지만 다시 잠들 수가 없었다. 눈을 꾹 감았지만 다시 잠들지 못했다. 무언가가, 방에 있는 무언가가 세라를 깨우고 있었다. 빛이 느껴졌고, 소리도 들렸다. 타닥타닥. 작은 불길이 타오르는 소리였다. 세라는 너무나 아쉬웠다.

"아, 잠이 깨고 있어. 어쩔 수가 없어. 어쩔 수가."

세라는 어느 순간 눈을 번쩍 떴다. 씩 웃음이 나왔다. 다락방에서 본 적이 없고 볼 수도 없는 장면이 눈앞에 펼쳐져 있었다.

"아. 아직 깬 게 아니구나."

세라는 나직이 중얼거리며, 팔꿈치로 몸을 받치고 일어나 사방을 둘러보았다.

"아직 꿈속이야."

꿈일 수밖에 없었다. 현실에서 도저히 있을 수 없는 광경이었으니까.

세라의 눈앞에 펼쳐진 광경은 이랬다. 벽난로에서 불이 활활 타올랐다. 벽난로 선반에선 구리 주전자가 팔팔 끓고 있었다. 바닥에는 두툼하고 따뜻한 빨간 양탄자가 깔렸다. 난로 앞에 쿠션이 놓인 접이식 의자가 있었고, 의자 옆에는 작은 접이식 탁자에 하얀 식탁보가 깔려 있었다. 탁자에는 뚜껑이 덮인 작은 접시들과 컵, 컵받침, 찻주전자가 놓여 있었다. 침대에는 따뜻한 새 침대보와 오리털을 넣어 만든 새틴 누비이불이 있었고, 발치에는 특이한 실크 누비 잠옷과 누비 슬리퍼 한 쌍, 책 몇 권이 놓여 있었다. 탁자 위에서 장밋빛 갓을 씌운 밝은 등이 방 안을 아늑한 빛으로 가득 채웠다.

세라는 팔꿈치로 짚고 일어나 앉아 가쁘게 숨을 내쉬었다.

"사라지지 않네. 아, 이런 꿈은 처음이야."

세라는 꼼짝도 하지 못했다. 하지만 마침내 이불을 젖히고 발을 바닥에 내리며 황홀한 미소를 지었다.

"이건 꿈이야. 꿈에서 침대를 내려온 거야."

세라는 그렇게 말하는 자기 목소리를 들으면서, 방 한가운데로 가서 천천히 이리저리 고개를 돌렸다.

"꿈인데 진짜처럼 사라지지 않다니! 꿈인데 진짜처럼 느껴져. 꿈이 마법에 걸렸어. 아니 내가 마법에 걸린 거야. 이게 전부 보인다고 그냥 생각하는 거야."

세라의 말이 점점 빨라졌다.

"계속 생각할 수 있다면, 상관없어! 다 상관없어!"

세라는 조금 더 서서 숨을 새근거리다가 다시 소리쳤다.

"이건 진짜가 아니야! 진짜일 리 없어! 하지만 아, 진짜 같아!"

활활 타오르는 난롯불에 이끌려 세라는 그 앞으로 가서 무릎을 꿇었다. 손을 내밀었다가 뜨거워서 흠칫 손을 움츠렸다.

"꿈이라면 불이 이렇게 뜨겁지 않을 텐데."

세라는 벌떡 일어나서 탁자와 접시, 양탄자를 더듬었다. 침대로 가서 이불도 어루만졌다. 부드러운 누비 잠옷을 와락 품에 끌어안고 볼도 갖다 댔다.

세라는 흐느껴 울 것만 같은 목소리로 말했다.

"따뜻하잖아. 부드럽고. 이건 진짜야. 진짜가 틀림없어!"

세라는 잠옷을 어깨에 걸치고 슬리퍼에 발을 집어넣었다.

"이것도 진짜야. 전부 다 진짜야! 이건, 이건 꿈이 아니야!"

세라는 휘청거리면서 책이 있는 곳으로 가서 제일 위의 책을 펼쳤다. 속표지에 짧은 글이 적혀 있었다.

다락방 소녀에게, 친구가.

그 글을 읽은 순간, 좀처럼 울지 않는 세라가 책에 얼굴을 묻고 울음을 터뜨렸다.

"누군지는 모르지만 누군가 나를 좋아해 주는 사람이 있어. 친구가 있는 거야."

세라는 초를 들고 조용히 베키의 방으로 건너갔다.

"베키, 베키! 일어나!"

세라는 침대 옆에 서서 베키의 귀에 대고 최대한 큰 소리로 속삭였다.

잠에서 깬 베키는 벌떡 일어나 똑바로 앉으며 아직도 눈물 자국이 얼룩진 얼굴과 겁에 질린 눈으로 세라를 보았다. 세라가 화려한 진홍빛 실크 누비 잠옷을 입고 있었다. 얼굴이 아름답게 반짝였다. 예전의 그 '세라 공주'가 초를 들고 서 있었다.

"이리 와 봐. 아, 베키, 어서 와!"

베키는 말문이 막혔다. 그저 눈을 휘둥그렇게 뜨고 입을 벌린 채 말없이 세라 뒤를 따라갔다.

베키가 방에 들어오자 세라가 조심스럽게 문을 닫았다. 방 안이 환하고 따뜻했다. 베키는 머리가 어질어질했고 배고픔도 잊었다. 세라가 소리쳤다.

"꿈이 아니야! 전부 다 진짜야! 내가 다 만져 봤어. 전부 다 우리처럼 진짜라고. 베키, 우리가 잠든 사이에 마법이 이루어진 거야. 최악의 상황이 오기 전에 마법이 찾아온 거야!"

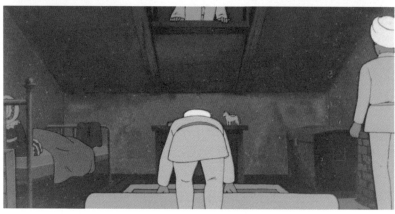

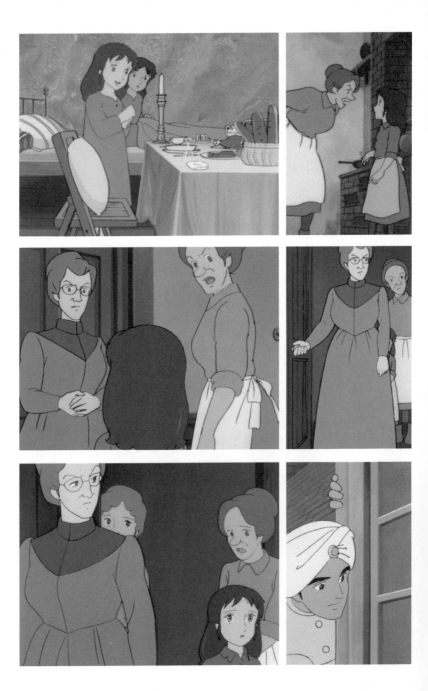

16

손님

그 뒤로 시간이 어떻게 흘러갔을지 상상해 보라. 두 아이가 불꽃이 타닥타닥 튀며 활활 타는 난롯가에 쪼그리고 앉았고, 접시의 뚜껑을 열었더니 진하고 따뜻하고 맛있는 수프가 나왔다. 그것만으로도 한 끼 식사로 손색이 없는데, 옆에 샌드위치와 토스트와 머핀까지 둘이 배불리 먹고도 남을 만큼 있었다. 베키는 세면대에서 가져온 머그컵을 찻잔으로 썼는데, 차가 너무 맛있어서 굳이 다른 음식으로 상상할 필요가 없었다.

두 아이는 따뜻하고 배부르고 행복했다. 이 이상한 행운이 꿈인 아닌 현실임을 깨닫자마자 이 행운을 최선을 다해서 즐기는 모습은 과연 세라다웠다. 세라의 삶에는 상상의 세계가 항상 함께였기 때문에, 어떤 놀라운 일이 일어나도, 또 그랬다가 홀연히 사라져도 어리둥절하면 어리둥절한 대로 제법 잘 받아들였다.

"도대체 누가 이런 일을 했는지 모르겠지만, 누군가 하긴 한 거잖아. 우린 그 사람이 피워 준 난롯불을 쬐고 있고, 그리고…… 그리고 이건 전부 진짜야! 그게 누구든, 어디 있든, 나한테 친구가 있는 거야. 베키, 누군가 내 친구가 되어 준 거라고."

사실 두 아이는 활활 타오르는 난롯불 앞에서 영양가 있고 맛있는 음식을 먹으면서도 두려운 마음을 떨칠 수 없었고, 그래서 불안한 눈빛으로 서로를 보았다.

베키가 속삭이는 목소리로 말을 더듬으며 물었다.

"아가씨, 혹시, 혹시 이것들이 스르르 없어지지 않을까요? 우리가 빨리 먹어 치우는 게 낫지 않을까요?"

이렇게 말하면서 베키는 샌드위치를 허겁지겁 입속에 밀어 넣었다. 만약 꿈에 지나지 않는다면 식탁 예절쯤 어긴들 어떠랴.

"아니, 사라지지 않아. 난 지금 머핀을 먹고 있는데 맛이 느껴지거든. 꿈에서는 뭘 진짜로 먹는 법이 없잖아. 단지 먹겠다고 생각할 뿐이지. 게다가 난 지금도 계속 나를 꼬집어 보고 있어. 방금 일부러 뜨거운 석탄에 손도 대 봤다니까."

어느새 떨쳐내기 힘들 정도로 편안하고 나른한 졸음이 스르르 밀려들었다. 천상의 달콤함이었다. 배부르고 행복했던 어린 시절의 졸음이었다. 세라는 난롯가에서 맘껏 불을 쬐다가, 자기 침대를 돌아보았다. 이불이 베키와 나눠 쓸 만큼 충분했다. 그날 밤은 옆방 좁은 침대의 주인도 상상도 못해 본 편안한 잠에 빠져들 터였다.

베키가 문지방을 넘어 가다가, 돌아서서 간절하고 열렬한 눈빛으로 방을 둘러보았다.

"아가씨, 아침에 모든 게 사라진대도 어쨌든 오늘밤에는 분명히 여기 있었으니까, 전 평생 잊지 않을 거예요."

베키는 하나하나 외우려는 듯이 손가락으로 가리켰다.

"난로는 저기 있었고, 탁자는 저 앞에 있었고, 등은 저기에, 불빛이 장밋빛이었고, 또 침대에 새틴 이불이 있었고, 바닥에는 따뜻한 양탄자가 있었죠. 모든 게 아름다웠어요. 그리고……."

베키는 잠시 말을 멈추고 한 손을 배 위에 살포시 얹었다.

"수프랑 샌드위치랑 머핀도 있었어요. 여기에요."

베키는 적어도 이 세 가지는 확실히 진짜였다는 듯이 마지막 말을 남기고 자기 방으로 돌아갔다.

아침이 되자 모두들 어떻게 알았는지 '세라 크루가 무시무시한 징계를 당했고 어민가드가 벌을 받고 있으며 베키는 아침 댓바람부터 쫓겨날 뻔했다'는 말이 학생들과 하녀들 사이에 파다하게 퍼졌다. 민친 교장이 베키를 그냥 두는 건 일주일에 몇 푼 받지 않고도 노예처럼 고분고분 일하는 오갈 데 없는 아이를 구하기가 쉽지 않아서라는 걸 하인들은 잘 알았다. 상급반 학생들은 민친 교장이 세라를 내보내지 않는 건 현실적인 쓸모가 있어서라는 걸 다들 알았다.

제시가 래비니어에게 말했다.

"세라는 쑥쑥 자라고 있고 어쨌든 실력도 엄청 늘고 있으니까 머지않아 수업을 맡겠지. 민친 선생님은 그 애를 무보수로 부려먹을 거야. 래비니어, 다락방에서 노는 걸 일러바치다니 못됐어. 그걸 어떻게 알아낸 거야?"

"로티한테 들었지. 그 애는 너무 어려서 자기가 나한테 고자질을 했다는 것도 몰라. 민친 선생님께 말씀드린 게 뭐가 못됐다는 거야? 난 당연히 해야 할 일을 한 거야."

래비니어는 아니꼽다는 듯이 말을 이었다.

"그 애가 사람들을 속였잖아. 게다가 누더기나 걸친 주제에 잘난 척 뻐기고 다니고 대단한 사람처럼 대접 받는 게 웃기잖아!"

"민친 선생님이 올라갔을 때 걔네는 뭘 하고 있었대?"

"유치한 상상놀이였겠지. 어민가드가 자기 선물 바구니를 들고 올라가서 세라랑 베키랑 나눠먹으려고 했대. 우리한테는 한번도 뭘 나눠 준 적 없으면서. 내가 그걸 바라는 게 아니라, 다락방 하녀 애들이랑 나눠 먹는 게 너무 천박하다는 거야. 민친 선생님은 왜 세라를 내쫓지 않는지 몰라. 아무리 나중에 선생으로 부려먹을 속셈이라도 그렇지."

제시가 은근히 걱정스럽다는 듯이 물었다.

"내쫓으면 세라는 어디로 가는데?"

"내가 알 게 뭐야? 오늘 아침에 교실에 들어오면 꼴이 볼 만할 걸. 어제 그런 일도 있었고. 어제 점심부터 아무것도 못 먹고 오늘도 하루 종일 굶어야 한댔거든."

제시는 멍청하긴 했지만 심보가 고약한 아이는 아니었다. 제시가 책을 홱 집어 들며 말했다.

"글쎄, 그건 좀 심한 것 같아. 그 사람들한테 세라를 굶겨 죽일 권리는 없어."

그날 아침 세라가 부엌에 들어오자 요리사와 하녀들이 곁눈질로 힐끔거렸다. 하지만 세라는 서둘러 그 앞을 지나쳐갔다. 세

라와 베키 모두 늦잠을 잔 터라 서로 얼굴을 볼 겨를도 없이 둘
다 허둥지둥 아래층으로 내려온 참이었다.

세라가 부엌 곁방으로 들어갔다. 베키가 주전자를 박박 문지
르며 콧노래를 흥얼거리다가, 세라를 보자 신나서 속살거렸다.

"아침에 일어났는데 다 그대로 있어요, 아가씨. 이불 말이에
요. 어젯밤처럼 진짜 이불이었어요."

"나도 그랬어. 지금도 전부 다 있어. 전부 그대로야. 옷을 입으
면서는 어젯밤에 먹다 남아 식은 음식들도 좀 먹었어."

"아, 세상에! 세상에!"

베키가 한껏 들떠서 탄성을 지르다가 요리사가 들어오자 고
개를 획 수그려 냄비 닦는 시늉을 했다.

민친 교장도 래비니어처럼 세라가 초라한 몰골로 풀이 죽어
교실로 들어올 거라고 생각했다. 세라는 언제나 귀찮은 수수께
끼 같은 존재였다. 아무리 모질게 굴어도 결코 울거나 겁먹은 얼
굴을 하는 법이 없었기 때문이다. 야단을 맞을 때도 가만히 서
서 차분하고 진지한 얼굴로 예의 바르게 귀를 기울였다. 벌로 일
을 더 많이 시키거나 밥을 굶겨도 불평 한 번 하지 않고 반항하
는 표정 한 번 지은 적이 없었다. 세라가 한 번도 버릇없이 굴지
않는다는 게 민친 교장에게는 일종의 건방진 행동으로 보였다.
하지만 어제 점심부터 밥도 못 먹고 저녁에 그 난리를 겪은 데다
오늘까지 하루 종일 쫄쫄 굶었으니, 세라도 별 수 없이 기가 꺾

여 있을 게 분명했다. 핏기 없는 얼굴로 눈은 불그스름해서 부루
퉁하니 풀이 죽어 내려오지 않으면 오히려 이상할 터였다.

민친 교장은 프랑스어 수업 교실에 연습문제 풀이를 지도하
러 들어오는 세라를 보았다. 그런데 세라는 두 뺨이 발그레해서
입가에 미소까지 머금었고 발걸음은 생기에 넘쳤다. 민친 교장
도 이렇게 기가 막힌 경우는 처음이었다. 받은 충격도 상당했다.
저 아이는 도대체 어떻게 생겨먹은 걸까? 저건 도대체 무슨 뜻
일까? 민친 교장은 당장 세라를 자기 앞으로 불러냈다.

"넌 네가 벌을 받는 중인지도 모르는 거니? 어쩌면 그렇게 뻔
뻔하니?"

사실 어른도 마찬가지지만 어린아이가 배불리 먹고 따뜻하고
부드러운 잠자리에서 단잠을 자고 나면, 잠결에 동화 나라에 다
녀왔는데 자고 일어나서 그게 꿈이 아니라 진짜였다는 걸 알게
되면, 부루퉁해지거나 부루퉁해 보일 수가 없는 법이다. 또 아무
리 노력해도 눈빛에서 반짝이는 기쁨을 숨기기가 어렵다. 민친
교장은 세라가 반짝이는 눈으로 더없이 공손히 대답하는 모습
에 말문이 막혔다.

"죄송합니다, 선생님. 제가 벌을 받는 중인 건 잘 알아요."

"그 사실 명심하고 어디서 엄청난 재산이라도 굴러 들어온 사
람처럼 굴지 말고 처신 잘하거라. 그건 건방진 태도야. 오늘 하
루 종일 굶어야 한다는 것도 명심하고."

"네, 선생님."

세라는 그렇게 대답하고 돌아섰지만, 어젯밤 기억이 떠올라 가슴이 철렁했다. '마법이 제때 나를 찾아와 구해 주지 않았다면 얼마나 끔찍했을까!'

"별로 배가 안 고픈가 봐. 저 애 좀 봐. 아침을 배불리 먹었다고 상상이라도 하고 있나?"

래비니어가 밉살맞게 웃으며 속닥거렸다.

제시도 세라를 자세히 살피며 말했다.

"저 애는 다른 사람들하고 좀 달라. 난 어떤 땐 쟤가 좀 무서워."

"말 같지도 않은 말 하지 마!"

래비니어가 소리를 빽 질렀다.

그날 하루 종일 세라는 얼굴에서 빛이 나고 뺨이 발그레했다. 하녀들은 어리둥절해서 세라를 힐끔거리며 자기들끼리 쑥덕거렸고, 아멜리아 선생도 작고 파란 눈에 당혹스러운 기색이 역력했다. 그 곤욕을 치르고도 어떻게 저렇게 행복해 보일 수 있는지 의아했다. 하기야 세라다운 행동이긴 했다. 그 아이가 이 문제에 과감히 맞서기로 마음먹은 건지도 모를 일이었다.

사실 세라는 곰곰이 생각한 끝에 한 가지 결심을 했다. 지난밤의 마법은 비밀로 두자고 말이다. 물론 민친 교장이 다시 다락방에 올라오면 모두 들통나겠지만, 적어도 한동안은 그럴 걱정이 없어 보였다. 어민가드와 로티도 특별히 엄한 감시를 받을 테니 당장은 방에서 몰래 빠져나올 엄두를 못 낼 터였다. 또한 어민가드라면 마법에 대해 알려 줘도 틀림없이 비밀을 지킬 것이다. 로티도 비밀을 지켜주려고 노력할 것이다. 어쩌면 마법이 스스로 그 힘을 숨기도록 도와줄지 모른다.

세라는 하루 종일 혼자서 중얼거렸다.

"어떤 일이 일어나든, 무슨 일이 있어도 이 세상 어딘가에는 천사처럼 다정한 내 친구가 있어. 내 친구 말이야. 누군지 알 수 없다 해도, 고맙다는 인사조차 할 기회가 없다 해도, 이제는 절대 전처럼 외롭지 않아. 아, 정말 고마운 마법이야!"

어제보다 더 나쁜 날씨가 있을까 싶었지만, 바로 오늘이 그런 날이었다. 더 축축하고 더 질척거리고 더 추웠다. 심부름도 더 많았다. 요리사는 유난히 많이 짜증을 냈고 세라가 벌을 받고 있다는 이유로 더 포악하게 굴었다. 하지만 마법이 스스로 친구임을 증명해 보인 마당에 그런 것쯤은 전혀 문제가 되지 않았다. 어젯밤의 식사 덕분에 세라는 힘이 났고, 오늘도 포근한 단잠에 들 수 있을 것이다. 오후가 되자 배가 고파졌지만, 내일 아침 식사까지는 잘 견딜 수 있을 것 같았다. 세라는 꽤 늦은 시간이 되어서야 다락방으로 올라갔다. 교실에서 10시까지 공부하라는 지시도 있었지만, 실은 공부에 재미가 붙어서 스스로 늦게까지 책을 붙잡고 있었다.

다락방 문 앞에 섰을 때, 솔직히 세라는 심장이 콩닥콩닥 뛰었다. 그래서 혼잣말을 뱉으며 용감해지려고 애썼다.

"모두 사라졌다 해도 당연해. 너무 힘들었던 하룻밤 동안만 나에게 온 마법이었을 거야. 하지만 분명히 내게 나타났고 내가 누렸어. 그건 진짜였어."

세라가 문을 열고 들어갔다. 그리고 방문을 닫고 이쪽저쪽 둘러보았다.

또다시 마법이 일어났다. 다락방에 어제보다 더 많은 마법이 펼쳐져 있었다. 난롯불은 활활 타오르며 더 즐겁고 아름답게 이글거렸다. 새 가구들 때문에 다락방 모습이 확 달라져서, 만약 의구심을 완전히 떨치지 못했더라면 이번에도 눈을 비비며 한참을 어리둥절했을 것이다. 탁자 위에 새롭게 저녁 식사가 차려졌고, 베키의 컵과 접시까지 준비되어 있었다. 벽난로 선반은 밝은 빛깔로 빽빽하게 자수를 놓은 독특한 덮개로 덮였고, 장식품들이 올라가 있었다. 흉하고 볼품없는 곳들을 그렇게 가리니까 제법 괜찮아 보였다. 선명한 색채의 진기한 물건들은 압정으로 벽에 고정되어 있었다. 멋진 부채도 걸려 있고, 방석으로 써도 될 만큼 크고 튼튼한 쿠션도 몇 개 있었다. 나무 상자에 담요를 덮고 쿠션을 올린 의자는 소파 같은 분위기가 났다.

세라는 방 한가운데로 천천히 걸어 들어가서 가만히 앉아 둘러보고 또 둘러보았다.

"꼭 동화 속 이야기가 이루어진 것 같아. 완전히 똑같아. 마치 내가 뭔가 원하기만 하면, 다이아몬드든 금 덩어리든 전부 다 나타날 것 같아! 아니, 그것보다 이게 더 신기해. 여기가 정말 내 다락방이야? 내가 축축한 누더기 옷을 걸치고 추위에 떨던 세라가 맞아? 난 동화 속 요정들이 정말로 존재하기를 간절히 바라고 상상했지. 동화가 현실로 이루어지기를 줄곧 소망했어. 지금 내가 바로 그 동화 속에 있나 봐! 마치 내가 요정이 된 것 같아. 뭐든지 원하는 대로 바꿀 수 있을 것만 같아."

세라가 일어나서 벽을 두드렸다.

문을 열고 들어오던 옆방의 죄수 역시 하마터면 바닥에 털썩 주저앉을 뻔했다. 베키는 잠시 숨만 가쁘게 내쉬다가 말했다.

"아, 세상에! 세상에, 아가씨!"

"그래, 알아."

이날 밤 베키는 난로 앞 양탄자에 쿠션을 깔고 앉았고 저녁식사에 따로 준비된 자기 컵과 컵받침을 사용했다.

세라의 침대에는 두꺼운 새 매트리스가 깔려 있고 큼직한 오리털 베개가 놓여 있었다. 그래서 세라가 쓰던 매트리스와 베개를 베키에게 주었다. 그날부터 베키도 편안한 침대에서 잠을 푹 자게 되었다.

베키의 궁금증이 폭발했다.

"이게 다 어디서 왔을까요? 세상에! 누가 이런 일을 했을까요,

To the little girl
in the attic
From a friend

아가씨?"

"우리 알려고 하지 말자. 알아도 고맙다고 말하지 못할 상황이라면, 차라리 모르는 게 나아. 모르는 편이 훨씬 아름다워."

그때부터 생활은 날이 갈수록 근사해졌다. 동화 같은 현실이 멈추지 않고 계속되었다. 거의 매일같이 새로운 일이 일어났다. 세라가 밤에 문을 열 때마다 방에 새로운 물건들이 들어와 있었고, 얼마 지나지 않아 다락방은 온갖 독특하고 화려한 물건들로 가득해졌다. 흉했던 벽을 차츰 그림과 걸개들이 덮었고, 기발한 접이식 가구들이 나타났으며, 책 선반이 달리더니 책이 가득 꽂혔다. 세라를 행복하게 해 주는 물건들이 하나하나 늘어나더니 마침내 다락방에는 부족한 게 없어졌다. 아침에 아래층에 내려갔다가 저녁에 올라오면, 마법사가 전날 저녁의 남은 음식들을 싹 치우고 맛있는 식사를 새로 차려 놓았다.

민친 교장은 여전히 세라를 모욕했고, 아멜리아 선생은 짜증을 부렸고, 하녀들은 경박하고 몰상식하게 굴었다. 세라는 날씨가 궂은 날일수록 힘든 심부름을 다녔고 여기저기에서 야단을 맞고 화풀이를 당했다. 어민가드와 로티와는 말 나눌 기회조차 좀처럼 허락되지 않았다. 래비니어는 갈수록 남루해지는 세라의 옷차림을 비웃었다. 다른 학생들도 세라가 교실에 들어올 때마다 비웃는 눈초리를 보냈다. 하지만 놀랍고 신비한 이야기 속에 살고 있는 세라에게 그까짓 일들이 다 무슨 상관인가? 세라 자신이 허기진 어린 마음을 위로하고 스스로 절망에서 빠져나오기 위해 지어냈던 숱한 이야기들보다 훨씬 더 낭만적이고 즐거운 나날이었다. 때로는 야단을 맞을 때조차 새어 나오는 웃음을 참기가 힘들 정도였다.

'이 일을 안다면! 이 사실을 알게 된다면!'

세라는 행복한 생활 덕분에 더 강해졌고, 늘 기대감을 갖고 지냈다. 심부름을 갔다가 축축하고 지치고 허기져서 돌아와도, 계단만 올라가면 따뜻한 곳에서 배를 채울 수 있으니 괜찮았다. 아무리 힘든 날에도 다락방 문 너머에 어떤 광경이 펼쳐질지, 어떤 새로운 기쁨이 기다릴지 기대하노라면 더없이 행복해졌다. 세라의 깡말랐던 몸에 조금씩 살이 붙었다. 뺨에 혈색이 돌아왔고 퀭하니 눈만 보이던 얼굴도 보기 좋게 균형을 찾아갔다.

민친 교장이 탐탁찮아 하며 동생에게 말했다.

"세라 크루가 이상할 정도로 좋아 보이네."

"맞아요. 확실히 살이 찌고 있어요. 전에는 며칠 굶은 까마귀 새끼처럼 보였는데."

"굶다니! 그게 어떻게 며칠 굶은 몰골이야! 꼬박꼬박 얼마나 많이 먹는데!"

언니의 고함 소리에 아멜리아 선생은 또 말실수를 했다는 걸 깨닫고 금세 기가 죽었다.

"그, 그야 그렇지요."

민친 교장이 거드름을 피우며 모호하게 말했다.

"그 또래 애들치고는 영 거슬리는 구석이 있단 말이야."

"어떤 점이요?"

"반항심 같은 거랄까."

민친 교장은 약이 올랐다. 자신이 분한 이유는 반항심 같은 것 때문이 전혀 아닌데, 그 불쾌한 태도를 달리 표현할 방법이 도저히 생각나지 않았다.

"다른 아이들은 어쩔 수 없이 상황이 변하면 의기소침하고 위축되거든. 그런데 진짜 걔는 절대로 기죽지 않는단 말이야. 마치…… 마치 공주라도 되는 것처럼."

아멜리아 선생이 눈치도 없이 끼어들었다.

"언니, 기억나요? 그날 교실에서 그 애가 언니한테 그랬잖아요. 자기가 공주인 걸 알면 어떻게 하겠냐고……."

"아니, 기억 안 나. 말도 안 되는 소리 집어치워."

사실 민친 교장은 아주 생생히 기억하고 있었다.

베키도 통통하게 살이 올랐고 겁에 질리는 일이 줄었다. 당연했다. 베키 역시 비밀 동화 이야기에 나오는 등장인물이었으니까. 매트리스가 두 개에 베개가 두 개, 이불은 수두룩했고 밤마다 난롯가에 쿠션을 깔고 앉아 따뜻한 저녁을 먹었다. 바스티유 감옥도, 죄수도 사라졌다. 안락한 방에는 기쁨에 겨운 두 아이만 있었다. 때때로 세라는 책을 소리 내어 읽거나 공부를 했고, 난롯불을 들여다보며 과연 비밀 친구가 누구일까 그려 보며 마음 속에 있는 말들을 조금이라도 전하고 싶어 했다.

그러던 어느 날 또다시 놀라운 일이 일어났다. 누군가 학교 문 앞에 소포를 두고 갔다. 겉면에 큼직한 글씨로 이렇게 적혀 있었 다. '오른쪽 다락방에 사는 소녀에게.'

소포를 받으러 나간 사람은 세라였다. 세라가 제일 큰 소포 두 개를 현관 탁자에 올려놓고 주소를 들여다보고 있는데, 민친 교 장이 계단을 내려오다가 그 모습을 보고 매섭게 다그쳤다.

"물건을 주인한테 갖다 줘. 멀뚱멀뚱 보고만 있지 말고."

세라가 다소곳이 대답했다.

"제게 온 것들이에요."

민친 교장이 소리쳤다.

"너한테? 그게 무슨 소리지?"

"누가 보냈는지는 모르겠는데, 확실히 받는 사람이 저예요. 제 가 오른쪽 다락방에 살거든요. 베키는 왼쪽 방이고요."

민친 교장이 세라 옆으로 와서 초조한 표정으로 주소를 들여 다보고는 취조하듯 물었다.

"안에 뭐가 들었지?"

"저도 모르겠어요."

"열어 보거라."

포장을 풀자 민친 교장의 얼굴이 돌연 이상하게 일그러졌다.

소포 안에 예쁘고 편안한 옷가지들이 신발, 스타킹, 장갑, 포근한 외투까지 다양하게 들어 있었다. 멋진 모자와 우산도 있었다. 전부 질 좋고 값비싼 것들이었고, 외투 주머니에 쪽지가 핀으로 꽂혀 있었다.

평상시 입을 것. 필요할 때 새 옷을 보내 주겠음.

민친 교장은 몹시 불안했다. 민친 교장의 속물적인 마음이 동요했다. 내가 실수를 한 걸까? 이 천애고아에게 별나고 힘 있는 뒷배가 있는 게 아닐까? 모르고 지냈던 친척이 갑자기 이 아이의 행방을 추적해서 이렇게 기이하고 불가해한 방식으로 지원해 주는 걸까? 가끔 괴짜 친척이 나타나기도 하니까. 혼자 살면서 아이를 가까이에 두고 보살피지 않는 부자 삼촌들이 종종 있다. 그런 사람이라면 어린 조카가 잘 지내도록 멀리서 바라보는 편을 택했을 수 있다. 그런데 그런 사람은 대개 짜증을 잘 내고 성미가 불 같고 화도 잘 낸다. 세라에게 그런 친척이 있어서, 세라가 누더기 옷을 걸치고 밥을 굶다시피 하며 고된 부림을 당한 사실을 모두 알게 된다면, 그건 정말 큰일이다.

민친 교장은 몹시 이상야릇하고 종잡을 수 없는 기분이 되어 곁눈질로 세라를 힐끔거렸다. 그러고는 세라가 아빠를 잃은 뒤로 한 번도 듣지 못했던 목소리로 입을 열었다.

"흠, 누군지 몰라도 네게 아주 고마운 분이로구나. 좋은 옷들을 보내셨고 이 옷들이 해질 때쯤 새 옷을 다시 보내 준다고 하시니 말이다. 올라가서 옷을 단정하게 갈아입고 오는 게 좋겠어. 옷을 갈아입고 교실로 내려와서 수업을 듣거라. 오늘은 더 이상 심부름을 가지 않아도 된다."

30분 뒤에 세라가 교실 문을 열고 들어오자, 학생들이 전부 깜짝 놀라 할 말을 잃었다. 제시가 래비니어의 팔을 툭 쳤다.

"세상에! 봐, 세라 공주야!"

교실 안의 모든 시선이 세라에게 쏠렸고, 래비니어는 세라를 보고는 얼굴이 빨개졌다.

정말 세라 공주였다. 세라가 공주였던 그 시절 이후로 처음 보는 모습이었다. 몇 시간 전 뒷계단으로 내려오던 그 세라가 아니었다. 세라가 지금 입은 원피스는 예전에 래비니어가 시샘했던 바로 그런 원피스였다. 빛깔이 선명하고 따뜻하고 아름다운 옷이었다. 발은 제시가 처음 보고 감탄했을 때처럼 갸름해 보였고, 숱이 풍성해서 풀어놓으면 작고 기묘한 얼굴을 마치 셔틀랜드 조랑말처럼 보이게 했던 머리카락도 뒤로 넘겨 리본으로 묶은 모습이었다.

제시가 소곤댔다.

"누가 재산을 물려줬나 봐. 난 늘 세라한테 이런 일이 생길 줄 알았다니까. 정말 묘한 아이야."

To the little girl
in the right-hand o

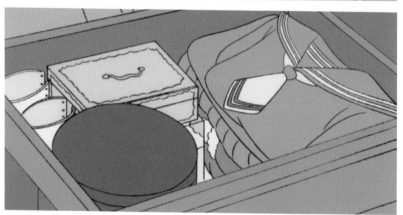

래비니어가 사납게 대꾸했다.

"갑자기 다이아몬드 광산이라도 다시 나타났나 보지. 괜히 우쭐해 하니까 그런 식으로 저 앨 쳐다보지 마, 이 멍청아."

민친 교장이 굵직한 목소리로 주의를 환기시켰다.

"세라, 이리 와서 앉거라."

학생들이 전부 빤히 쳐다보고 서로를 팔꿈치로 찌르며 궁금한 마음을 그대로 드러내는 사이, 세라는 예전에 앉았던 특별석으로 가서 고개를 숙여 책들을 보았다.

그날 밤, 세라는 베키와 함께 저녁을 먹은 후 한참을 가만히 앉아서 진지한 눈빛으로 난롯불을 들여다보았다.

"아가씨, 이야기를 지어내고 계세요?"

베키가 기대에 차서 물었다. 세라가 조용히 앉아 꿈꾸는 듯한 눈으로 난롯불을 바라볼 때면 대개 새로운 이야기를 만들고 있다는 뜻이었다. 하지만 세라는 고개를 가로저었다.

"아니, 어떻게 해야 할까 생각했어."

베키는 여전히 공손한 눈빛으로 세라를 바라보았다. 세라의 말과 행동이라면 베키는 무엇이든 존경스러웠다.

"계속 친구 생각이 나서. 자기가 누구인지 알리고 싶어 하지 않는데, 누군지 굳이 알아내려는 건 예의가 아니겠지. 하지만 내가 얼마나 고마워하는지, 그 친구 덕분에 내가 얼마나 행복한지 말해 주고 싶어. 틀림없이 착한 사람이니까 우리가 행복해졌는지 알고 싶을 거야. 고맙다는 감사인사보다 그런 게 더 듣고 싶을 거야. 정말 말해 주고 싶어…… 정말로…….”

세라가 갑자기 말을 멈추고 구석자리 탁자를 쏘아보았다. 이틀 전에 생긴 것으로, 종이와 봉투, 펜과 잉크가 딱 맞게 들어간 조그만 필기도구 통이 있었다.

“맞다. 내가 왜 진작 그 생각을 못 했지?”

세라는 탄성을 터뜨리고는 얼른 필기도구 통을 들고 왔다. 그리고 신이 나서 말했다.

“편지를 써서 탁자에 놔 두면 되잖아. 그럼 물건들을 치우러 오는 사람이 편지도 가져갈 거야. 다른 건 묻지 말아야지. 고맙다는 말만 적을 거야.”

그렇게 세라는 편지를 썼다.

자신이 누군지 밝히고 싶어 하지 않는 분께 이런 편지를 남기는 걸 무례한 행동이라 여기지 않아 주셨으면 좋겠습니다. 무례하게 굴거나 뭔가 알아내려는 뜻이 아니라는 것을 부디 믿어 주세요. 다만 저에게 천사처럼 친절을 베풀고 모든 것을 동화 속 이야기처럼 만들어 주셔서 고맙다는 말씀을 꼭 드리고 싶을 뿐이에요. 정말 감사합니다. 저는 아주 행복하고, 베키도 무척 행복해 하고 있습니다. 베키도 저만큼 고마워하고 있고요. 저와 똑같이 베키에게도 아름답고 놀라운 일이니까요.

저희는 너무 외롭고 춥고 배고팠는데 지금은, 아, 저희에게 어떤 일을 해 주신 건지 아실까요! 부디 이 말만은 할 수 있게 해 주세요. 꼭 말씀드려야 할 것 같아요.

　고맙습니다. 고맙습니다. 정말 고맙습니다.

다락방 소녀 드림

　이튿날 아침, 세라가 편지를 작은 탁자에 올려두었는데, 저녁에 돌아오니 편지가 사라지고 없었다. 마법사가 그 편지를 받았다는 생각에 세라는 더 행복했다. 잠자리에 들기 전 세라가 새로 받은 책 한 권을 베키에게 읽어 주고 있는데 지붕창에서 어떤 소리가 들렸다. 세라가 천장을 보니 베키도 그 소리를 들었는지 고개를 들어서 불안한 표정으로 귀를 기울였다.

　"저기 뭐가 있어요, 아가씨."

　베키가 목소리를 낮춰 소곤댔다.

　"그러게. 고양이 소리 같은데."

　세라는 천천히 일어나 지붕창 밑으로 갔다. 뭔가를 살살 긁는 작고 묘한 소리였다. 세라는 문득 웃음이 나왔다. 요전에도 한 번 다락방에 들어왔던 작고 진기한 침입자가 떠올랐던 것이다. 바로 그날 낮에 인도 신사의 집 창가 탁자에 우울하게 앉아 있던 그 침입자를 보았던 터였다.

세라는 신나고 반가워서 소곤거렸다.

"원숭이가 또 도망쳤나 봐. 아, 그런 거면 좋겠다!"

세라는 의자를 밟고 올라가 아주 조심스럽게 지붕창을 들어올렸다. 그날은 하루 종일 눈이 왔는데, 눈 쌓인 지붕 위에 자그마한 형체가 웅크리고 앉아 달달 떨고 있다가 세라와 눈이 마주치자 작고 까무잡잡한 얼굴을 애처롭게 찡그렸다.

세라가 소리쳤다.

"그 원숭이야. 라스카르의 다락방에서 몰래 빠져나왔다가 우리 불빛을 봤나 봐."

베키가 세라에게 달려왔다.

"이리 들어오게 하실 거예요, 아가씨?"

"응. 원숭이가 밖에 있기에는 너무 추운 날이야. 원숭이는 추위에 약하거든. 내가 들어오게 달래 볼게."

세라는 조심스럽게 한 손을 내밀며 어르는 목소리로 말했다. 참새와 멜기세덱에게 했던 것처럼, 자신도 작고 상냥한 동물이라 겁 많은 동물들을 애정 어린 마음으로 이해한다는 듯이.

"이리 오렴, 원숭이야. 나는 널 해치지 않아."

원숭이도 세라가 자신을 해치지 않으리라는 걸 알았다. 세라가 손을 내밀어 부드럽게 어루만질 때 이미 그 사실을 알았다. 람 다스의 가느다란 갈색 손가락에서 느꼈던 인간의 사랑이 세라에게서도 느껴졌다. 그래서 세라가 자신을 품에 안자 그 품에 더 꼭 매달리며 스스럼없이 세라의 머리카락으로 장난을 쳤고, 지붕창 안으로 데리고 들어가도 가만히 있었다.

세라는 원숭이의 웃기게 생긴 머리에 입을 맞추며 노래하듯 부드럽게 말했다.

"착하지! 착하기도 하지! 아, 나는 작은 동물들이 정말 좋아."

원숭이는 따뜻한 난롯가로 와서 매우 기쁜 눈치였다. 세라가 자리에 앉자 원숭이는 무릎 위에서 호기심과 고마움이 뒤섞인 눈으로 세라와 베키를 번갈아 쳐다보았다.

"얘 못생겼어요, 아가씨. 안 그래요?"

세라가 웃었다.

"좀 못생긴 아기 같지. 원숭이야, 미안해. 그렇지만 네가 아기가 아니어서 다행이야. 만약 아기였으면 네 엄마도 네가 잘생겼다고 자랑하지 못했을 거고, 네가 친척 누구랑 닮았다는 말을 아무도 쉽게 꺼내지 못했을 거야. 하지만 아, 난 네가 정말 마음에 들어!"

세라는 의자에 등을 기대고 앉아 곰곰이 생각했다.

"어쩌면 원숭이도 자기가 너무 못생겨서 속상할지 몰라. 그게 항상 마음에 걸릴 거고. 원숭이한테도 마음이 있을까? 사랑스런 원숭이야, 너도 마음이 있니?"

원숭이는 그저 작은 손을 들어 머리를 긁적일 뿐이었다.

"얘를 어떻게 하실 거예요?"

"오늘 밤은 여기서 나랑 자고, 내일 인도 신사 댁에 데려다 줘야지. 돌려보내기는 싫지만, 원숭이야, 그래도 가야 해. 네 가족들이 너를 많이 아낄 테니까. 나는 진짜 가족도 아니고."

세라는 자신의 침대 발치에 원숭이의 잠자리를 만들어 주었다. 원숭이는 무척 마음에 들었는지 몸을 웅크리고 아기처럼 잠들었다.

17
"이 아이야!"

다음 날 오후, 대가족 아이들 셋이 인도 신사의 서재에서 인도 신사의 기운을 북돋아 주려고 노력하고 있었다. 인도 신사가 아이들을 특별히 초대했다. 그는 요즘 내내 마음을 졸였는데, 오늘은 더욱 안절부절못했다. 카마이클 씨가 모스크바에서 돌아오는 날이었기 때문이다.

카마이클 씨의 모스크바 체류는 한 주, 두 주 계속 연장되어 왔다. 러시아인 가족을 수색하는 일은 처음부터 난관에 부딪쳤다. 작은 자취도 남아 있지 않았고, 간신히 찾아내서 만나러 갔더니 여행을 떠나고 집에 없었다. 연락을 취하려고 백방으로 노력했지만 헛수고여서, 결국 그들이 돌아올 때까지 모스크바에서 기다렸던 것이다.

캐리스포드 씨는 안락의자에 앉아 있었고 재닛은 의자 옆 바닥에 앉았다. 인도 신사는 재닛을 아주 예뻐했다. 노라는 발판에 걸터앉았고, 도널드는 호랑이 가죽 양탄자에 장식으로 달린 호랑이 머리에 말처럼 올라탔다. 올라탔다기보다는 마구잡이로 몰았다고 해야 맞을 것이다.

"도널드, 떠들지 마. 편찮으신 분께 병문안을 와서 고래고래 소리를 지르면 안 돼. 너무 시끄러우시죠, 캐리스포드 아저씨?"

재닛이 걱정스레 인도 신사를 돌아보았다. 그는 아이의 어깨를 토닥거렸다.

"아니다. 덕분에 쓸데없는 생각에 빠져들 새가 없어 좋구나."

도널드가 큰 소리로 말했다.

"조용히 할게요. 우리 모두 쥐처럼 조용히 있을게요."

"쥐는 그렇게 시끄러운 소리를 내지 않아."

재닛의 말에, 도널드가 손수건으로 말고삐를 만들어 호랑이 머리에 감고 펄쩍펄쩍 뛰면서 신나게 말했다.

"쥐가 우글우글하면 시끄러울걸. 천 마리쯤 모이면."

"오만 마리라도 그런 소리는 안 내. 그리고 우리는 쥐가 한 마리만 있는 것처럼 조용해야 해."

재닛이 엄하게 야단쳤다. 캐리스포드 씨가 웃으면서 다시 재닛의 어깨를 토닥였다.

"아빠가 곧 오실 거예요. 그 잃어버린 여자아이 얘기해도 돼요?"

인도 신사가 이마를 찌푸리며 피곤한 표정을 지었다.

"지금으로서는 다른 이야깃거리도 없을 것 같구나."

노라가 말했다.

"저희는 그 애가 정말 좋아요. 저희끼리 그 애를 '동화 밖 작은 공주'라고 불러요."

"어째서?"

인도 신사는 대가족 아이들의 상상 이야기를 들으면 복잡한 일들을 잊고 시름을 달랠 수 있었다.

재닛이 대답했다.

"아저씨가 찾으면 그 애도 엄청난 부자가 될 테니까, 동화 속 공주하고 비슷하잖아요. 그래서 처음에는 '동화 속 공주'라고 불렀는데, 동화 이야기하고 똑같지는 않으니까 딱 맞는 말이 아니더라고요."

노라가 끼어들었다.

"그 애 아빠가 친구한테 전 재산을 줘서 다이아몬드 광산에 투자했는데, 친구가 그 돈을 다 잃어버린 줄 알고 도망갔다는 게 정말이에요? 자기가 사기꾼이 된 것 같아서 도망쳤다는 게요?"

"하지만 사기꾼이 아니었어."

재닛이 재빨리 대답했다. 인도 신사가 얼른 재닛의 손을 잡았다.

"그래, 그건 아니었지."

"저는 그 친구가 안 됐어요. 그냥 그런 마음이 들어요. 일부러 그런 것도 아니고, 그 친구도 상심이 컸을 거예요. 분명히 그분도 마음이 찢어졌을 것 같아요."

"너는 어린아이가 이해심이 참 많구나."

인도 신사는 재닛의 손을 더 꼭 잡았다.

도널드가 또 큰 소리로 말했다.

"아저씨한테 거지가 아닌 여자아이 얘기해 드렸어? 그 애가 좋은 새 옷을 입었다는 얘기도 했어? 누가 그 애를 잃어버렸다가 찾았나 봐."

그때 재닛이 소리쳤다.

"마차예요! 문 앞에 섰어요. 아빠가 오셨어요!"

아이들이 우르르 창가로 몰려가 밖을 내다보았다.

도널드가 외쳤다.

"맞아. 아빠야. 그런데 여자애는 없어."

세 아이가 우당탕 서재를 뛰어나가 현관으로 몰려갔다. 아이들은 언제나 이런 식으로 아버지를 맞았다. 곧 펄쩍펄쩍 뛰고 손뼉을 마주치고 아빠 품에 안겨 뽀뽀를 해 대는 소리가 들려올 참이었다.

캐리스포드 씨는 의자에서 일어서려다 털썩 주저앉았다.

"소용없어. 정말 만신창이가 됐군!"

카마이클 씨의 목소리가 문 가까이에서 들렸다.

"안 돼, 얘들아. 아빠가 캐리스포드 씨와 얘기를 마친 다음 들어와. 가서 람 다스하고 놀고 있으렴."

카마이클 씨가 문을 열고 들어왔다. 떠나기 전보다 혈색이 좋아졌고 활력이 넘쳤다. 그러나 악수하며 병약한 낯빛으로 간절하게 묻는 얼굴과 마주하자, 눈에 낙담과 근심의 빛이 어렸다.

"어떻게 됐나? 러시아인 부부가 입양한 그 아이는?"

"우리가 찾는 아이가 아니었어. 크루 대위의 딸보다 훨씬 어리고, 이름도 에밀리 커루야. 내가 직접 만나서 이야기도 나눴네. 러시아인 부부가 아주 상세히 설명해 주더군."

인도 신사의 얼굴은 실로 기진하고 참담했다. 카마이클 씨와 맞잡고 있던 손이 툭 떨어졌다.

"처음부터 다시 시작해야겠군. 별수 있겠나……. 앉게나."

카마이클 씨가 자리에 앉았다. 그는 이 불행한 남자가 점점 좋아졌다. 그 자신은 워낙 건강하고, 사랑스럽고 명랑한 가정을 이루고 행복하게 사는지라, 이토록 쓸쓸하고 쇠약한 상태로 살아가는 캐리스포드 씨가 너무나 측은했다. 집 안에 쾌활하게 떠드는 아이가 한 명만 있어도 이렇게까지 쓸쓸하지는 않을 것 같았다. 게다가 자신의 잘못으로 아이를 잃어버렸다는 죄책감까지 가슴에 품고 사는 건 차마 못할 짓이었다.

카마이클 씨는 일부러 쾌활하게 말했다.

"자, 자. 꼭 찾게 될 걸세."

캐리스포드 씨가 속이 타들어 가는 목소리로 말했다.

"당장 시작해야 하네. 꾸물거릴 시간이 없어. 무슨 다른 방법이 없겠나? 아무 거라도?"

카마이클 씨도 조바심이 나는 듯 자리에서 일어나 생각에 잠긴 채 서재 안을 서성였다. 반신반의하는 표정이었다.

"글쎄, 얼마나 소용이 있을지는 모르겠네만, 사실 도버에서 기차를 타고 오면서 한 가지 생각이 떠오르긴 했네."

"그게 뭔가? 그 애가 살아만 있다면, 어딘가에는 있을 텐데."

"그렇지. 분명히 어딘가에는 있어야지. 그래서 말인데, 우린 그동안 파리의 학교들만 찾아보지 않았나. 이제 파리는 그만두고 런던에서 찾아보는 게 어떨까? 그게 내 생각이네."

캐리스포드 씨가 힘없이 대꾸했다.

"런던에도 학교가 많지 않나."

그러다가 뭔가 생각난 듯 흠칫 놀라서 덧붙였다.

"그러고 보니 바로 옆에도 학교가 하나 있지."

"그럼 거기부터 시작하세. 당연히 가장 가까운 곳부터 찾아봐야지."

"그렇지. 사실은 그 학교에 관심이 가는 아이가 하나 있네. 하지만 학생은 아니야. 피부도 가무잡잡하고, 의지할 곳 하나 없이 버려진 처량한 아이라더군. 가엾은 크루의 딸일 리는 없지."

어쩌면 바로 그 순간 다시 한번 마법이, 아름다운 마법이 일어난 것인지 모른다. 정말로 마법 같은 일이었다. 마법이 아니라면, 람 다스가 주인님이 손님과 대화 중인 서재에 들떠서 들어갈 이유가 생겼겠는가? 람 다스는 살람 식으로 공손히 인사했지만, 까만 눈에 반짝이는 흥분은 감추지 못했다.

"주인님, 그 아이가, 주인님이 가엾게 여기시는 그 아이가 찾아왔습니다. 지붕을 타고 또 그 아이의 다락방으로 도망친 원숭이를 데려왔어요. 제가 잠깐 기다리라고 했습니다. 제 생각에 주인님께서 그 아이를 직접 만나서 말씀을 나누시면 즐거우실 것 같아서요."

"그 아이가 누군가?"

카마이클 씨가 물었다.

"나도 잘은 몰라. 내가 방금 말했던 아이라네. 옆 학교에서 허드렛일을 하는 어린아이지."

캐리스포드 씨는 이렇게 대답하고는, 람 다스에게 데려오라고 손짓했다.

"그래. 나도 만나 보고 싶군. 가서 아이를 데려와."

그러고는 다시 카마이클 씨를 보며 말했다.

"자네가 없는 동안 나는 절망에 빠져 지냈다네. 하루하루가 어찌나 길고 우울하던지. 그래서 람 다스에게 이 아이의 비참한 처지를 전해 들었을 때, 함께 아이를 도울 낭만적인 계획을 짰다

네. 유치한 일일 수도 있지만, 그 덕분에 뭔가를 계획하고 생각할 수 있었어. 물론 람 다스처럼 발소리를 죽이고 걸을 수 있고 몸동작이 민첩한 하인이 없었다면 실행될 수 없었겠지."

그때 세라가 서재로 들어왔다. 원숭이는 세라와 떨어지기 싫은지 세라의 품에 매달려서 끽끽거렸다. 세라는 인도 신사의 서재에 들어왔다는 게 신기해서 마음이 들뜨고 뺨이 발갛게 상기되었다.

세라가 고운 목소리로 말했다.

"원숭이가 또 도망쳤어요. 어젯밤 제 다락방 창가로 왔는데, 너무 추운 날씨여서 제가 방 안으로 들어오게 했어요. 바로 데려다 드리고 싶었는데 시간이 너무 늦어서요. 아저씨가 편찮으신데 혹시 폐를 끼치는 게 아닐까 싶어서요."

인도 신사는 움푹 꺼진 눈에 호기심을 가득 담고 세라를 유심히 바라보며 말했다.

"참 사려 깊은 아이로구나."

세라가 문가에 선 람 다스를 쳐다보며 물었다.

"원숭이를 라스카르에게 줄까요?"

인도 신사가 설핏 미소를 띠었다.

"저 사람이 라스카르인 걸 어떻게 아니?"

세라는 떨어지지 않으려는 원숭이를 람 다스에게 건네며 말했다.

"아, 저 라스카르를 알아요. 인도에서 태어났거든요."

인도 신사가 표정을 싹 바꾸며 갑자기 몸을 곧추 세우고 앉는 바람에 세라는 흠칫 놀랐다.

"인도에서 태어났다고? 정말이니? 이리 와 보거라."

인도 신사가 큰 소리로 물으며 손을 내밀었다.

세라는 그에게 다가가 인도 신사가 내민 손에 자신의 손을 얹었다. 그가 손을 잡고 싶어 하는 것 같아서였다. 세라는 가만히 서서 녹회색 눈으로 의아한 듯 인도 신사를 마주보았다. 그에게 무슨 문제가 있는 모양이었다.

"옆집에 산다고?"

"네, 민친 기숙학교에 살아요."

"그런데 학생은 아니고?"

세라의 입가에 보일 듯 말 듯 묘한 미소가 감돌았다. 세라는 잠시 머뭇거리다 대답했다.

"저도 제가 누구인지 잘 모르겠어요."

"모르다니, 왜지?"

"처음에는 학생이었거든요. 특별 기숙생이요. 그런데 지금은……."

"학생이었다고! 그런데 지금은?"

슬퍼 보이는 야릇한 미소가 다시금 세라의 입가를 스쳤다.

"저는 다락방에서 자요. 부엌 허드렛일을 하는 하녀 아이 옆방

에서요. 요리사가 심부름을 시키면 심부름을 다니고, 하라는 건
뭐든 다 해요. 또 어린 학생들 수업도 맡고 있고요."

캐리스포드 씨가 기력을 소진한 듯이 의자 깊숙이 기대어 앉
으며 말했다.

"카마이클, 자네가, 자네가 물어 주게. 난 못 하겠어."

다정한 대가족의 아버지는 어린 여자아이에게 어떻게 질문해
야 하는지 잘 알았다. 그가 자상하고 따뜻한 목소리로 던지는 질
문들을 듣자, 세라는 카마이클 씨가 아이들과 얼마나 많이 대화
하는 사람인지 알 수 있었다.

"애야, '처음에는'이라고 말한 건 무슨 뜻이니?"

"아빠가 처음 저를 이 학교에 데려오셨을 때요."

"아빠는 어디 계시니?"

세라가 아주 차분한 목소리로 대답했다.

"돌아가셨어요. 돈을 다 잃어서 제게 아무것도 남기지 못하셨
죠. 저를 돌봐 줄 사람도 없고 민친 선생님께 돈을 줄 사람도 없
었어요."

"카마이클! 카마이클!"

인도 신사가 큰 소리로 외쳤다.

"아이가 겁을 먹겠네."

카마이클 씨가 낮은 목소리로 재빨리 말했다. 그러고는 다시
목소리를 높여 세라에게 물었다.

"그래서 다락방으로 쫓겨나서 잔심부름을 하게 된 거로구나. 맞니?"

"네. 저를 돌봐 줄 분이 없었거든요. 전 돈도 없고 친척도 없었어요."

인도 신사가 숨을 가쁘게 쉬며 끼어들었다.

"아버지는 어쩌다 돈을 잃으셨니?"

"아빠가 돈을 잃으신 게 아니에요."

대답을 하면서도 세라는 의아한 마음이 커져 갔다.

"아빠가 매우 아끼는 친구가 있었어요. 아빠는 그분을 무척 좋아하셨는데, 그 친구가 아빠 돈을 다 잃어버렸대요. 아빠가 친구를 너무 믿으셨던 거죠."

인도 신사는 점점 더 숨이 가빠졌다.

"그 친구가 일부러 피해를 주려고 했던 건 아닐 거다. 실수로 그렇게 된 건지도 몰라."

세라는 최대한 차분하게 대답하려고 애썼지만, 자신의 목소리가 얼마나 냉정하고 차가웠는지 알지 못했다. 알았더라면 인도 신사를 위해서 목소리를 누그러뜨리려고 더 애썼을 것이다.

"어쨌든 아빠가 아주 힘들어하셨다는 건 똑같죠. 아빠는 그 고통 때문에 돌아가셨어요."

인도 신사가 물었다.

"아버지 성함이 어떻게 되니? 말해 보렴."

세라는 약간 당황하며 대답했다.

"아빠 성함은 랄프 크루예요. 크루 대위요. 인도에서 돌아가셨어요."

초췌한 인도 신사의 얼굴이 일그러졌다. 람 다스가 주인 곁으로 황급히 달려갔다. 캐리스포드 씨가 숨 넘어갈 듯한 소리로 말했다.

"카마이클! 이 아일세. 이 아이야!"

한순간 세라는 인도 신사가 죽는 줄 알았다. 람 다스가 그의 입에 약병을 대고 약을 몇 방울 떨어뜨렸다. 세라는 옆에 서서 덜덜 몸을 떨다가, 당혹스러운 눈길로 카마이클 씨에게 물었다.

"제가 무슨 아이라는 말씀이세요?"

"이분이 바로 네 아버지의 친구시란다. 얘야, 놀라지 말거라. 우린 2년 동안 너를 찾아다녔단다."

세라는 한 손으로 이마를 짚었다. 입술이 파르르 떨렸다. 꿈을 꾸는 것 같았다. 세라는 속삭이다시피 말했다.

"저는 내내 민친 기숙학교에 있었어요. 바로 벽 너머에요."

18

"보잘것없는 존재가 되지 않으려고
노력했던 거예요"

모든 일은 카마이클 부인이 설명해 주었다. 부인은 소식을 듣고 한달음에 광장을 건너와 세라를 따뜻하게 품에 안아 주었고, 그간의 일들을 자세히 알려 주었다. 병약한 캐리스포드 씨는 전혀 뜻밖의 순간에 세라를 찾고 마음이 너무 벅차서 기진맥진했다. 세라를 다른 방으로 보내려 하자 카마이클 씨에게 힘없이 부탁할 뿐이었다.

"무슨 일이 있어도, 절대로 저 아이가 내 눈 앞에서 사라지지 않게 해 주게."

"제가 같이 있을게요. 엄마도 곧 오실 거예요."

재닛이 이렇게 말하며 세라를 서재에서 데리고 나갔다.

"널 찾아서 정말 기뻐. 우리가 얼마나 기쁜지 넌 모를 거야."

도널드는 주머니에 손을 넣고 서서 자책했다.

"내가 6펜스를 주던 날 이름을 물어봤으면 누나가 세라 크루라고 말했을 거고, 그럼 바로 찾았을 텐데."

그때 카마이클 부인이 도착했다. 부인은 마음이 뭉클한 표정으로 세라를 덥석 끌어안고 입을 맞추었다.

"당황했구나. 가엾어라. 그럴 만도 하지."

세라는 아까부터 오로지 한 가지 생각뿐이었다. 그래서 문이 닫힌 서재 쪽을 힐끔거리며 카마이클 부인에게 물었다.

"저분이, 정말 저분이 아빠의 나쁜 친구세요? 아, 어서 말해 주세요!"

카마이클 부인은 눈물을 흘리며 다시 세라에게 입을 맞추었다. 부인은 오랫동안 사랑받지 못했을 세라를 자신이라도 많이 안아 주어야 한다고 생각하는 듯했다.

"얘야, 캐리스포드 씨는 나쁜 사람이 아니란다. 네 아빠 돈을 정말로 잃은 게 아니라, 돈을 잃은 줄로 잘못 아셨던 거야. 그런데 네 아빠를 무척 좋아하셨기 때문에 너무 미안해서 자책감으로 쓰러지셨지. 그길로 뇌염으로 사경을 헤매다가 간신히 정신을 차렸는데, 불행히도 그땐 이미 네 아빠가 돌아가신 뒤였어."

세라가 중얼거렸다.

"그래서 제가 어디 있는지 모르셨군요. 이렇게 가까이에 있었는데."

'내가 이렇게나 가까이에 있었는데!'

세라의 머릿속에 이 생각이 계속 맴돌았다.

"네가 프랑스 학교에 다니는 줄 아셨거든. 그래서 널 백방으로 찾았지만 계속 헛걸음만 했지. 슬픈 얼굴로 집 앞을 지나다니는 네가 바로 그 아이인 줄은 꿈에도 모르고. 하지만 널 정말로 가엾게 여기셔서 행복하게 만들어 주려고 하셨단다. 그래서 람 다스에게 네 다락방을 따뜻하고 편하게 꾸미라고 시키셨던 거야."

세라는 깜짝 놀랐다.

"람 다스가 가져다 줬다고요? 아저씨가 람 다스에게 시키셨고요? 제 꿈을 이뤄 준 친구가 바로 아저씨였군요!"

"그렇단다, 애야! 저분은 선하고 다정한 분이셔. 너를 안쓰럽게 여기셨지, 잃어버린 세라 크루가 생각나서 말이야!"

서재 문이 열리고 카마이클 씨가 세라에게 오라고 손짓했다.

"캐리스포드 씨가 벌써 많이 좋아지셨구나. 너를 보고 싶으신 모양이야."

세라는 한달음에 갔다. 인도 신사가 서재로 들어오는 세라를 보았을 때 세라의 얼굴은 환하게 밝아져 있었다.

세라는 인도 신사가 앉은 의자 앞으로 가서 두 손을 가슴 위로 맞잡고 섰다. 그리고 기쁨에 들뜬 목소리로 말했다.

"아저씨가 제게 주셨다면서요. 저 멋지고 아름다운 것들을요. 아저씨가 보내 주신 거였어요!"

"그래, 애야, 가여운 것. 내가 그랬단다."

인도 신사는 오랜 병치레와 마음고생으로 심신이 쇠약해졌지만, 세라가 기억하는 아빠의 눈빛으로 세라를 보았다. 아이를 사랑하는 마음과 품에 안아 주고 싶은 마음이 고스란히 담긴 눈빛이었다. 세라는 아빠가 세상에 둘도 없는 친구이자 가족으로 곁에 있을 때 그랬던 것처럼 인도 신사 옆에 무릎을 꿇고 앉았다.

"제 친구가 아저씨였군요. 제 친구가 바로 아저씨였어요!"

세라는 인도 신사의 앙상한 손에 얼굴을 묻고 몇 번이고 거듭 입을 맞추었다. 카마이클 씨가 곁에 서 있는 아내에게 말했다.

"저 친구 3주만 지나면 건강을 되찾겠는걸. 벌써 저 얼굴 좀 봐요."

정말 그의 얼굴은 확연히 달라 보였다. '꼬마 마님'이 옆에 있는 데다 벌써 새로운 계획들이 생겼다. 제일 먼저 민친 교장을 만나야 했다. 세라를 학교로 돌려보낼 생각은 추호도 없었다. 세라 대신 카마이클 씨를 보내 교장과 면담케 할 생각이었다.

"돌아가지 않아도 된다니 기뻐요. 선생님은 노발대발하실 거예요. 저를 좋아하지 않으시거든요. 어쩌면 제 잘못인지도 모르지만요. 저도 민친 선생님을 좋아하지 않으니까요."

하지만 기이하게도 민친 교장이 카마이클 씨가 학교로 찾아갈 수고를 덜어 주었다. 자신이 몸소 세라를 찾아왔던 것이다. 민친 교장은 심부름을 시키려고 세라를 찾다가 아주 놀라운 이야기를 들은 참이었다. 한 하녀가 말하기를, 세라가 뭔가를 외투 밑자락에 숨기고 몰래 학교를 빠져나가 옆집으로 들어가는 걸 보았다고 했다. 민친 교장은 아멜리아 선생에게 버럭 화를 냈다.

"도대체 무슨 생각인지!"

"옆집 신사도 인도에서 왔다니까 둘이 친해졌나 보죠."

"버르장머리 없는 아이 같으니. 무작정 쳐들어가서 동정이나 얻으려는 수작인 게지. 할 일을 내팽개치고 두 시간이나 자리를 비웠어. 그렇게 주제넘은 짓을 내가 봐줄 줄 알고? 내가 가서 직접 알아봐야겠어. 그 애가 폐를 끼친 것도 사과하고."

세라는 캐리스포드 씨 무릎 가까이에 발판을 놓고 앉아서, 그가 해명할 필요를 느껴 들려주는 갖가지 이야기를 열심히 듣고 있었다. 그때 람 다스가 손님이 왔다고 알렸다.

세라는 저도 모르게 얼굴까지 하얗게 질려서 벌떡 일어섰다. 하지만 캐리스포드 씨가 보기에 세라는 차분히 자리에서 일어섰을 뿐, 아이가 보이는 공포심은 전혀 드러내지 않았다.

민친 교장이 근엄한 태도로 방에 들어왔다. 교장은 장소에 맞게 옷을 잘 갖춰 입고 깍듯이 예의를 갖췄다.

"캐리스포드 씨, 폐를 끼쳐 죄송합니다만 드릴 말씀이 있습니다. 저는 바로 옆 여학교를 운영하는 민친 교장입니다."

인도 신사는 말없이 교장을 뜯어보았다. 그는 불같은 성격이지만 이 자리에서 자제력을 잃고 길길이 날뛰고 싶지는 않았다.

"그래, 당신이 민친 교장이로군요?"

"그렇습니다."

"그렇다면 마침 잘 오셨습니다. 내 변호사인 카마이클 씨가 선생을 만나러 가려던 참이었는데."

카마이클 씨가 살짝 허리를 숙여 인사하자, 민친 교장이 어리둥절하여 캐리스포드 씨에게 다시 눈길을 옮겼다.

"변호사라고요? 무슨 말씀인지 모르겠군요. 제가 여기에 온 건 제 직무 때문입니다. 방금 저희 학교 학생 하나가, 그것도 제가 자비를 베풀어 거둬들인 학생이 뻔뻔스레 이리 들어가더라는 이야기를 들어서 말이지요. 그 아이가 저도 미처 모르는 사이에 몰래 온 거라는 말씀을 드리러 온 겁니다."

민친 교장은 세라를 돌아보더니 화난 목소리로 명령했다.

"당장 집으로 돌아가. 단단히 혼날 줄 알아라. 당장 가."

인도 신사는 세라를 자기 옆으로 끌어당겨 손을 토닥였다.

"이 아이는 안 갑니다."

민친 교장은 어안이 벙벙했다.

"안 가다니요?"

"네. 이 아이는 집에 가지 않을 겁니다. 집이라는 게 선생 학교를 말하는 거라면 말이죠. 이 아이는 장차 나와 함께 살 겁니다."

민친 교장은 크게 놀라고 화가 나 고꾸라질 지경이었다.

"그쪽하고요? 그쪽하고 함께 살 거라니! 그게 무슨 소리죠?"

"카마이클, 자세히 설명해 드리게. 되도록 빨리 끝내게나."

인도 신사는 다시 세라를 자리에 앉히고 손을 잡았다. 이 역시 세라의 아빠가 자주 하던 행동이었다.

카마이클 씨는 변호사로서 자신이 처리할 일의 모든 법적 유의점을 차분히 설명했고, 사업가로서 그 의미를 잘 알고 있는 민친 교장은 그 내용이 전혀 달갑지 않았다.

"캐리스포드 씨는 고인이 된 크루 대위와 막역한 친구 사이이자 사업 파트너였습니다. 현재는 크루 대위가 잃은 줄 알았던 재산을 모두 회수해서 관리하고 계십니다."

"재산이라고요!"

민친 교장이 소리치더니, 핏기가 싹 가신 얼굴로 탄식했다.

"세라의 재산……!"

"네, 세라의 재산이죠. 지금은 열 배로 불어났습니다. 다이아몬드 광산도 다시 잘 돌아가고 있고요."

"다이아몬드 광산!"

민친 교장이 숨넘어갈 듯 말했다. 이 말이 사실이라면 민친 교장은 살면서 이렇게 끔찍한 일은 처음 겪는 것 같았다.

"네, 다이아몬드 광산."

민친 교장의 말을 그대로 받은 카마이클 씨는 변호사답지 않은 능청스러운 미소를 지으며 몇 마디를 더 덧붙였다.

"민친 선생님, 선생님이 자비를 베풀어 거두셨다는 세라 크루

보다 더 부유한 공주는 별로 없을 겁니다. 캐리스포드 씨는 2년 가까이 세라를 찾아다니셨죠. 드디어 이렇게 찾았으니, 이제 캐리스포드 씨가 세라의 후견인이 되실 겁니다."

민친 교장은 원래 영리한 사람이 아닌데, 흥분하니까 어리석게도 속물근성을 막무가내로 드러내며 덤벼들고 말았다.

"내가 보살펴 준 덕분에 그 아이를 찾으신 겁니다. 그 아이가 가진 건 전부 다 내가 준 거예요. 내가 아니었으면 그 애는 길거리에서 쫄쫄 굶고 있었을 걸요."

이 말에 인도 신사가 버럭 화를 냈다.

"그 다락방에서 지내느니 거리에서 굶는 게 더 편했을 거요."

"크루 대위가 아이를 맡긴 사람은 저예요. 성년이 될 때까지 제 밑에 있어야 해요. 다시 특별 기숙생으로 지낼 겁니다. 학생은 교육 과정을 마쳐야죠. 법도 제 편일 겁니다."

카마이클 씨가 끼어들었다.

"민친 선생님, 법이란 게 결코 그렇지 않습니다. 그건 세라가 결정할 문제입니다. 세라 스스로 돌아가겠다면, 감히 말씀드리건대 캐리스포드 씨도 허락하지 않을 수 없겠지만요."

"그렇다면 세라와 말해야겠네요. 내가 네 응석을 다 받아 주진 못했는지 몰라도, 네 아빠도 네가 성장한 모습을 보며 기뻐하셨다는 걸 알 거다. 게다가, 으흠, 나는 언제나 널 아꼈단다."

민친 교장의 말투는 어색하기 짝이 없었다.

세라의 녹회색 눈이 차분하고 침착하게 민친 교장을 응시했다. 민친 교장이 특히 질색하는 그 표정이었다.

"전 전혀 몰랐어요, 선생님."

민친 교장은 얼굴이 빨개져서 앉은 자세를 바로 했다.

"어떻게 모를 수가 있니? 하긴 애들은 자기한테 뭐가 좋고 나쁜지 모르는 법이지. 나와 아멜리아는 항상 네가 학교에서 가장 똑똑한 아이라고 말했단다. 불쌍한 아빠께 의무를 다하기 위해서라도 나와 함께 학교로 돌아가지 않겠니?"

세라는 민친 교장에게 한 걸음 다가갔다. 이제 너는 거리로 쫓겨날 거라는 말을 들었던 날이 떠올랐다. 에밀리와 멜기세덱뿐인 다락방에서 홀로 견뎠던 춥고 굶주린 시간들이 머릿속을 스쳤다. 세라는 침착하게 민친 교장을 마주 보았다.

"민친 선생님, 제가 왜 선생님의 학교로 돌아가지 않을 건지 선생님은 아실 거예요. 아주 잘 아시겠지요."

딱딱하게 굳은 민친 교장의 성난 얼굴이 화르륵 달아올랐다. 민친 교장은 엄포를 놓았다.

"다시는 네 친구들을 못 만날 줄 알아라. 어민가드와 로티한테 얼씬도 못할 테니……."

카마이클 씨가 정중하지만 단호하게 교장의 말을 잘랐다.

"세라는 만나고 싶은 사람은 누구든 만날 겁니다. 크루 양의 후견인 댁에서 보내는 초대장을 부모님들이 거절하실 리 만무

하니까요. 이 일은 캐리스포드 씨가 직접 챙기실 겁니다."

민친 교장은 가슴이 철렁 내려앉았다. 괴짜 삼촌이 나타나 조카의 처지를 보고 욱하는 편이 차라리 지금 현실보다 나았다. 자녀가 다이아몬드 광산을 물려받을 아이와 친구가 되는 것을 허락하지 않을 부모가 없다는 걸 속물적인 민친 교장은 누구보다 잘 이해했다. 게다가 캐리스포드 씨가 학교 후원자들에게 그 동안 세라 크루가 얼마나 불행하게 지냈는지 입이라도 여는 날이면 민친 교장 자신이 심각한 상황에 처할 수 있었다.

민친 교장이 돌아서서 방을 나가며 인도 신사에게 말했다.

"당신은 만만치 않은 짐을 떠안은 겁니다. 얼마 안 가 알게 될 거예요. 그 애가 정직하지도 않고 고마워할 줄도 모른다는 걸요. 넌 다시 공주가 된 기분이겠구나."

마지막의 가시 돋친 말은 세라를 향한 것이었다.

세라는 고개를 숙이고 살짝 얼굴을 붉혔다. 아무리 포용력 있는 사람이라도 자신의 상상놀이를 처음부터 이해하기란 쉽지 않을 거란 생각이 들어서였다. 그래서 작은 목소리로 대답했다.

"전, 보잘것없는 존재가 되지 않으려고 노력했을 뿐이에요. 못 견디게 춥고 배가 고파도, 공주처럼 행동하려고 말이에요."

"그래, 이젠 노력할 필요가 없겠구나."

민친 교장이 모지락스럽게 말하며 방을 나서자 람 다스가 손을 올려 살람 식으로 인사했다.

학교로 돌아온 민친 교장은 곧장 동생을 응접실로 불렀다. 아멜리아 선생은 남은 오후 시간을 꼬박 응접실에 잡혀 있었는데, 몇 차례나 고통스러운 고비를 넘겨야 했다. 그녀는 눈물을 펑펑 쏟으며 수시로 눈가를 훔쳤다. 말 한마디 잘못 꺼냈다가 하마터면 언니에게 머리가 떨어져 나가라 따귀를 맞을 뻔하기까지 했다. 하지만 상황은 여느 때와는 다르게 전개됐다.

"난 언니보다 머리도 나쁘고, 언니가 무서워서 말도 제대로 못했어요. 내가 이토록 소심하지만 않았다면 학교에도, 우리 둘에게도 더 좋았을 텐데. 그래서 지금은 꼭 말해야겠어요. 난 언니가 세라 크루를 좀 덜 구박하고, 더 깔끔하고 편한 옷을 주면 좋겠다는 생각을 자주 했어요. 솔직히 그 나이 애들이 하기 힘든 일만 시키고 밥은 주는 둥 마는 둥……."

"어디서 감히 그런 말을!"

하지만 이번에는 아멜리아 선생도 물러서지 않았다.

"나도 내가 어떻게 감히 이러는지 모르겠어. 하지만 이왕 시작했으니까 하던 말은 마칠래요. 그 애는 똑똑하고 착했어. 작은 친절도 꼭 기억했을 아이라고. 하지만 언니는 그 아이에게 친절이라고는 눈곱만큼도 보여 주지 않았어. 사실 그 애는 언니가 함부로 대하기에는 너무 영리했지. 그래서 언니도 처음부터 줄곧 싫어했던 거잖아. 그 애가 언니도 나도 훤히 꿰뚫어 보고……."

"아멜리아!"

민친 교장은 머리끝까지 화가 치밀어서 숨까지 헐떡이며, 베키에게 툭하면 그랬던 것처럼 두건이 날아가도록 귀싸대기를 올려붙일 기세로 동생을 쳐다보았다. 그러나 아멜리아 선생 역시 실의에 빠져서 앞일은 될 대로 되라는 듯이 악을 썼다.

"맞잖아! 그랬잖아! 그 애는 우리 속을 훤히 꿰뚫어 봤다고. 언니가 인정머리 없는 속물이고, 내가 나약한 바보고, 우리가 돈에 굽실거리는 천박하고 비열한 사람들인 걸! 우리가 못되게 군 이유가 자기한테 땡전 한 푼 남지 않아서라는 걸! 정작 그 애는 알거지가 됐을 때조차 공주처럼 행동했는데 말이야. 그 애는, 세라는, 어린 공주 같았다고!"

아멜리아 선생은 울다 웃다 몸부림쳤다. 민친 교장은 경악해서 동생을 빤히 쳐다보았다. 울음은 통곡으로 변했다.

"다른 학교에서 그 애도, 그 애 돈도 가져가겠지. 그 애가 자기가 어떤 취급을 받았는지 말하면, 다른 학생들도 죄다 우리 학교를 떠나고 우린 망할 거야. 우린 그래도 싸. 특히 언니가! 마리아 민친! 언니는 인정머리 없고 자기밖에 모르는 속물이야!"

아멜리아 선생이 발작 때문에 숨넘어갈 듯 꼴깍거리자 민친 교장은 분한 만큼 퍼부어 대지도 못하고 어쩔 수 없이 소금과 후자극제*를 먹여 동생을 진정시켰다.

---

* sal volatile. 의식을 잃은 사람에게 냄새를 맡게 하여 의식 회복을 돕던 탄산암모늄 화합물이다.

사실 이날 이후로 민친 교장은 동생을 조금 조심스러워 했다. 동생이 보이는 것처럼 그리 멍청하지 않고, 욱하면 듣기에 불편한 진실들을 쏟아낼지도 몰랐기 때문이다.

그날 저녁, 학생들이 잠자리에 들기 전 습관처럼 교실 벽난로 앞에 모였을 때, 어민가드가 한 손에 편지를 들고 둥근 얼굴에 이상야릇한 표정을 띠며 들어왔다. 기뻐서 들뜬 듯도 했고, 충격 때문에 놀란 얼굴이기도 했다.

"무슨 일 있어?"

학생 두세 명이 동시에 물었다.

래비니어가 궁금해 죽겠다는 듯이 물었다.

"좀 전에 난리 났던 거랑 관계 있는 거지? 응접실에서 큰소리가 났어. 아멜리아 선생님이 발작을 일으켜서 자리에 누우셨대."

어민가드는 반쯤 멍해 보이는 얼굴로 천천히 대답했다.

"방금 세라의 편지를 받았어."

어민가드가 편지를 펼쳐서 보여 주었다. 긴 장문의 편지였다.

학생들이 이구동성으로 외쳤다.

"세라가 보냈다고?"

제시는 비명을 지르다시피 물었다.

"지금 어디 있는데?"

어민가드가 느릿느릿 말했다.

"옆집에. 인도 신사랑 같이 있어."

"어디라고? 그럼 기어이 쫓겨난 거야? 그래서 그 난리가 났던 거야? 세라가 편지를 왜 썼는데? 말해 봐, 어서!"

왁자지껄하며 질문이 한꺼번에 쏟아지자 당황한 로티가 울기 시작했다. 어민가드는 더없이 중요하고 명명백백한 일에 반쯤 정신을 뺏긴 사람처럼 천천히, 그리고 결연히 말했다.

"다이아몬드 광산이 진짜 있었대!"

어민가드만 보고 있던 학생들의 입이 떡 벌어지고 눈이 휘둥그레졌다. 어민가드가 서둘러 말을 이었다.

"정말이었대. 모두들 잘못 알고 있었던 거야. 잠깐 어떤 일이 일어나서 캐리스포드 씨는 광산이 망한 줄 알고……."

"캐리스포드 씨가 누구야?"

제시가 큰 소리로 물었다.

"인도 신사 말이야. 세라 아빠도 그렇게 알고 있다가 돌아가신 거고. 캐리스포드 씨는 뇌염에 걸려서 도망갔는데 거의 죽을 뻔했대. 그분은 세라가 어디 있는지 몰랐대. 그리고 알고 보니 광산에 다이아몬드가 엄청나게 많았는데, 절반이 세라 거래. 세라가 다락방에서 멜기세덱 말고는 친구 한 명 없이 살 때도, 요리사가 이리저리 심부름을 보내며 못살게 굴었을 때도 세라 거였대. 그런데 오늘 낮에 캐리스포드 씨가 세라를 찾아서 그 집에 데리고 있대. 세라는 앞으로 여기엔 절대 안 돌아올 거고, 예전보다 훨씬 더 공주 같아질 거래. 백배 천배 더. 그래서 난 내일 오후에 세라를 보러 갈 거야. 옆집으로!"

그 뒤로 벌어진 소란은 민친 교장조차 어찌지 못할 정도였는데, 사실 민친 교장은 바깥의 소란에 신경 쓸 겨를이 없었다. 아멜리아 선생이 아직도 침대에 누워 울고 있는 방 안의 상황만으로도 벅찼다. 어떤 경로로 그랬는지 이 안에서 있었던 일이 벽을 뚫고 나가 밖으로 퍼졌음을 민친 교장도 알았다. 하녀들이고 학생들이고 다들 이 일로 이야기꽃을 피우다 잠자리에 들 터였다.

학생들은 자정이 다 되도록 교실에서 어민가드가 읽어 주는 세라의 편지를 듣고 또 들었다. 지금껏 세라가 지어냈던 그 어떤 이야기보다 더 멋지고 놀랍고 매혹적이었다.

베키도 이야기를 듣고 간신히 평소보다 일찍 다락방으로 올라갔다. 베키는 마법의 방을 한 번이라도 더 보고 싶었다. 그 물건들이 민친 교장에게 맡겨질 리는 없었다. 물건들이 사라지면 다락방은 다시 황량하고 공허한 곳이 되겠지. 세라를 생각하면 기뻤지만, 계단참 맨 위에 올라선 베키는 목이 메며 눈앞이 뿌얘졌다. 오늘밤은 난롯불도, 장밋빛 갓을 쓴 등도, 저녁식사도 없다. 불빛 속에서 책을 읽어 주고 이야기를 들려줄 공주도 없을 터였다. 이제 공주는 없었다!

베키는 왈칵 치미는 울음을 힘겹게 삼키며 다락방 문을 밀어 열었다. 그리고 나직이 탄성을 내질렀다.

등이 방을 환히 밝혔고, 활활 타오르는 난롯불 앞에 저녁식사가 차려져 있었다. 그리고 람 다스가 미소를 띤 채 서 있었다.

"세라 아가씨가 기억하고 계십니다. 주인님께 다 말씀드렸답니다. 아가씨는 자신에게 좋은 일이 생겼다는 걸 베키 양에게 알려주고 싶어 하세요. 쟁반 위에 아가씨의 편지를 두었어요. 아가씨는 베키 양이 우울한 기분으로 잠들지 않기를 바랐어요. 주인님이 내일 집으로 오라고 하셨어요. 세라 아가씨를 모시는 일을 하게 될 거예요. 이것들은 오늘 밤 제가 다시 옮길 겁니다."

람 다스는 활짝 웃으며 가볍게 손을 올려 인사하고는 소리 하나 내지 않고 날렵하게 지붕창을 빠져나갔다. 그동안 얼마나 거뜬히 드나들었는지 베키에게 증명해 보이기라도 하듯.

19

앤

대가족 아이들의 놀이방에 이토록 즐거움이 가득했던 적은 없었다. 아이들은 '거지가 아닌 여자아이'와 친해지는 게 이렇게 즐거운 일일 줄은 상상도 하지 못했다. 고통과 위험을 딛고 여기까지 온 세라의 용기 자체가 값을 매길 수 없는 자산이었다. 모두들 세라가 겪었던 '모험'들을 몇 번이고 다시 듣고 싶어 했다. 크고 환한 방 안에서 따뜻한 난롯가에 앉아서 들으면, 춥기 그지 없는 다락방 이야기도 재미있게 들리니까. 그래서 사실 아이들은 다락방을 무척 신나는 공간으로 떠올렸다. 멜기세덱이 등장하고 지붕창 밖으로 고개를 내밀어 참새와 멋진 풍경을 구경할 수 있는 다락방에서 춥고 휑한 모습 같은 건 대수롭지 않게 느껴졌기 때문이다.

그 중에서도 아이들은 파티를 준비하고 꿈이 현실로 이루어졌던 날의 이야기를 가장 좋아했다. 세라는 인도 신사를 만난 이튿날 처음으로 이 이야기를 들려주었다. 대가족 아이들 몇몇이 세라와 차를 마시러 왔다가 난로 앞 깔개에 웅크리고 앉아 세라가 특유의 방식으로 들려주는 이야기를 들었고, 인도 신사도 귀를 기울이며 세라를 지켜보았다. 세라는 인도 신사를 올려다보며 그의 무릎에 손을 얹고 말했다.

"제 이야기는 여기까지예요, 톰 삼촌. 이제 삼촌 이야기를 해주세요. 아직 삼촌 이야기를 듣지 못했지만, 아름다운 이야기일 것 같아요."

그래서 캐리스포드 씨는 몸이 아프고 기분도 우울하여 짜증스러웠던 어느 날, 람 다스가 집 앞을 오가는 사람들에 대해 들려주면서, 그 중 유독 자주 지나다니는 아이가 하나 있다고 말하더라며 이야기를 시작했다. 인도 신사는 왠지 그 아이한테 관심이 갔는데, 찾고 있던 여자아이 생각도 났고, 람 다스가 도망친 원숭이를 쫓아서 옆집 다락방까지 건너갔다 온 얘기를 들려주었기 때문이었다. 람 다스는 온기나 활기라고는 찾아볼 수 없는 그 방에 그 여자아이가 살고 있었는데, 전혀 부엌데기나 하녀로 보이지 않았다고 설명했다. 차츰 람 다스가 아이의 비참한 생활을 알게 되었고, 지붕을 타고 몇 미터 안 되는 다락방 지붕창까지 가는 게 그다지 어렵지 않다는 사실을 파악하자, 지금까지 있었던 그 모든 일들이 시작되었다.

어느 날 람다스가 이렇게 말한 것이다.

"주인님, 아이가 심부름을 나간 사이 제가 지붕을 건너가서 난롯불을 지피고 오면 어떨까요? 온몸이 젖어서 꽁꽁 언 채로 돌아왔을 때 난로에 불이 활활 타고 있으면 마법사가 다녀갔다고 생각할 거예요."

그의 생각이 어찌나 기발했던지 캐리스포드 씨의 슬픈 얼굴에 밝은 미소가 번졌다. 람 다스는 그 미소에 황홀하리만큼 벅찬 감격을 느껴서 계획을 더 자세히 설명했고 큰 일들도 간단히 해낼 수 있다고 피력했다. 캐리스포드 씨는 어린애처럼 즐거워하며 머리를 짜냈고, 계획을 실행에 옮기기 위해 준비하느라 지루하고 피로했을 여러 날들이 흥미롭게 지나갔다.

파티 놀이가 좌절로 끝났던 날 밤, 줄곧 지켜보고 있던 람 다스는 자신의 다락방에 모든 준비를 마쳐놓은 상태였다. 람 다스를 도와줄 사람도 이 특이한 모험이 흥미로워서 함께 대기 중이었다. 람 다스는 슬레이트 지붕에 납작하게 몸을 붙이고 엎드려 지붕창 아래를 엿보면서 파티가 처참하게 끝나는 광경을 목격하고는 지친 세라가 깊은 잠에 빠졌다고 확신했다. 그래서 한 면을 가린 전등을 들고 방 안으로 살금살금 내려왔다. 함께 온 사람은 지붕 위에 남아서 물건을 아래로 건네주었다. 세라가 미미하게라도 몸을 뒤척이면 람 다스는 전등 덮개를 덮고 바닥에 바짝 엎드렸다.

그 뒤로 있었던 많은 신나는 일들은 대가족 아이들이 던진 수 없이 많은 질문을 통해 차차 드러났다.

세라가 말했다.

"정말 기뻐요. 그 친구가 바로 삼촌이라는 게 정말 기뻐요!"

두 사람은 세상에 둘도 없는 친구가 되었다. 어쩐지 둘은 신기하리만큼 서로 잘 맞았다. 인도 신사는 지금껏 살면서 세라만큼 마음에 드는 친구를 만난 적이 없었다. 카마이클 씨의 예상처럼, 인도 신사는 한 달 만에 완전히 다른 사람이 되었다. 언제나 유쾌했고 의욕이 넘쳤으며, 짐으로만 여겨져 증오했던 부에 대해서도 기쁨과 감사의 마음을 느끼게 되었다. 세라에게 해 줄 멋진 일들도 무척 많았다. 두 사람은 캐리스포드 씨가 마법사이고 세라를 깜짝 놀래 줄 일을 만들어 내는 데서 즐거움을 찾는다며 농담도 주고받았다. 어느 날은 처음 보는 아름다운 꽃들이 세라의 방 안에서 자라났고, 어느 날은 베개 밑에서 엉뚱하고 멋진 선물들이 나왔다. 한 번은 저녁에 두 사람이 같이 앉아 있는데 묵직한 발로 문을 긁는 소리가 들려서 세라가 나가 보니 개가 한 마리 서 있었다. 아주 커다랗고 멋진 보어하운드로, 금과 은을 섞어 화려하게 만든 목줄에 점자로 '나는 세라 공주님을 모셔요'라고 적혀 있었다.

인도 신사는 낡고 해진 누더기 차림의 세라 공주를 떠올리는

일을 더없이 즐겨 했다. 대가족 식구들이나 어민가드와 로티가 찾아와 즐겁게 보내는 오후 시간도 매우 흡족했다. 하지만 세라와 인도 신사가 단둘이 앉아 책을 읽거나 대화하는 시간은 더더욱 특별했다. 둘이 시간을 보내는 동안에는 새로운 일들이 계속 일어났다.

어느 날 저녁, 캐리스포드 씨가 책을 읽다가 고개를 드니 세라가 한동안 꼼짝도 않고 난롯불만 응시하고 있었다.

"세라, 무슨 생각을 하니?"

세라가 뺨이 발그레해서 얼굴을 들었다.

"생각이 나서요. 어느 배고팠던 날이랑, 그날 만났던 아이가."

인도 신사가 슬픔이 짙게 깔린 목소리로 말했다.

"배고팠던 날이 아주 많았잖니. 그 중에 어느 날 말이냐?"

"삼촌은 모르신다는 걸 깜박했어요. 제 꿈이 이루어졌던 바로 그날이요."

세라는 인도 신사에게 빵집 앞에서의 일을 들려주었다. 진창길에서 4펜스를 줍고, 자기보다 더 굶주린 아이를 만났던 이야기였다. 세라는 아주 짧고 간단하게 얘기했지만, 어쩐지 인도 신사는 손으로 눈가에 그늘을 만들고 고개를 숙여 양탄자만 바라보아야 했다.

말을 마친 세라가 다시 이야기했다.

"그리고 어떤 계획 같은 걸 생각했어요. 저도 뭔가 하고 싶다는 생각을요."

캐리스포드 씨가 나직이 물었다.

"그게 뭐지? 공주님이 하고 싶은 일이면 뭐든 다 해도 좋단다."

세라는 조금 뜸을 들이며 말했다.

"궁금한 게 있는데요. 있잖아요. 제가 돈이 아주 많다고 하셨잖아요. 제가 빵집 아주머니를 다시 찾아가서 이런 말씀을 드려도 될까 해서요. 만약에 배고픈 아이가…… 특히 그날처럼 날이 궂을 때 굶주린 아이가 와서 계단에 앉거나 진열창을 쳐다보면, 그 아이에게 빵을 주실 수 있는지……. 계산서는 제게 보내시고요. 그래도 될까요?"

"내일 아침에 하도록 하려무나."

"고맙습니다, 삼촌. 저도 굶는 게 어떤 느낌인지 잘 알잖아요. 더군다나 배가 고프지 않다는 상상도 잘 되지 않을 땐 정말 힘들거든요."

"아무렴, 그렇지, 얘야. 그래, 그럴 게야. 이제 그만 잊어버리렴. 이리 와 이 무릎 옆 발판에 앉아라. 그리고 네가 공주라는 사실만 기억하려무나."

"네, 그럴게요. 그리고 제가 사람들에게 빵을 나누어 줄 수 있다는 사실도요."

세라는 웃으며 발판으로 가서 앉았다. 인도 신사(그는 가끔 세라가 자신을 이렇게 부르는 것도 좋아했다)는 세라의 작고 까만 머리를 자기 무릎에 기대게 하고 머리를 쓰다듬었다.

이튿날 아침, 민친 교장이 창밖을 내다보다가 전혀 보고 싶지 않은 광경을 보았다. 커다란 말들이 끄는 인도 신사의 마차가 옆집 대문 앞에 다가와 서더니, 부드럽고 화려한 모피 옷을 따뜻하게 차려입은 작은 아이가 마차 주인과 함께 계단을 내려와 마차에 탔다. 작은 아이의 낯익은 모습이 민친 교장에게 지난 시절을 떠올리게 했다. 그 뒤로 또 다른 낯익은 얼굴이 나타나자 민친 교장은 짜증이 치밀었다. 즐거운 모습으로 시중을 들며 어린 주인의 숄과 소지품을 들고 마차로 따라 들어가는 베키였다. 베키는 벌써 살이 올라 발갛게 혈색이 돌고 얼굴이 동그래진 모습이었다.

잠시 후 마차가 빵집 문 앞에 멈춰 서고 일행이 마차에서 내리는데, 신기하게도 마침 빵집 주인이 김이 모락모락 오르는 따끈한 빵을 담은 쟁반을 진열창에 내어놓고 있었다.

세라가 빵집 안으로 들어가자 주인아주머니가 고개를 돌려 세라를 보고는 빵을 내려놓고 계산대 뒤로 가서 섰다. 잠시 세라를 유심히 쳐다보던 주인아주머니는 이내 사람 좋은 얼굴을 환하게 밝혔다.

"확실히 기억이 나는 얼굴인데, 그런데……."

"네, 맞아요. 전에 4펜스를 드렸는데 저한테 빵 여섯 개를 주셨잖아요. 그리고…….”

주인아주머니가 세라의 말을 자르고 끼어들었다.

“그리고 넌 다섯 개를 거지 아이한테 줬고. 그 일을 잊을 수가 있어야지. 처음에는 도무지 이해가 가지 않았거든.”

주인아주머니는 인도 신사를 돌아보며 말했다.

“어린아이가 다른 아이의 얼굴을 보고 배고픔을 알아채는 경우는 거의 없거든요. 그래서 그 생각이 자주 났답니다.”

주인아주머니는 다시 세라를 보며 말했다.

“주책없이 미안하구나. 그건 그렇고 지금은 혈색도 좋아 보이고, 그때보다…… 그러니까…….”

“네, 많이 좋아졌어요. 그리고 훨씬 더 행복하고요. 고맙습니다. 오늘은 아주머니께 부탁드릴 일이 있어서 왔어요.”

빵집 주인이 활기차게 웃으며 큰 소리로 말했다.

“내게 부탁을? 오, 그럼! 하려무나. 무슨 부탁이지?”

세라는 계산대에 기대어 지나간 끔찍했던 나날과 굶주린 아이들과 따뜻한 빵에 관련된 자신의 소박한 계획을 설명했다. 세라를 빤히 쳐다보며 귀 기울여 듣던 빵집 주인의 얼굴에 놀라는 기색이 역력했다.

“이런, 세상에! 그럴 수 있다면 나야 좋지. 나도 일을 해야 먹고 사는 사람이라 나 혼자 도움을 줄 여력은 많지 않단다. 그런데 사방 어디를 봐도 굶주린 아이들이 없는 곳이 없고. 그래도 이런 말 하긴 민망하지만 그 날 네가 다녀간 뒤로 나도 형편이 되는 대로 빵을 나누어 주었어. 널 생각하면서 말이야. 너도 옷이 젖어 얼마나 춥고 배가 고파 보였던지. 그런데도 넌 네가 따뜻하게 먹을 수 있었던 빵을 다른 아이에게 주었잖니. 마치 공주님처럼 말이야."

인도 신사가 이 말을 듣고 자신도 모르고 미소를 지었다. 세라도 누더기를 걸치고 허겁지겁 빵을 삼키던 아이 무릎에 빵을 내려놓으며 혼자 중얼거렸던 말이 생각나 슬며시 웃음이 났다.

"그 애는 너무 배가 고파 보였어요. 저보다 훨씬 더요."

"쫄쫄 굶었다더구나. 그 가여운 어린 것이 글쎄 그때 일을 얼마나 많이 얘기하는지 몰라. 온몸이 젖어서 앉아 있었는데, 마치 늑대 한 마리가 뱃속을 물어뜯는 것 같았다고."

"아, 그럼 그 뒤에 그 아이를 보셨어요? 지금 어디 있는지 아세요?"

세라가 큰 소리로 물었다.

빵집 주인이 어느 때보다 인정 넘치는 얼굴로 환하게 웃으며 대답했다.

"알다마다. 저기 뒷방에 있어. 한 달쯤 됐단다. 이제 얌전하고 반듯한 아이가 다 됐어. 빵집 일이며 부엌일을 제법 거들어 준단다. 그 애가 어떻게 살아왔는지 생각하면 믿기 어려울 만큼 변했다니까."

빵집 주인이 작은 뒷방 문 앞으로 가서 아이를 부르자, 여자아이가 방에서 나와 계산대 뒤로 빵집 주인을 따라왔다. 정말로 그때의 그 거지 아이였다. 깨끗하고 단정하게 옷을 입고 있었고, 한참 동안 밥도 굶었던 모습도 온데간데없었다. 수줍어 하기는 했지만 착해 보이는 얼굴이 더 이상 미개인처럼 보이지 않았다. 들짐승처럼 사납던 눈빛이 사라졌다. 아이는 세라를 한눈에 알아보고는 그 자리에 못 박힌 듯 서서 세라를 쳐다보았다.

빵집 주인이 말했다.

"그게, 내가 이 아이한테 배고플 땐 나한테 오라고 했는데, 아이가 찾아왔길래 이런저런 일거리를 주었단다. 그런데 애가 뭐든 열심히 해 보려고 하니까 점점 예뻐 보이더라고. 그래서 아예 여기서 살면서 나를 도와달라고 했지. 여느 아이들 못지않게 행동도 바르고 고마워할 줄도 아는 애야. 이름은 앤이란다. 성은 없어."

두 아이는 잠시 서로를 마주 보며 서 있었다. 그러다가 세라가 토시에서 한 손을 빼서 계산대 위로 내밀자 앤이 그 손을 잡았고, 둘은 서로의 눈을 들여다보았다.

세라가 말했다.

"정말 기뻐. 그리고 방금 생각난 건데, 어쩌면 주인아주머니께서 아이들에게 빵을 나누어 주는 일을 너한테 맡기실지도 몰라. 넌 배고프다는 게 어떤 건지 잘 아니까 아마 그 일이 마음이 들

거야.”

“네, 아가씨.”

짧은 대답이었지만, 이상하게도 세라는 앤이 자기 마음을 이해한다는 느낌이 들었다. 세라가 인도 신사와 함께 빵집을 나서서 마차를 타고 저 멀리로 사라질 때까지 앤은 그 자리에 가만히 서서 하염없이 바라보았다.

불행을 모험으로 바꾼 힘, 세라의 '상상놀이'

역경과 고난을 꿋꿋하게 이겨내는 소녀의 이야기《A Little Princess》는 출간 직후부터 많은 이들의 사랑을 받았다. 아동 문학가 프랜시스 호지슨 버넷Frances Hodgson Burnett은 세라 크루의 이야기를 잡지 〈세인트 니콜라스〉에 연재했다가, 로티와 멜기세덱 이야기를 추가하여 연극 대본으로 개작한 후 1905년 장편소설로 발표했다. 우리나라에서는《소공녀 세라》라는 제목의 애니메이션으로 방영되면서 더욱 대중적인 인기를 얻게 되었다.

"《소공녀 세라》가 버넷의 자전소설은 아니지만, 부유한 아버지가 사망한 후에 버넷이 직접 겪은 고통스러운 기억들이 작품 속에서 사회적 신분과 아버지를 한꺼번에 잃은 아이의 고난을 설득력 있게 그려낼 수 있는 통찰력의 밑거름이 되었다."

빅토리아 시대의 문학을 연구한 프린스턴대학교의 U. C. 크노이플마커Knoepflmacher 교수의 말처럼, 이 소설이 착한 주인공이 행복한 결말로 보상받는 뻔한 신데렐라 이야기에 그치지 않은 이유는 작가의 쓰라린 경험이 녹아들어 있기 때문이다.

프랜시스 호지슨 버넷은 세 살 때 아버지가 사망하면서 풍요로운 신분에서 극단적인 빈민층으로 굴러떨어졌고, 가난에서 벗어나려고 시도한 미국 이민에서도 결코 가난의 굴레를 벗어날 수 없었다. 그러다가 생계를 위해 시작한 잡지 기고가 성공하면서 스스로의 힘으로 극적인 인생 역전을 이뤘다. 그랬기에 역경에 굴하지 않는 용기, 고난이 닥쳐도 잃지 않는 사람에 대한 온정, 시련을 겪으며 깨닫는 진정한 내면의 힘, 그를 통해 완성되는 주인공의 성장 및 주변 인물들의 동반 성장 등등 세라를 단순히 운 좋은 부잣집 공주가 아닌 인간관계의 상호성과 평등성을 되새기는 품위 있는 내면을 지닌 인물로 생생하게 그려 낼 수 있었다.

《소공녀 세라》는 여성문학 및 아동문학에서 가지는 의미가 결코 가볍지 않다. 산업혁명의 최절정기였던 빅토리아 시대에 경제적 풍요 이면에 존재하던 빈곤과 착취의 대상에는, 식민국가뿐만 아니라 여성과 아동도 포함되어 있었다. 그때 여성들이 사회로 진출하는 가장 수월한 출로를 찾아 작가로서 대거 등장했고, 가정과 결혼의 현실을 담은 문학들을 선보였다. 바로 프랜시스 호지슨 버넷이 그랬던 것이다. 《소공녀 세라》에서 세라가 적극적인 변화를 모색하는 모습은 없지만, 혼란스러운 현실에 주저앉지 않고 차분히 길을 모색해 가는 소극적인 노력의 의미도 크게 봐야 하는 이유다.

《소공녀 세라》를 불편하게 보는 시각도 있다. 이 소설의 배경이 19세기 말 영국이 해외식민지를 개척하여 대영제국으로 부상했던 시기인데, 식민지 착취와 빈부의 극심한 간극이라는 명암이 존재하는 현실을 지배국가의 입장에서 무비판적으로 인정하는 내용이 들어 있다는 것이다.

《소공녀 세라》의 줄거리는 이렇다. 인도에서 대부호인 아버지와 단둘이 생활하던 일곱 살 세라 크루는 아버지의 뜻에 따라 영국의 민친 기숙학교에 입학한다. 크루 대위가 딸에게 돈을 아끼지 않자 민친 교장은 세라를 특별한 학생으로 극진하게 대접한다. 그런데 열한 살 생일날 아버지가 유산 한 푼 남기지 않고 죽었다는 소식이 날아들자 세라는 다락방으로 쫓겨나 하녀 신세로 전락한다. 고된 일들과 처참한 환경에 지치고 때로는 절망에 빠지지만, 세라는 타고난 풍부한 상상력과 긍정적인 기질로 역경을 꿋꿋이 견뎌 나간다. 이때 아버지 크루 대위의 친구이자 동업자로 그의 죽음에 죄책감을 느끼던 캐리스포드 씨가 민친 기숙학교 옆 건물로 이사 온다. 그는 친구의 딸이 세라인 줄은 꿈에도 몰랐지만, 인도인 하인 람다스를 통해 불운한 다락방 소녀를 돕는다. 그리고 우여곡절 끝에 세라는 몇 배나 더 불어난 아버지의 유산을 되찾고 예전의 공주님으로 되돌아가며 행복한 결말을 맞는다.

현대적인 시각으로 보자면 분명히 불편한 부분들이 있다. 예를 들어 주요 등장인물인 크루 대위가 영국 육군 대위로서 인도에서 어마어마한 부를 누린다는 설정은 식민국가에 대한 침략 전쟁과 자원 약탈을 내포한다. 하지만 세라는 한 번도 그 사실에 의구심이나 회의를 품지 않고 끝내 아버지가 착취로 이룬 부를 자기 몫으로 고스란히 돌려받는다. 또 세라는 하루아침에 공주에서 하녀 신세로 전락하지만, 물질만능주의에 찌든 속물 같은 어른과 악한 동료에게 학대받고 혹사당하기는 해도 날 때부터 고귀한 계급임은 한 순간도 전복되지 않는다. 세라는 잃었던 신분을 회복하지만 베키는 여전히 하녀로 남아 세라를 시중드는 것이 그러하다.

그러나 이는 현실을 감추거나 미화하려 하지 않고 있는 그대로 반영했던 19세기 문학의 리얼리즘적 특징이기도 하다. 《소공녀 세라》가 시대상을 날카롭게 꼬집고 있지는 않지만, 상상력과 품위를 잃지 않기 위해 노력하는 한 소녀의 이야기는 역경을 극복하는 마음가짐을 일깨우고 사랑과 박애라는 시대를 초월한 메시지를 전달한다. 이는 버넷이 자신의 작품에서 시종일관 전하고자 했던 메시지이기도 하다. 미국인 소년 세드릭이 귀족의 대를 잇기 위해 영국으로 건너가 숱한 시련을 견디며 주변에 선한 영향을 미치는《소공자》나, 영국인 소녀 메리가 부모의 죽음을 계기로 부인과 사별한 고모부댁에 들어가 집안의 행복을 되찾아주는《비밀의 화원》에서도 일관되게 나타난다.

사회 구조적 관점으로 확대되지 않더라도 미약하게나마 자유와 평등을 지향하며 결말이 주인공 개인의 성공에서 끝나지 않고 주변을 돕고 치유하는 선순환으로 이어진다는 점에서, 버넷의 작품들은 인간의 가치를 구현하는 감동적인 성장 이야기라고 말하기에 손색이 없다.

프랜시스 호지슨 버넷
Frances Hodgson Burnett(1849~1924)

1849년 11월 24일 영국 맨체스터 치탐 힐에서 태어났다.

1852년 철물점을 성공적으로 경영하던 아버지가 사망하면서, 어머니와 다섯 남매가 하루아침에 극심한 가난으로 내몰렸다. 내성적이었던 버넷은 낯설고 불우한 환경을 상상력으로 이겨내려고 노력했는데, 그 경험이 훗날 작품 활동의 바탕이 되었다.

1865년 온 가족이 맨체스터 빈민가를 떠나 외삼촌이 사는 미국 테네시 녹스빌로 이주했다. 하지만 형편은 나아지지 않았고, 열여섯 살의 프랜시스는 가족의 생계에 매달려야 했다. 고심 끝에 잡지에 기고해서 생활비를 벌어 보기로 결심했는데, 당장 원고용지 값과 우송료도 마련할 수가 없어서 산포도를 따서 팔았다.

1868년 〈고디스 레이디스북〉이라는 여성 잡지에 첫 작품을 발표했다.

1870년 어머니까지 사망하자 버넷은 돈을 벌기 위해서 여러 잡지에 닥치는 대로 글을 썼다. 한 편에 10달러씩 받고 매달 대여섯 편씩 소설을 썼는데, 그녀의 글솜씨가 소문이 나서 청탁이 끊이지 않았다.

1872년 영국을 여행하고 돌아와 의사인 스완 버넷 박사와 결혼했다.

1875년 남편과 아들 라이오넬과 함께 파리로 건너가 거주, 이때부터 본격적으로 소설 집필에 집중했다.

1876년 둘째 아들 비비안을 낳았다.

1877년 랭커셔 광산촌 이야기를 다룬 첫 소설 《로리 가의 그 아가씨That Lass o'Lowrie's》가 좋은 평가를 받아서 소설가로 자리매김했다. 이후 미국 워싱턴 D.C.로 돌아와 거주하며 주로 영국의 로맨스 소설을 좋아하는 미국인의 취향에 맞춘 소설을 써서 인기를 얻었다.

1886년 잡지 〈세인트 니콜라스St. Nicholas〉에 둘째 아들 비비안을 모델로 한 동화《소공자Little Lord Fauntleroy》를 연재, 동화작가로서도 세계적인 인기를 얻기 시작했다.

1888년 전년부터 잡지 〈세인트 니콜라스〉에 연재했던 동화《사라 크루Sara Crewe》를 책으로 묶었다.

1896년 소설《귀부인A Lady of Quality》을 발표했다.

1898년 스완 버넷과 이혼했다.

1900년 배우인 스티븐 타운센드와 재혼하지만 1년만에 이혼했다.

1902년 《사라 크루》를 각색해서《소공녀 세라Little Princess》라는 제목으로 연극 무대에 올렸다.

1905년 《소공녀 세라》라는 제목의 소설로 출간했다.

1909년 《비밀의 화원The Secret Garden》을 출간했다. 흥행작들이 연이어 런던과 뉴욕의 연극 무대에 올려졌다.

1922년 마지막 소설《로빈Robin》은 혹평을 받았다.

1924년 10월 29일 미국 뉴욕 롱아일랜드의 자택에서 숨을 거두었다.

옮긴이 박혜원

심리학을 전공하고, 현재는 전문번역가로 활동 중이다. 옮긴 책으로 《퀸 (40주년 공식 컬렉션)》, 《곰돌이 푸1 : 위니 더 푸》, 《곰돌이 푸2 : 푸 모퉁이에 있는 집》, 《빨강 머리 앤》, 《소공녀 세라》, 《문명 이야기 4》, 《젊은 소설가의 고백》 등이 있다.

소공녀 세라

초판 1쇄 2019년 10월 30일
초판 7쇄 2023년 1월 31일

지은이 프랜시스 호지슨 버넷
옮긴이 박혜원
펴낸이 장영재
펴낸곳 (주)미르북컴퍼니
자회사 더모던
전 화 02)3141-4421
팩 스 0505-333-4428
등 록 2012년 3월 16일(제313-2012-81호)
주 소 서울시 마포구 성미산로32길 12, 2층 (우 03983)
E-mail sanhonjinju@naver.com
카 페 cafe.naver.com/mirbookcompany
인스타그램 www.instagram.com/mirbooks

ISBN 979-11-6445-010-7 03840